普及类古籍整理图书专项资助项目

古诗精选

余冠英 韦凤娟 编选

凤凰出版社

图书在版编目（CIP）数据

古诗精选 / 余冠英，韦凤娟编选. -- 南京 : 凤凰出版社，2018.3
（名家视角丛书）
ISBN 978-7-5506-2725-3

Ⅰ. ①古… Ⅱ. ①余… ②韦… Ⅲ. ①古典诗歌－诗集－中国 Ⅳ. ①I222

中国版本图书馆CIP数据核字(2018)第036080号

书　　名	古诗精选
编　　选	余冠英　韦凤娟
责任编辑	汪允普
装帧设计	徐　慧
出版发行	凤凰出版社(原江苏古籍出版社) 发行部电话025-83223462
出版社地址	南京市中央路165号,邮编:210009
出版社网址	http://www.fhcbs.com
照　　排	南京凯建图文制作有限公司
印　　刷	苏州市越洋印刷有限公司 苏州市吴中区南官渡路20号　邮编:215104
开　　本	850×1168毫米　1/32
印　　张	8.375
字　　数	180千字
版　　次	2018年3月第1版　2018年3月第1次印刷
标准书号	ISBN 978-7-5506-2725-3
定　　价	46.00元

(本书凡印装错误可向承印厂调换,电话:0512-68180638)

前 言

中国是诗歌的国度。早在二千五百多年前就出现了第一部诗歌总集——《诗经》,其中收入自西周初年至春秋中叶大约五百多年的诗歌三百零五篇。这些诗篇以四言为主,语言质朴,多采用重章叠句的形式,从不同角度反映了当时的社会面貌。其中最有意义的是那些“饥者歌其食,劳者歌其事”的民歌,或吟唱贫困交迫的惨境,或表达对战争徭役的诅咒,或倾吐内心的愤怒,无不扣人心弦。也有大量作品反映了当时中下层劳动群众的爱情婚姻生活。它们大多是当事者率真大胆的表白,其中有“投我以木瓜,报之以琼琚”的两情相悦,也有“一日不见,如三秋兮”的相思;有“如何如何,忘我实多”的怨怅,也有“既见君子,云胡不喜”的兴奋,更有“之死矢靡它”的忠贞誓言。其基调是健康清新的。后人把《诗经》的表现手法概括为赋、比、兴,它们对后世文学尤其是诗歌创作的影响极其深远。

《诗经》是我国古典文学现实主义传统的光辉起点。

楚辞是《诗经》以后的一种新诗体。当时在江汉一带流行着一种句子长短参差,形式比较自由和多用“兮”字的民歌。屈原运用这种形式创作了以《离骚》为代表的大量诗歌,这种具有楚国地方特色的新的文学体裁,就是楚辞,又称“骚体”。从此,“风”“骚”并峙,成为古典诗歌的两座顶峰,昭示后人。

两汉时期的诗歌成就集中在乐府民歌上。汉代乐府民歌直接继承了《诗经》的传统，具有“感于哀乐，缘事而发”的特点，叙事性很强。例如《妇病行》《出东门》《战城南》《陌上桑》等，都以精练传神的笔墨描写了生活中的一个事件或场面。最有代表性的是《焦仲卿妻》（又称《孔雀东南飞》），完整地叙述了一个爱情悲剧的始末，塑造了栩栩如生的人物形象，被明代王世贞赞为“长诗之圣”。从思想内容上看，汉代乐府民歌深刻地反映了当时社会生活中的各种矛盾：沉重的剥削和徭役，连年的战争，流离异乡的愁恨，爱情生活中的悲欢……汉乐府民歌格调古朴浑厚，多采用杂言体和五言体，善于通过口吻毕肖的对话来刻画人物性格。汉乐府民歌中也有一些抒情短章，如《上邪》即是短章中的神品，历代传诵。

在汉代乐府民歌的直接影响下，东汉末年出现了一批以《古诗十九首》为代表的文人五言诗。它们深情悃切，语言精致，被后人赞为“五言之冠冕”。

建安时期，涌现了以曹氏父子和“建安七子”及女诗人蔡琰为代表的一大批作家。他们大多亲身经历了汉末的社会动乱，对战争给人民带来的灾难有深刻的感受。他们敢于面对动乱的社会现实，在作品中叙述丧乱及感叹身世，同时也吐露忧国之思和“拯世济物”的宏愿，具有“志深而笔长”“梗概而多气”的时代特色。像曹操的《蒿里行》、王粲的《七哀诗》、陈琳的《饮马长城窟行》、蔡琰的《悲愤诗》等，都是反映汉末现实的名篇。建安诗人中成就最高的是曹植，他的诗歌气格高古，文体华美，情辞兼胜，代表作有《箜篌引》《白马篇》《赠白马王彪》《美女篇》等。建安诗人的作品内容充实，笔力刚健，气势充沛，被后人誉为“建安风骨”，成为后世反对绮靡文风的旗帜。

魏晋之际，最杰出的诗人是嵇康和阮籍。嵇诗以四言为主，风格秀逸，最有代表性的是《赠兄秀才入军》十八首。阮籍把现实生活中无由发泄的愤懑和苦恼用诗歌的形式倾泻出来，他的八十二首五言《咏怀诗》旨意遥深，具有“言在耳目之内，情寄八荒之外”的特点。

西晋太康前后，多数诗人追求辞藻典雅和对仗工整，“采缛于正始，力柔于建安，或析文以为妙，或流靡以自妍”，讲究诗歌的艺术形式。最能代表太康诗风的是陆机和潘岳。而代表太康诗歌最高成就的是左思。他的代表作《咏史》八首等内容充实，笔力雄健，在当时独树一帜，被誉为“左思风力”。左思之后，比较有成就的诗人是刘琨、郭璞。

东晋时期，以阐述老庄哲理为主旨的玄言诗流行。直到东晋末年，才出现了大诗人陶渊明。他以真率自然的笔调描绘田园风光和田园生活感受，像《归园田居》《移居》《和郭主簿》等作品，自然平淡，言浅意深，韵味隽永，宛如一股清新的风吹进了沉闷的诗坛。陶渊明开创了田园诗派，把无数诗人引入一个新的创作天地。陶诗的艺术境界渊深朴茂，衣被后学，被后人奉作典范。

刘宋时期最有成就的诗人是谢灵运和鲍照。谢灵运擅长描状山水景色，是山水诗派的创始人，代表作有《登池上楼》《登江中孤屿》《石壁精舍还湖中作》等。鲍照的乐府诗最出色，代表作是《拟行路难》十八首等，风格遒丽，感情奔放，音调抑扬顿挫，富于变化，是当时流行的三体之一，对后世七言歌行的发展有很大影响。

齐梁时期，沈约、谢朓等人把魏晋以来声韵学研究的成果运用到诗歌创作中，创造了一种注意声律和对仗的新诗体——“永明体”。它标志着中国诗歌从比较自由的“古体”走向格律严整的“近体”。永明诗人中成就最大的是谢朓，代表作有《晚登三山还望京邑》《之宣城郡出新林浦向板桥》等，语言洗练，风格淡雅。

梁陈时期，诗风日趋柔靡，“宫体诗”流行，但也有一些清新之作。这一时期比较优秀的诗人有江淹、何逊、吴均、阴铿。江淹善于摹拟，其代表作《杂体三十首》分别摹拟了自汉至宋三十位诗人的作品，风格酷似。何逊的诗情词深婉，代表作有《临行与故游夜别》《相送》等。吴均的诗格调清拔，在当时颇具特色，号为“吴均体”。阴铿的诗风格清隽，以写景见长，尤善写江景，代表作有《渡青草湖》《晚出新亭》等。

北朝的文人诗歌创作不如南朝繁荣。最有成就的诗人是庾信。庾信本仕梁，后被强留北朝，经受了国破家亡、羁留异域的痛苦后，其诗一洗早年的浮华，而形成一种苍劲悲凉的风格。他的代表作是《咏怀》二十七首、《重别周尚书》等。此外，王褒的《渡河北》也是传诵之作。

除了文人诗歌外，还有大量的乐府民歌。

南朝的乐府民歌题材比较狭窄，绝大多数是出自女子之口的情歌。例如《子夜歌》《华山畿》《读曲歌》等。《西洲曲》是一首长篇爱情诗，表达了一位女子对爱人连绵不绝的相思，历代传诵。此外，还有一些娱神乐歌和反映江南风情的作品。南朝乐府民歌风格清婉，体制短小，多数是五言四句体，在表现手法上多用双关隐语。

北朝乐府民歌主要反映了北方人民在兵荒马乱中遭受的苦难，如《紫骝马歌》《琅玡王歌》等。其中最杰出的篇章是《木兰诗》，歌颂了代父从军的女英雄木兰。还有一些作品描写了塞北风情,表现了北方游牧民族特有的豪爽刚猛气质,其中最有代表性的是《敕勒歌》。现存的北朝乐府民歌数量虽不及南朝民歌多,但反映的社会现实内容却远比南朝民歌广泛。其笔力刚健,风格豪放,与轻曼宛转的南朝民歌形成鲜明对比。

综上所述,从《诗经》到唐代近体诗出现之前,古诗的发展经历了一千多年的漫长岁月。诗歌的体制日趋完备,诗歌的内容日趋丰富,诗歌的形式日趋精美,诗歌的风格日趋多样。所有这些,都为唐诗的出现——古典诗歌创作的黄金时代的到来作了充分的准备。

本书共选录了从《诗经》至南北朝的诗歌约一百六十篇,包括四十八位诗人和无名氏的作品及乐府民歌。入选的篇目力求体现各个不同时代的诗歌创作风貌及重要诗人的创作风格,尤其注意对乐府民歌的介绍,希望有助于今天的读者了解古诗发展的轨迹。

目 录

《诗经》

芣苢

采采芣苢，[1]薄言采之。[2]采采芣苢，薄言有之。[3]
采采芣苢，薄言掇之。[4]采采芣苢，薄言捋之。[5]
采采芣苢，薄言袺之。[6]采采芣苢，薄言襭之。[7]

【注释】

①芣苢(fú yǐ)：植物名，就是车前草，古人相信它的种子可以治妇人不孕。　②薄、言：都是语助词。　③有：取也。上面“采之”是泛言去采，尚未见到芣苢，这里“有之”是见到芣苢动手采取。　④掇：拾取。　⑤捋：成把地从茎上抹取。　⑥袺(jié)：手持衣襟来盛东西。　⑦襭(xié)：将衣襟掖在带间来盛东西，比手持衣角兜得更多些。

【品评】

这是一首妇女采集芣苢时所唱的歌。全诗三章十二句，各章句式相似，仅仅将第一章中的动词“采之”“有之”在第二、第三章中分别更换为“掇之”“捋之”“袺之”“襭之”，以此来显示采集所得由少而多的进展。

诗歌旋律单纯，语言质朴，洋溢着劳动歌曲特有的活力。读者在反复吟咏中似乎看到在夏日芣苢结子的时候，农家妇女三三五五，来到山谷里或原野上，一边劳作，一边歌唱，歌声此起彼伏，馀音袅袅，若远若近，忽断忽续的情景。

摽有梅

摽有梅,[①]其实七兮。[②]求我庶士,[③]迨其吉兮![④]
摽有梅,其实三兮。[⑤]求我庶士,迨其今兮![⑥]
摽有梅,顷筐塈之。[⑦]求我庶士,迨其谓之![⑧]

【注释】

①摽(biào):落也。梅:指梅树的果实。有:语助字,古语往往在一个单音词上配一个"有"字,如有夏、有司等,和"有梅"词例相同。 ②其实七兮:"七"表多数,言未落的果实还有十分之七,比喻青春所馀尚多。兮,语助字,有声无义。 ③庶:众也。士:指未婚的男子。 ④迨:及也。吉:吉日也。以上两句是说希望有心追求自己的男子们不要错过吉日良辰。⑤其实三兮:"三"表少数,言梅子所馀仅有十分之三,比喻青春逝去过半。 ⑥今:是即时的意思。言不必等待了,现在就来吧。⑦塈:"摡"(xī)的借字,取也。用顷筐取梅,言其落在地上的已经很多了。 ⑧谓(huì):"诗经"时代有在仲春之月"会男女"的制度,凡男子到三十岁未娶,女子到二十岁未嫁的都藉这个会期选择对象,不必依正常的礼制而婚配。一说"谓"是告语,言一语定约。

【品评】

这首诗表现了女子到适当年龄尚无配偶而惟恐耽误青春的心理。全诗分三章,每章的一、二两句以梅子堕落来比喻青春消逝。梅子纷纷堕地,未落的果实由十分之七,到十分之三,最后所剩无几。女子希望求婚男子及时到来的心也一天比一天迫切:“求我庶士,迨其吉兮!”——你们不要错过吉日良辰啊!“求我庶士,迨其今兮!”——你们不要再等待了,现在就来吧!“求我庶士,迨其谓之!”——有心相求的男子,只要你一开口,婚约便能确定。这种表白天真动人,具有民歌特有的真率质朴。

匏有苦叶

匏有苦叶。①济有深涉。②深则厉,③浅则揭。④

有瀰济盈。⑤有鷕雉鸣。⑥济盈不濡轨。⑦雉鸣求其牡。⑧

雝雝鸣雁。⑨旭日始旦。⑩士如归妻,⑪迨冰未泮。⑫

招招舟子。⑬人涉卬否。⑭人涉卬否,卬须我友。⑮

【注释】

①匏:葫芦。涉水的人佩带着葫芦以防沉溺。苦:与“枯”通,叶枯则匏干可用。　②济:水名。深涉:步行过河叫作涉,涉水的渡口也叫作涉。渡处本来是较浅的地段,现在水涨,也有水深的渡处了。　③厉:连衣下水而涉。　④揭(qì):撩起衣裳。　⑤有瀰(mǐ):犹瀰瀰,水大时茫茫一片的景象。　⑥有鷕(yǎo):犹鷕鷕,雉鸣声。　⑦濡:湿也。轨:车轴的两端。这句是说济水虽涨也不过半个车轮那么高。那时人常乘车渡水,所以用车轴做标准来记水位。　⑧牡:雄也。　⑨雝雝:群雁鸣声。　⑩旭日:初出时的太阳。旦:明也。　⑪归妻:等于说娶妻。　⑫迨:见《摽有梅》。泮:同“牉”,合也。以上两句是说男人如来迎娶,要赶在河水未合以前。古人以春秋两季为嫁娶

正时，这时正是秋季。 ⑬招招：号召之貌。舟子：船夫。⑭卬(áng)：我也。女性第一人称代名词。 ⑮须：等待。末章说舟子号召大家渡河，人家都过去了，我独自留着，我本是来等朋友的啊。

【品评】

这是一首情歌。诗歌围绕着迎亲的车马能否渡过济水这一担忧，细腻地表现了女子思极盼极而生疑的情态。这是一个秋天的早晨，“雝雝鸣雁，旭日始旦”，群雁鸣叫着掠过低空，红彤彤的太阳刚刚升出地平线，她已经心事重重地在岸边徘徊。她先想到，济水已涨高了，但是“深则厉，浅则揭”，总还是有办法过来的吧？又想到“济盈不濡轨”，济水虽然涨高了，也不过半轮子深浅，那迎亲的车子该不至于过不来吧！继而又担心：“士如归妻，迨冰未泮。”他如果没有忘记结婚的事，该趁着河水还没有结冰，赶快过来迎亲才是。言外之意：他是不是已变卦了呢？诗歌很有层次地展示了她由担心未婚夫被济水阻隔，转为怨恨未婚夫未能如期而至的心理过程，表达出爱怨交织的心理。

诗中巧妙地运用景物来渲染女子等待迎亲的心情。比如，“有瀰济盈”，那茫茫的济水烘托出她内心的怅惘；而“雉鸣求其牡”“雝雝鸣雁”，野鸡和大雁叫唤的声音更触动她的心事。诗歌最后一章描写了这样一幅场景开阔而情韵悠远的画面：济水上舟子来往接送行人，这位女子却依然在岸边翘首凝望……它留给读者一缕思念，一片痴情。

式　微

式微，[①]式微，胡不归？微君之故，[②]胡为乎中露！[③]
式微，式微，胡不归？微君之躬，胡为乎泥中！

【注释】

①式：发语词。"式微"言将暮。　②微：相当于"非"。故：事也。　③中露：就是露中。

【品评】

这是苦于劳役的人所发出的怨恨之声。"式微"是天将暮的意思。天快黑了，为什么还不回家呢？要不是为主子干活，要不是为了供养主子，怎么会在夜露里、泥水中受罪呢！一问一答，吐出了满腹怨气。

北　风

北风其凉。雨雪其雱。[①]惠而好我，[②]携手同行。其虚其邪？[③]既亟只且！[④]

北风其喈。[⑤]雨雪其霏。[⑥]惠而好我，携手同归。其虚其邪？既亟只且！

莫赤匪狐。[⑦]莫黑匪乌。惠而好我，携手同车。其虚其邪？既亟只且！

【注释】

①雨（yù）：动词，“雨雪”就是“落雪”。雱：与“滂”通，雪盛貌。　②惠：爱也。“惠而”两句是说凡与我友好的人都离开这里一起走罢。下二章“同归”“同车”都是偕行的意思。　③其虚其邪：还能够犹豫吗？“邪”是“徐”的同音假借。“虚徐”或训舒徐，或训狐疑，在这里都可以通。　④既亟只且：已经很急了啊！“既”训已。“亟”同急。“只”“且”（jū）是语尾助词。⑤喈：“湝”的借字，寒也。　⑥霏：犹霏霏，雪密貌。　⑦匪：读为“彼”。“莫赤彼狐”“莫黑彼乌”，就是说没有比那个狐更赤，比那个乌更黑的了。狐毛以赤为特色，乌羽以黑为特色。狐、乌比执政者。

【品评】

这是“刺虐”的诗。卫国行暴虐之政，诗人号召他的朋友相携同去。全诗三章十八句。诗歌前两章开头两句都以风雪的寒威来比喻虐政的暴烈：“北风其凉，雨雪其雱”“北风其喈，雨雪其霏”。北风凛冽，雨雪猖狂，渲染出一种凄冷阴森的气氛。怀着对虐政的强烈不满，诗人在第三章说：“莫赤匪狐。莫黑匪乌。”言外之意，没有比这个当政者更暴虐的了！所以诗人一再号召：凡是与我友好的人，一起离开这里吧！为了强调出走的必要性、紧迫性，每章的最后两句，诗人都大声疾呼：“其虚其邪？既亟只且！”——还能够犹豫吗？事情已经很紧急了！全诗情绪慷慨，节奏紧促，给人一种危机日近、必须当机立断的感觉。

静　女

静女其姝，[1]俟我于城隅。[2]爱而不见，[3]搔首踟蹰。[4]
静女其娈，[5]贻我彤管。[6]彤管有炜，[7]说怿女美。[8]
自牧归荑，[9]洵美且异。[10]匪女之为美，[11]美人之贻。

【注释】

①静：安详。姝：美好貌。　②城隅：城上的角楼，是便于男女私会的地方。　③爱："薆"的借字，隐蔽也。那女子躲在暗角落里，使她的爱人一下子找不着她，所以他觉得薆然不见。④搔首踟蹰：用手抓头同时犹豫不进，这是焦急和惶惑的表情。⑤娈：与"姝"同义。　⑥贻：赠送。彤（tóng）管：涂红的管子，未详何物，或许就是管笛的管。一说，彤管是红色管状的初生之草。依此说，此章的彤管和下章的荑同指一物。　⑦炜：鲜明貌。　⑧说怿：心喜。说，同"悦"。女：指彤管。　⑨牧：野外放牧牛羊的地方。归：赠贻也。荑：初生的茅。彼女从野外采来作为赠品，和彤管同是结恩情的表记。　⑩洵美且异：确实是好看而且出奇。　⑪"匪女"两句是说并非这柔荑本身有何好处，因为是美人所赠，所以才觉得美啊。"女"指荑，但意思兼包彤管在内。

【品评】

这首诗以男子口吻写幽期密约的乐趣。可爱的姑娘与这位男子相约在城楼见面。也许是为了和情人开开玩笑，姑娘躲了起来。他来到城楼，没有看见姑娘，急得"搔首踟蹰"。等他发现姑娘不但来了，而且还情意深长地送给他两件礼物，不觉大喜过望。那礼物不过是一只色彩鲜亮的“管”和一束野外采来的“荑”,但在这位男子眼里却是“洵美且异”,他不是不知道,“匪女之为美,美人之贻”,并不是这些东西本身有多美,只因为它们是心上人所赠,所以才觉得格外美丽。这首诗很生动地表达出热恋中人特有的情绪,写得活泼而幽默,却无轻浮之感。

柏　舟

泛彼柏舟,在彼中河。①髧彼两髦,②实维我仪,③之死矢靡它。④母也天只!⑤不谅人只!⑥

泛彼柏舟,在彼河侧。髧彼两髦,实维我特,⑦之死矢靡慝。⑧母也天只!不谅人只!

【注释】

①中河:即河中。　②髧(dǎn):发下垂貌。男子未冠之前披着头发,长齐眉毛,分向两边梳着,叫作“髦”。　③维:犹为。仪:匹偶也。以上四句说那在河中泛舟,垂着两髦的青年才是我要嫁的人啊。　④之:到也。矢:誓也。靡它:犹言无二志。⑤母也天只:唤母同时呼天,是痛心的表示。只:语助词。⑥谅:亮察也。　⑦特:匹也。　⑧慝:“忒”的借字。“靡慝”就是无所改变。

【品评】

这是一位少女的爱情誓辞。全诗两章十四句。在诗中少女毫不隐讳地表示:那在河中泛舟、垂着两髦的青年才是我要嫁的人啊!并斩钉截铁地表示:“之死矢靡它”——就是死也不改变主意！可是她的母亲不亮察她的心。她痛苦地呼叫：“母也天只！不谅人只！”娘啊，天啊！人家的心思你就看不见！

这首诗剖析心事、表露情感都极其坦率；从明指心上人，到誓死不二，到恨母呼天，激情如滚滚波涛。这股激情淹没了钟情的少女，千载之后依然冲击着读者的心扉。

氓

氓之蚩蚩，[①]抱布贸丝，[②]匪来贸丝，来即我谋。[③]送子涉淇，至于顿丘。[④]匪我愆期，子无良媒。[⑤]将子无怒，[⑥]秋以为期。

乘彼垝垣，[⑦]以望复关。[⑧]不见复关，泣涕涟涟。[⑨]既见复关，载笑载言。尔卜尔筮，[⑩]体无咎言。[⑪]以尔车来，以我贿迁。[⑫]

桑之未落，其叶沃若。[⑬]于嗟鸠兮，无食桑葚！于嗟女兮，无与士耽！[⑭]士之耽兮，犹可说也。[⑮]女之耽兮，不可说也。

桑之落矣，其黄而陨。[⑯]自我徂尔，[⑰]三岁食贫。[⑱]淇水汤汤，[⑲]渐车帷裳。[⑳]女也不爽，[㉑]士贰其行。[㉒]士也罔极，[㉓]二三其德。[㉔]

三岁为妇，靡室劳矣，[㉕]夙兴夜寐，[㉖]靡有朝矣。言既遂矣，[㉗]至于暴矣。兄弟不知，咥其笑矣。[㉘]静言思之，躬自悼矣。

及尔偕老，老使我怨。[㉙]淇则有岸，隰则有泮。[㉚]总角之宴，[㉛]言笑晏晏；[㉜]信誓旦旦，[㉝]不思其反。[㉞]反是不思,[35]亦已焉哉![36]

【注释】

①氓(méng):民也。蚩蚩:同"嗤嗤",戏笑貌。这句译为今语就是那人儿笑嘻嘻地。 ②贸:交易也。抱布贸丝是以物易物。 ③即:就是。"匪来"二句是说那人并非真来买丝,是找我商量事情来了。所商量的事就是结婚。 ④淇:水名。顿丘:地名。 ⑤愆期:过期。这两句是说并非我要拖过约定的婚期而不肯嫁,是因为你没有找好媒人。 ⑥将:愿也。⑦垝(guǐ):与"垣"通,墙也。 ⑧复:返也。关:在往来要道所设的关卡。女望男到期来会。他来时一定要经过关门。⑨涟涟:涕泪下流貌。她初时不见彼氓回到关门来,以为他负约不来了,因而伤心泪下。 ⑩尔卜尔筮:烧灼龟甲,观察龟甲的裂纹以判吉凶,叫作卜。用蓍草占卦叫作筮。 ⑪体:指龟兆和卦兆,即卜筮的结果。无咎言:就是无凶辞。 ⑫贿:财物,指妆奁。以上四句是说你从卜筮看一看吉凶吧,只要卜筮的结果好,你就打发车子来迎娶,并将嫁妆搬去。 ⑬沃若:犹沃然,润泽貌。以上二句以桑的茂盛时期比自己恋爱满足,生活美好的时期。 ⑭耽:过乐也。以上四句,以鸠贪吃桑葚(据说鸟吃桑葚过多会昏醉),比女子迷惑于爱情。 ⑮说:通"脱",解脱也。 ⑯陨:黄貌。 ⑰徂:往也。 ⑱食贫:过贫穷的生活。 ⑲汤汤:水盛貌。 ⑳渐:浸湿。帷裳:车旁的布幔。以上两句是说被弃逐后渡淇水而归。 ㉑爽:差错。㉒贰:"贠"的误字。贠就是忒,和"爽"同义。以上两句是说女方没有过失而男方行为不对。 ㉓罔极:无常也,就是没有定准。 ㉔二三其德:指行为前后不一致。 ㉕靡:无也。"靡室劳矣"言所有的家庭劳作一身担负无馀。 ㉖兴:起也。这句连下句就是说起早睡迟,朝朝如此,不能计算了。 ㉗言:无义。既遂:就是生活既已过得顺心。 ㉘咥(xì):笑貌。以上两

句是说兄弟还不晓得我的遭遇，见面时嬉笑如常。　㉙“及尔”二句言当初曾相约和你一同过到老，现在偕老之说徒然使我怨恨罢了。　㉚隰：当作“湿”，水名，就是漯河，黄河的支流，流经卫国境内。泮：同“畔”，边也。以上二句承上文，以水流必有畔岸喻凡事都有边际。言外之意，如果和这样的男人偕老，那就是苦海无边了。　㉛总角：男女未成年时结发成两角。宴：乐也。　㉜晏晏：温和。　㉝旦旦：明也。　㉞反：即“返”字。“不思其返”言不想那样的生活再回来。　㉟“反是不思”就是重复上句的意思，变换句法为的是和下句叶韵。　㊱哉：古读如“兹”，末句等于说撒开算了罢！

【品评】

这是一首弃妇倾诉自己爱情悲剧的诗。诗歌的第一、二章回顾当年定情结婚的经过；第三章追悔自陷情网；第四、五章写婚后的不幸，男方负情背德；第六章表示对男方的深恨。诗歌采用叙事的口吻，回忆当年定情之际，仍觉情意绵绵；说到今日的不幸，哀痛不已。诗中谴责了一个以虚情假意骗取爱情的男子。当初，“氓之蚩蚩，抱布贸丝，匪来贸丝，来即我谋”，似乎心诚意厚；可是结婚之后，却“二三其德”，甚至粗暴凶残。这位弃妇提醒那些天真热情的姑娘们，千万不要迷惑于爱情！男子轻义，很容易就将情意抛在一边；女子重情，便难于自拔。这些激愤的话中饱含着她不幸的爱情体验，极其沉痛真切。这位心灵饱受创伤的女子决心和虚伪男子一刀两断。

运用比喻是这首诗的特点。诗中用“桑之未落，其叶沃若”来比喻结婚初期生活的美好；用“桑之落矣，其黄而陨”来比喻后来生活的惨淡，都很形象贴切。又如最后一章以水流必有岸畔来比喻凡事都有边际，并以此从反面来说明“及尔偕老，老使我怨”——如果和这样的男子偕老，便是苦难重重，苦海无边了！

伯 兮

伯兮朅兮，① 邦之桀兮。② 伯也执殳，③ 为王前驱。④
自伯之东，首如飞蓬。⑤ 岂无膏沐？⑥ 谁适为容！⑦
其雨其雨！杲杲出日。⑧ 愿言思伯，⑨ 甘心首疾。⑩
焉得谖草？⑪ 言树之背。⑫ 愿言思伯，使我心痗。⑬

【注释】

①伯：或是男子的表字。女子也可以叫她的爱人为“伯”“叔”。朅（qiè）：武壮高大貌。 ②桀：本义是特立貌，引申为英杰。 ③殳（shū）：兵器名，杖类，长一丈二尺，用竹制成。 ④前驱：在前导引。 ⑤蓬：草名。蓬草一干分枝以数十计，枝上生稚枝，密排细叶。枯后往往在近根处折断，遇风就被卷起飞旋，所以叫“飞蓬”。这句是以飞蓬比头发散乱。 ⑥膏沐：指润发的油。 ⑦适：悦也。“谁适为容”言修饰容貌为了取悦谁呢？ ⑧杲（gǎo）：明貌。 ⑨愿言：犹愿然，沉思貌。 ⑩疾：犹痛。“甘心首疾”言虽头痛也是心甘情愿的。 ⑪谖：忘也。“谖草”是假想的令人善忘之草。后人因为“谖”和“萱”同音，便称萱草为忘忧草。 ⑫树：动词，种植也。背：古文和“北”同字。这里“背”指北堂，或称后庭，就是后房的北阶下。以上二句是说世上哪有谖草让我种在北堂呢？ ⑬痗：病。

【品评】

这首诗描写了一位女子思念从军远征的丈夫的复杂心情。当她想象丈夫执殳前驱，气概英武，便颇有些骄傲之感。然而紧接着袭上心来的是刻骨相思。诗中列举三事来说明相思之切。第一事:“自伯之东,首如飞蓬”——自从丈夫东征之后,再也无心梳妆打扮,头发散乱。第二事:时时刻刻思念丈夫,“甘心首疾”,即使想得头痛欲裂,也心甘情愿。第三事:“焉得谖草?”人说谖草能令人忘忧,可是世上没有能让我忘忧的谖草!言外之意,这段相思是不可能排解的。如此三事层层相递,刻画出这位女子的相思情怀。

诗歌的第三章运用了比喻:“其雨其雨!杲杲出日。”盼望下雨,心中不断地祈祷“下雨吧,下雨吧”,却偏偏又出太阳。诗人以此来比喻盼望丈夫回家却偏偏不能如愿的心情。

君子于役

君子于役,①不知其期。曷至哉?②鸡栖于埘,③日之夕矣,羊牛下来。君子于役,如之何勿思!

君子于役,不日不月。④曷其有佸?⑤鸡栖于桀,⑥日之夕矣,羊牛下括。⑦君子于役,苟无饥渴?⑧

【注释】

①君子:妻对夫的称谓。于:往也。役:指遣戍边地。 ②曷至哉:言何时归来。 ③埘:凿墙做成的鸡窠。 ④不日不月:不可以日月计算。 ⑤有佸(huó):再会。佸:会也。 ⑥桀:“橛”的省借,就是小木桩。 ⑦括:和“佸”字字变义同。牛羊下来而群聚一处叫作“下括”。 ⑧苟:且也。且无饥渴是希望他无饥渴而又不敢确信。

【品评】

这是思妇怀人的诗。丈夫久役不归，妻子苦苦思念，每当日薄西山的时分，她总是倚门候望，思绪翩翩：鸡儿上窠了，太阳落坡了，牛羊下了山冈，但久役在外的人儿仍然不见踪影，怎不叫人挂念呢？到底何日才是他的归期呢？他不至于忍受饥渴吧？诗歌的语调低沉缓慢，仿佛是思妇在沉思中发出的喃喃低语，她那忧虑的目光久久落在夕阳辉映的山冈上……这是一幅情境俱佳的画面。

此诗不加经营而真情自然流淌，尤其是最后“苟无饥渴”的揣测语气，更透出无限的关切之意。

萚兮

萚兮萚兮，① 风其吹女！② 叔兮伯兮，③ 倡，予和女！④
萚兮萚兮，风其漂女！⑤ 叔兮伯兮，倡，予要女！⑥

【注释】

①萚：草木落下的皮或叶。 ②女：指萚。此章和下章的头两句以风吹萚叶起兴。 ③女子称呼爱人为伯或叔或叔伯，在《诗经》里常见。“叔兮伯兮”语气像对两人，实际是对一人说话。 ④倡：带头唱歌。女：指叔伯。 ⑤漂：或作飘，吹动也。⑥要：会也。唱歌的人以声音相会合就是和。

【品评】

这首诗是女子要求爱人同歌共舞。人在歌舞欢乐时常有飘飘欲起的感觉，如同风中之萚。此诗即以风萚起兴，渲染出一种欢快活跃的气氛。女子说树叶儿被风吹得飘起来了，你快来领唱吧，我来和你。两章句式相似。全诗节奏明快，情调活泼，令人仿佛看到女子一边随着音乐节拍载歌载舞，一边热情地相邀自己的心上人，翩翩的身姿有如飘飞的树叶。

风　雨

风雨凄凄。① 鸡鸣喈喈。② 既见君子，③ 云胡不夷！④
风雨潇潇。⑤ 鸡鸣胶胶。⑥ 既见君子，云胡不瘳！⑦
风雨如晦。⑧ 鸡鸣不已。既见君子，云胡不喜！

【注释】

①凄凄：寒凉之意。　②喈喈：鸡鸣声。　③君子：女子对她的爱人之称。　④云：发语词。胡：何也。夷：平也。“云胡不夷”是说还有什么不平呢？言心境由忧思起伏一变而为平静。　⑤潇潇：急骤也。　⑥胶胶：鸡鸣声。　⑦瘳（chōu）：病愈也。言原先抑郁苦闷，像患病似的，现在却霍然而愈。　⑧如晦：昏暗如夜也。已：止也。

【品评】

这是一首爱情诗。运用景物描写渲染情绪，是它的特点。全诗三章十二句，每章开头两句都是写景。在这个风雨交加、天色昏暗、群鸡乱叫的时候，这位女子正在思念她的“君子”。那飘零的风雨宛如她纷乱的思绪，那晦暗的天色就像是她惨淡的心境，而那杂乱的鸡叫更增添了心头的烦闷……正在这时候，她的“君子”来到了。这怎能不令她欣喜万分呢？见到“君子”，烦躁的心境一变而平静了；见到“君子”，就像重病霍然而愈了。先前是那么抑郁苦闷，后来是那么的欢喜！这富于戏剧性的变化，生动地表现了热恋中的感情起伏。

子衿

青青子衿。① 悠悠我心。② 纵我不往，子宁不嗣音？③
青青子佩。④ 悠悠我思。纵我不往，子宁不来？
挑兮达兮，⑤ 在城阙兮。⑥ 一日不见，如三月兮。

【注释】

①子：诗中女子指她的情人。衿：衣领。又指系佩玉的带子。 ②悠悠：忧思貌。 ③宁不：犹何不。嗣：《释文》引《韩诗》作“诒”，寄也。音：谓信息。 ④佩：指佩玉的绶带。 ⑤挑、达：往来貌。 ⑥城阙：城门两边的观楼，是男女惯常幽会的地方。

【品评】

这是描写一位女子思念情人的诗。她苦于相思难遣，不禁抱怨情人：纵然我不曾去会你，难道你就这样断绝音信了吗？难道你就再不来找我了吗？这种亲昵的埋怨口吻颇能传达这位女子对情人又爱又怨的心情。她在城阙下等候情人，不见人影，急得她来回走个不停——这个动作很形象地写出了她的烦乱情绪。而“一日不见，如三月兮”，这发自心底的叹息则把她的相思之情推到高潮。对于她来说，一日的分别都意味着漫长的煎熬；一日复一日的相思，又将如何忍受呢？

陟　岵

陟彼岵兮，[1]瞻望父兮。[2]父曰："嗟！予子行役，夙夜无已。上慎旃哉！[3]犹来无止！"[4]

陟彼屺兮，[5]瞻望母兮。母曰："嗟！予季行役，[6]夙夜无寐。上慎旃哉！犹来无弃！"[7]

陟彼冈兮，瞻望兄兮。兄曰："嗟！予弟行役，夙夜必偕。[8]上慎旃哉！犹来无死！"

【注释】

①岵(hù)：有草木的山。　②瞻：视也。以上二句叙行役者登高，遥望家人所在的方向。　③上："尚"的借字。尚犹庶几。旃：犹之。　④犹来：言还能够回家来。无止：言别永留外乡。以上四句是行役者想象他的父亲在说。　⑤屺：无草木的山。　⑥季：少子也。　⑦弃：谓弃家不归。　⑧偕：俱也。"夙夜必偕"是说兼早与晚。

【品评】

这是一首描写征人望乡的诗。它的表现手法很有特点，它不直接写征人思乡之情，却去想象家中父母兄长如何惦念着他。他登上光秃秃的山顶眺望，眼前浮现出亲人的面容，耳边响起了亲人的话语，他们向他诉说亲人的牵挂之情，大家都为思念他而日夜不安，希望他多多保重，平安归来。读着这些凄切的诗句，仿佛可以看到那位可怜的征人翘首望乡的身影。他盼望能平安还乡，与亲人团聚，但是未来的征途上却笼罩着死亡的阴影。也许他已预感自己将抛下爹娘，埋骨他乡，所以一次次把目光投向远隔云天的亲人……

伐檀

坎坎伐檀兮，[1]寘之河之干兮，[2]河水清且涟猗。[3]不稼不穑，[4]胡取禾三百廛兮？[5]不狩不猎，[6]胡瞻尔庭有县貆兮？[7]彼君子兮，不素餐兮！[8]

坎坎伐辐兮，[9]寘之河之侧兮，河水清且直猗。不稼不穑，胡取禾三百亿兮？[10]不狩不猎，胡瞻尔庭有县特兮？[11]彼君子兮，不素食兮！

坎坎伐轮兮，寘之河之漘兮，[12]河水清且沦猗。[13]不稼不穑，胡取禾三百囷兮？[14]不狩不猎，胡瞻尔庭有县鹑兮？[15]彼君子兮，不素飧兮。[16]

【注释】

①坎坎：伐木声。　②寘：即“置”字。干：岸也。　③涟：风吹水面纹如连锁貌。猗（yī）：托声字，犹兮。　④稼：耕种。穑：收获。　⑤廛：“缠”字的假借。“三百廛”就是三百束，三百言其很多，不一定是确数。下二章仿此。　⑥狩：冬猎。　⑦尔：指“不稼不穑”“不狩不猎”的人，也就是下文的“君子”。貆（xuān）：兽名，就是貒，今名猪獾。　⑧素餐：言不劳而食。素就是白，就是空，就是有其名无其实。上文“不稼不穑”四句，正是说那“君子”不劳而食，这里“不素餐”是以反语为讥刺。　⑨辐：车轮中的直木。“伐辐”是说伐取制辐的木材，承上“伐檀”而言。下章“伐轮”仿此。　⑩亿：“繶”的假借，束也。　⑪特：三岁之兽。一说兽四岁为特。　⑫漘（chún）：水

边。　⑬沦：水纹有伦理也。　⑭囷："稛"的假借，也是束。⑮鹑：鸟名，俗名鹌鹑。　⑯飧：熟食也。

【品评】

这首诗是被剥削者发出的抗争之声。不过，诗人没有正面抨击不合理的现象，而是采用了诘问的方式。一群在河边伐木的劳动者向剥削者发出义正辞严的责问：你们不稼不穑，为什么稻谷满仓？你们不狩不猎，为什么猎物挂满了庭院？你们凭什么不劳而食？这些问句充满了愤怒，问得深刻，问得有力！最后诗人讽刺地说：你们这些"君子"，真是不白白吃饭啊！讥诮之意溢于言表。

这首诗语调尖刻而幽默。可以想象：这群伐木者一边劳作，一边你一言我一语地对不劳而食的"君子"冷嘲热讽，发泄心中的愤怒。

硕　鼠

硕鼠硕鼠，①无食我黍！三岁贯女，②莫我肯顾。逝将去女，③适彼乐土。乐土乐土，爰得我所。④

硕鼠硕鼠，无食我麦！三岁贯女，莫我肯德。⑤逝将去女，适彼乐国。乐国乐国，爰得我直。⑥

硕鼠硕鼠，无食我苗！三岁贯女，莫我肯劳。⑦逝将去女，适彼乐郊。乐郊乐郊，谁之永号？⑧

【注释】

①硕鼠：鼫鼠，又名田鼠，这里用来比剥削无厌的统治

者。 ②贯：侍奉也。“三岁贯女”就是说侍奉你多年。“三岁”言其久，“女”指统治者。 ③去女：言离去。 ④爰：犹乃。所：指可以安居之处。 ⑤德：惠也。 ⑥直：就是值。“得我直”就是说使我的劳动得到相当的代价。 ⑦劳：慰问。⑧之：犹其。永号：犹长叹。末二句言既到乐郊，就再不会有悲愤，谁还长吁短叹呢？

【品评】

这首诗反映农夫对沉重剥削的怨恨和控诉。诗人把剥削者比为大老鼠。农夫年年岁岁辛苦地供养了“老鼠”，却得不到它们丝毫的恩惠。忍无可忍的诗人发出愤怒的呼声，发誓要离开“老鼠”，去寻觅安居的“乐土”。尽管这片“乐土”是不存在的，但是对美好生活的向往和追求，鼓舞着人民进行抗争。在这首诗中，诗人采用重章叠词的手法来加强感情力量。比如开头两个“硕鼠”叠用，表达出农夫苦苦祈求之意；最后两个“乐土”叠用，则表达出无限向往之情。

蒹 葭

蒹葭苍苍。[1] 白露为霜。所谓伊人，[2] 在水一方。[3] 溯洄从之，[4] 道阻且长。[5] 溯游从之，[6] 宛在水中央。[7]

蒹葭凄凄。[8] 白露未晞。[9] 所谓伊人，在水之湄。[10] 溯洄从之，道阻且跻。[11] 溯游从之，宛在水中坻。[12]

蒹葭采采。[13] 白露未已。所谓伊人，在水之涘。[14] 溯洄从之，道阻且右。[15] 溯游从之，宛在水中沚。[16]

【注释】

①蒹:荻也。葭:芦也。苍苍:鲜明之貌。　②伊人:犹是人、彼人,指诗人所追寻的人。　③方:边也。"在水一方"就是说在水的另一边。　④溯:逆水而行。这里是说傍水走向上游。看下文"道阻且跻"可知是陆行而非水行。洄:回曲盘纡的水道。从:就也。　⑤阻:难也。　⑥游:通"流",流是直流的水道。　⑦宛:可见貌。从以上四句见出彼人所在的地点似是一条曲水和一条直流相交之处。诗人如沿直流上行,就看见彼人在曲水的彼方,好像被水包围着;如走向曲水的上游,虽然可绕到彼人所在的地方,但道路艰难而且遥远。　⑧凄凄:一作"萋萋",犹苍苍也。　⑨晞:干也。　⑩湄:水草交接之处。⑪跻:升高。　⑫坻:水中高地。　⑬采采:犹萋萋。　⑭涘:水涯也。　⑮右:曲也。　⑯沚:小渚。

【品评】

这是一首优美的爱情诗。在这个秋天的早晨,芦苇上的霜露浓重,诗人冒着秋寒在岸边徘徊,寻找所思念的人儿。她(他)在哪里呢?在水的另一方。河道回曲盘纡,道路艰难遥远,远远望去,所思念的人儿"宛在水中央",可望而不可及。在这首诗中,诗人巧妙地利用芦苇、霜露、秋水等景物渲染出一种凄迷气氛,以此来烘托所思不见的怅惘心情。每章开头两句写芦苇上霜露的变化,以此来暗示时光的流逝,使人意会到他(她)已经在秋水畔徘徊了一个清晨。

无　衣

岂曰无衣?与子同袍。[①] 王于兴师,[②] 修我戈矛,[③] 与子同仇。④

岂曰无衣？与子同泽。⑤王于兴师，修我矛戟，⑥与子偕作。⑦

岂曰无衣？与子同裳。王于兴师，修我甲兵，与子偕行。

【注释】

①袍：长衣也。行军者日以当衣，夜以当被。就是今之披风，或名斗篷。“同袍”是友爱之辞。 ②于：语助词，犹“曰”或“聿”。兴师：出兵。 ③戈、矛：都是长柄的兵器，戈平头而旁有枝，矛头尖锐。 ④与子同仇：等于说你的仇敌就是我的仇敌。 ⑤泽：汗衣。 ⑥戟：兵器名。古戟形似戈，具横直两锋。 ⑦作：起也。

【品评】

这首诗是军中的歌谣，反映了秦国兵士团结友爱、共御强敌的精神。全诗分为三章，采用兵士相语的口吻。

在激战前夕，兵士们聚在一起紧张地修整武器。这时，有人顾虑自己没有衣裳。他的战友就充满友情地劝慰他：“谁说没有衣裳，我和你同披一件战袍！”又用大义来激励同伴：“国家出兵打仗，我们且把武器修理好，我和你面对着一个共同的敌人。”从诗中不仅可以看到兵士之间的友爱，也可以看到他们在国难当头的时刻，心甘情愿地承担起重大牺牲的爱国精神。诗歌音节短促，声调激昂，生动地表现了秦国兵士们同仇敌忾、慷慨从军的情景。

东　山

我徂东山，[1]慆慆不归。[2]我来自东，零雨其濛。[3]我东曰归，我心西悲。[4]制彼裳衣，[5]勿士行枚。[6]蜎蜎者蠋，[7]烝在桑野，[8]敦彼独宿，[9]亦在车下。

我徂东山，慆慆不归。我来自东，零雨其濛。果裸之实，[10]亦施于宇，[11]伊威在室，[12]蠨蛸在户。[13]町畽鹿场，[14]熠燿宵行，[15]不可畏也？伊可怀也！[16]

我徂东山，慆慆不归。我来自东，零雨其濛。鹳鸣于垤，[17]妇叹于室。洒扫穹窒，我征聿至。[18]有敦瓜苦，[19]烝在栗薪，[20]自我不见，于今三年。

我徂东山，慆慆不归。我来自东，零雨其濛。仓庚于飞，[21]熠燿其羽。之子于归，[22]皇驳其马。[23]亲结其缡，[24]九十其仪。[25]其新孔嘉，[26]其旧如之何？[27]

【注释】

①东山：诗中军士远戍之地。相传本诗和周公伐奄有关，东山当在奄国(今山东省曲阜市)境内。　②慆慆：一作“滔滔”，久也。　③零雨：徐雨，即小雨。濛：微雨貌。　④悲：思念。　⑤裳衣：言下裳和上衣。古人男子衣服上衣下裳，但戎服不分衣裳。　⑥士：从事也。行：就是横。横枚等于说衔枚。古人行军袭击敌人时，用一根筷子似的东西横衔在嘴里以防止出声，叫做衔枚。以上两句是设想回家后换上平民服装，不再从事征战。　⑦蜎蜎：蚕蠋屈曲之貌。蠋：蛾蝶类的幼虫。这里所指的是桑树间野生的蚕。　⑧烝：久也。　⑨敦：团也。

敦本是器名，形圆如球。这句连下句是说在车下独宿，身体蜷曲成一团。上文“蜎蜎者蠋”两句以蠋和人对照，独宿者蜷曲的形状像蠋，但蠋在桑间是得其所，人在野地露宿是不得其所。

⑩果裸：葫芦科植物，一名栝楼或瓜蒌。 ⑪施（yì）：移也。栝楼蔓延到檐上是无人剪伐的荒凉景象。 ⑫伊威：虫名。椭圆而扁，多足，灰色，今名土鳖，常在潮湿的地方。 ⑬蟏蛸（xiāo shāo）：虫名，蜘蛛类，长脚。以上两句是室内经常无人打扫的景象。 ⑭町畽：平地被兽蹄所践踏处。鹿场：鹿经行的途径。 ⑮熠燿：光明貌。宵行：磷火也。以上两句写宅外荒凉景象。从“果裸”句以下到这里都是设想自己离家后，园庐荒废的情形。 ⑯以上两句设为问答，上句说这样不可怕吗？下句说是可怀念的啊！下句并非将上句否定，诗意是尽管情况可怕还是可怀念的，甚至越可怕越加怀念。 ⑰鹳：鸟名，涉禽类，形似鹤，又名冠雀。俗名又叫“老等”，因其常在水边伫立，等待游鱼。垤：小土堆。 ⑱征：行。聿：语词，同“曰”。聿、曰都有“将”意。以上三句是说征夫设想妻在家悲叹，恨不得告诉她：别叹息了，赶紧收拾屋子吧，我正在赶路，将要到家了。 ⑲瓜苦：即瓜瓠，也就是匏瓜，葫芦类。古人结婚行合卺之礼，就是以一匏分作两瓢，夫妇各执一瓢盛酒漱口，这里“瓜苦”似指合卺的匏。下文叹息三年不见，因为想起新婚后离家已经三年了。 ⑳栗薪：聚薪。以上二句言团团的匏瓜搁在那柴堆上已经很久了。 ㉑仓庚：鸟名，就是黄鹂。 ㉒之子：指妻。 ㉓皇：黄白色。驳：赤白色。 ㉔亲：指“之子”的母亲。结缡：将佩巾结在带上。古俗嫁女时母为女结缡。 ㉕九十：言其多。这句是说仪注之繁。以上追忆新婚时的情形，和上章“瓜苦”“栗薪”的回忆紧相承接。 ㉖嘉：美也。 ㉗旧：犹久。

【品评】

这首诗表达了一种厌战情绪。相传本诗和周公东征奄国有关。这个征人随军东征已经很久了，在这个阴雨濛濛的日子，他终于踏上了回乡的路。“慆慆不归”一语透露出对岁月流逝的无限感慨，而“零雨其濛”的景色则使全诗笼罩着一层愁惨气氛。诗歌的第一章写征人欣喜自己能够生还。他一听说要离开东方，心儿就飞到了西方的家乡，兴奋地想象自己不再从事征战。第二章写征人想象家园已经荒芜了，无人修剪的瓜蒌爬到房檐上结子，土鳖在屋里跑来跑去，蜘蛛在墙角结网，场院上印着鹿迹，磷火飞来飞去。但这也没有什么可怕的，因为这是他日夜思念的地方。第三章写他想象自己的妻子正在为思念他而叹息。第四章回忆三年前新婚时的情景，设想着重逢的欢乐。诗歌以十分细腻的笔触刻画了征人在回乡途中复杂的内心活动和对和平生活的热切渴望。

采　薇

采薇采薇，[1]薇亦作止。[2]曰归曰归，岁亦莫止。[3]靡室靡家，[4]猃狁之故；[5]不遑启居，[6]猃狁之故。

采薇采薇，薇亦柔止。[7]曰归曰归，心亦忧止。忧心烈烈，[8]载饥载渴。我戍未定，[9]靡使归聘。[10]

采薇采薇，薇亦刚止。[11]曰归曰归，岁亦阳止。[12]王事靡盬，不遑启处。[13]忧心孔疚，[14]我行不来。[15]

彼尔维何？[16]维常之华。[17]彼路斯何？[18]君子之车。戎车既驾，[19]四牡业业。[20]岂敢定居，一月三捷。[21]

驾彼四牡，四牡骙骙，[22]君子所依，[23]小人所腓。[24]四牡翼翼。[25]象弭鱼服。[26]岂不日戒？[27]猃狁孔棘。[28]

昔我往矣，杨柳依依。[29]今我来思，雨雪霏霏。[30]行道迟迟，载渴载饥。我心伤悲，莫知我哀。

【注释】

①薇：豆科植物，野生，可食。又名大巢菜。 ②作：生出。止：语尾助词。 ③岁莫：一年将尽的时候。 ④靡：无也。“靡室靡家”言终年在外，和妻子远离，有家等于无家。 ⑤玁狁（xiǎn yǔn）：一作猃狁，种族名。到春秋时代称为狄，战国、秦、汉称匈奴。玁狁居住的地方在周之北方。以上两句是说远离家室是为了和玁狁打仗。 ⑥遑：暇也。启居：“启”是小跪，“居”是安坐。古人坐和跪都是两膝着席。坐时臀部和脚跟接触，跪时将腰伸直。这句是说奔走不停，没有闲暇坐下来休息。 ⑦柔：未老而肥嫩。 ⑧烈烈：本是火势猛盛的样子，用来形容忧心，等于说忧心如焚。 ⑨戍：守。这句是说驻防未有定处。 ⑩聘：问也。这句是说没有归聘的使者代我问室家安否。 ⑪刚：将老而粗硬。 ⑫阳：十月。现代对农历十月还称为“小阳春”。 ⑬启处：犹启居。 ⑭疚：病痛。“孔疚”等于说很痛苦。 ⑮来：慰勉。“不来”是说无人慰问。 ⑯尔：《说文》引作“苶”，音同，花繁盛貌。 ⑰常：常棣的简称。以上两句是以开得很繁盛的常棣起兴，引到壮盛军容的描写。 ⑱路：辂，音同。车的高大为“辂”。斯：语助词，犹维。 ⑲戎车：兵车。 ⑳牡：指驾车的雄马。业业：高大貌。㉑捷：抄行小路。“三捷”言多次行军，就是不敢定居的意思。㉒骙骙：强也。 ㉓君子：指将帅。依：犹乘。 ㉔小人：指兵士。腓（féi）：隐蔽也。步卒藉戎车遮蔽矢石。 ㉕翼翼：闲习貌。 ㉖弭：弓两端受弦的地方。“象弭”是用象牙制成的。服：箙的假借字。箙是盛箭的器具。“鱼箙”用鱼皮制成。㉗日戒：每日警备。 ㉘棘：急。 ㉙依依：柳条柔弱随风不定

之貌。 ㉚霏霏:雪飞貌。以上四句言春去冬还。

【品评】

这是一首描写戍边生活的诗。“采薇”即采集野生的薇菜,粮草不续,士兵只好以它充饥。在开头的三章中,作者巧妙地通过薇菜的变化来表达日益深重的乡愁。第一章写“薇亦作止”,这是春天,薇菜刚刚绽出芽尖;第二章写“薇亦柔止”,这是夏天,薇菜叶片肥嫩;第三章则写“薇亦刚止”,这是秋天,薇菜的叶茎将老而粗硬。从春到秋,薇菜由嫩而老,时光无情地流逝了,一年将尽,何时才能回乡呢?诗歌的第四、五章写将帅车马衣饰之盛,来对比戍卒“岂敢定居,一月三捷”的辛劳。

最后一章写征人归途上的心情。在这个雨雪飞扬的日子,戍卒终于踏上了归途。这本是一件令人兴奋的事,然而长久的戍边生活在戍卒心中留下了难以弥合的精神创伤,他是怀着一颗破碎的心走向故乡的。他忧伤地想起:“当年我离开家乡时,正是春天,柳丝低拂;而今天我重返故乡,却是雨雪迷濛的冬天了。有谁知道我的哀伤呢?”读罢全诗,仿佛看见这个身心憔悴的戍卒,冒着风雪,沿着泥泞的小路挣扎着走向画面深处,走向雨雪更浓的远方……“昔我”四句,以春风拂动的柳丝来渲染依依别情,用雨雪纷飞来表现归途的艰难和心情的黯淡,以景写情,含蓄深永,被后人誉为三百篇中最动人的诗句。

刘　邦（前256—前195）

世称汉高祖，沛县丰邑（今江苏丰县）人。和项籍共击秦，项籍立他为汉王。后来平了项籍，统一天下，在位十二年。

大风歌[①]

大风起兮云飞扬。威加海内兮归故乡。[②]安得猛士兮守四方！

【注释】

①刘邦平黥布还，过沛县，邀集故人饮酒。酒酣时刘邦击筑，同时唱了这首歌。汉朝人称这篇歌辞为《三侯之章》，后人题为《大风歌》（始于《艺文类聚》）。　②海内：四海之内，就是“天下”的意思。我国古人认为天下是一片大陆，四周大海环绕，海外则荒远不可知。

【品评】

这首诗是汉高祖刘邦在称帝后第七年返回故乡时创作的。唐人林宽有《歌风台》：“蒿棘空存百尺基，酒酣曾唱大风词。莫言马上得天下，自古英雄尽解诗。”刘邦作为一位马上得天下的开国君主，《大风歌》正是他英雄本色的显露。诗中既有对往昔“大风起兮云飞扬”的戎马生涯的追忆，又有着对今日“威加海内兮归故乡”的无限感慨，还有“安得猛士兮守四方”的深沉思谋。全诗三句,二十三个字,将这位具有雄才大略的封建君王的复杂情怀表达得淋漓尽致。

这首诗的语言古朴,不事雕绘,但是在词汇的运用上很有特点。大风、飞云、猛士,这些形象都给人以强烈的动感,极其准确地渲染出秦末天下激荡的时代气氛,在读者眼前展现出一幅沧海横流、群雄逐鹿的历史画面,而作者本人正是在这样的背景上完成了统一中国的大业。“大风”“飞云”“猛士”这类具有飞动之势的形象使人感受到作者叱咤风云的气概,而“海内”“故乡”“四方”等开阔形象则使人感受到作者恢宏的气度。这两组艺术形象的融和,构成了《大风歌》雄浑深沉的韵调。

《大风歌》每句都押脚韵,“扬”“乡”“方”的尾音悠扬,具有高亢的效果。全诗节奏有力,旋律单纯,与它的内容很协调。

刘 彻(前156—前87)

世称汉武帝。在文治和武功两方面都有重要措施,曾建立汉乐府,采集民歌。

秋风辞

秋风起兮白云飞,草木黄落兮雁南归。兰有秀兮菊有芳,① 怀佳人兮不能忘。泛楼船兮济汾河,② 横中流兮扬素波。箫鼓鸣兮发棹歌,③ 欢乐极兮哀情多。少壮几时兮奈老何!

【注释】

①兰、菊:比喻佳人。秀:指花开。在这句诗里"秀"指颜色,"芳"指香气。 ②楼船:有楼的大船。汾河:源出山西省宁武县管涔山,西南流到河津市入黄河。 ③棹:楫,船旁拨水之物。棹歌,摇楫时所唱的歌。

【品评】

据《汉武故事》,刘彻行幸河东,祭祀后土,在舟中和群臣宴饮,创作此歌。其时大约在元鼎四年(前113)。此歌抒写了作者悲愁、怀"佳人"和自伤老大的心情。歌中所说"佳人",似喻仙人,如此理解方与"祭后土"、求仙之意相合。

诗歌开头二句描写了一幅秋风白云、草木黄落、群雁南归的秋景。如此衰飒景色勾起了他对"佳人"的怀念。春兰秋菊独擅秀色芬芳，宛如仙人常有好容颜；而世人不能常葆青春，如草木易衰，怎不令人想念“佳人”而不能释怀呢！“泛楼船”三句写舟中宴饮情景。在如此欢乐的场合，作者似乎暂时丢开了人生短促的苦恼。然而接下去二句陡然一转，人生的荣华尊贵能有几时？日月飞逝，人生易老，即使身为帝王之尊，又“奈老何”！永恒的悲伤与短暂的荣华相比，更令人起无可奈何之叹！至此凄然收篇，可谓情景相生，呼应得法。

《秋风辞》在艺术风格上受楚辞的影响比较明显，其气势虽不及《大风歌》雄健，但别有一种凄婉含蓄的风韵。

辛延年

后汉人，身世不详。

羽林郎[1]

昔有霍家奴，姓冯名子都。[2]依倚将军势，调笑酒家胡。[3]胡姬年十五，春日独当垆。[4]长裾连理带，[5]广袖合欢襦。[6]头上蓝田玉，[7]耳后大秦珠。[8]两鬟何窈窕，[9]一世良所无。一鬟五百万，两鬟千万馀。[10]“不意金吾子，娉婷过我庐。[11]银鞍何煜爚，[12]翠盖空踟蹰。[13]就我求清酒，丝绳提玉壶。就我求珍肴，金盘脍鲤鱼。[14]贻我青铜镜，结我红罗裾。[15]不惜红罗裂，何论轻贱躯！[16]男儿爱后妇，女子重前夫。人生有新故，贵贱不相逾。[17]多谢金吾子，[18]私爱徒区区。”[19]

【注释】

①羽林是皇家的警卫军，羽林郎是羽林中的官名。本篇内容并不是咏羽林郎，而是歌咏一个酒家女反抗强暴、拒绝贵家豪奴调笑的事。诗中的冯子都是西汉人，而诗是东汉诗，作者假托往事以讽当时。朱乾《乐府正义》疑这诗为讽刺窦景而作，是可能的。东汉和帝刘肇(89—105)时窦宪做大将军，兄弟骄横，尤其是执金吾窦景，常常纵容部下强夺民间妇女财物，百姓都把他们看做虎狼。窦氏家奴的头子侯海地位相当于霍氏的

冯子都。 ②西汉昭帝刘弗陵(前86—前74)时霍光为大司马大将军。冯子都:名殷,是霍光所爱幸的奴才头子。 ③酒家胡:酒家“胡”女。当时称西北外族都叫“胡”。 ④垆:放酒坛子的地方,用土垒成,四边隆起,一面稍高。当垆,就是卖酒。 ⑤裾:衣的前襟。连理带:两条相连结的带子。 ⑥襦:短衣。合欢:一种图案花纹的名称,这种花纹是象征和合欢乐的。 ⑦蓝田:山名,在今陕西省蓝田县东,相传此山出美玉,又名玉山。 ⑧大秦:国名,即罗马帝国,当时由西域和中国交通。这句说珠在耳后,似指簪两端垂下的珠(簪长一尺,横穿髻上,两端悬挂珠玉等饰物),不是耳珰。 ⑨两鬟:将头发挽成环形的髻,叫做“鬟”。古时年轻女子挽两鬟或三鬟。窈窕(yiǎo tiǎo):美好貌。 ⑩以上二句是说鬟上首饰贵重,值钱千万。 ⑪金吾:即执金吾,官名,统率一部分禁军,负巡防京师的责任。冯子都是霍氏家奴,并非执金吾。这里胡姬称冯为“金吾子”,正如后世的老百姓见了兵都称“老总”“长官”之类。娉婷(pīng tíng):婉容曰娉,和色曰婷。 ⑫煜爚(yù yuè):光辉照耀。 ⑬翠盖:用翠鸟羽毛装饰起来的车盖。 ⑭脍鲤鱼:细切鲤鱼肉。 ⑮以上二句言霍家奴以铜镜送胡姬,要系在她的衣襟上。这种举动就是上文所说的“调笑”。 ⑯以上二句是说对于霍家奴的赠镜结裾,不惜绝裾抗拒,如果他进一步侵犯身体,将如何对待就不消说了。 ⑰逾:越。胡姬表明拒绝的理由:一是爱情已有所属,二是不愿嫁给贵人。 ⑱谢:告。“多谢”犹言郑重告诉。 ⑲徒区区:白白地殷勤。末二句意在向一切“金吾子”宣告,不专对冯说。

【品评】

这首诗歌咏一位卖酒女反抗强暴的故事,情节生动,饶有情趣。作者采用了烘云托月的笔法来塑造这位不寻常的少女形象。诗中没有一句正面写胡姬的容颜,但是“春日”二字足以引起人们许多美好的联想;那新颖大方的妆束,也足以使人们去想象其人宛如春花的姿容。尤其有意思的是,作者专门写胡姬的发髻"一鬟五百万,两鬟千万馀",连两个发髻都如此珍贵,可见其人更是举世无双了。本来这首诗多用铺陈,句式绵密;但由于着墨活泼,写"鳞爪"以见"全龙",这就在缛密中透出灵动之气,给读者留下了驰骋想象力的空间。

这首诗的语言生动,有传神之妙。比如写"金吾子"到酒垆,先是"娉婷"而来,而后是"踟蹰"不去,神态逼真。又如写"金吾子"向胡姬献殷勤,一连用了"就我""贻我""结我"几个词,活画出"金吾子"追逐胡姬的丑态。

《羽林郎》的诗势富于变化。先是平静地叙说,到"不意金吾子";一个"不意",波澜顿起;至"不惜"句,胡姬愤怒抗言,矛盾冲突到了高潮;随即又缓和下来,义正辞严地说理。忽缓忽急,一张一弛,更增加了故事的情味。尤其是最后两句,态度严肃,语调委婉,说得彬彬有理,又暗带讥讽,既见出胡姬的坚贞,更见出她的机敏。

蔡　琰

字文姬，又字昭姬，陈留圉（今河南杞县南）人。她是蔡邕的女儿，博学有才，通音律。初嫁卫氏，夫亡无子，归宁于家。兵乱中被虏，辗转入南匈奴。身陷南匈奴十二年，生二子。曹操遣使将她赎还，重嫁同郡董祀。

悲愤诗

汉季失权柄，董卓乱天常。①志欲图篡弑，②先害诸贤良。③逼迫迁旧邦，④拥主以自强。海内兴义师，⑤欲共讨不祥。⑥卓众来东下，⑦金甲耀日光。平土人脆弱，来兵皆胡羌。⑧猎野围城邑，所向悉破亡。斩截无孑遗，⑨尸骸相撑拒。⑩马边悬男头，马后载妇女。长驱西入关，⑪迥路险且阻。⑫还顾邈冥冥，⑬肝脾为烂腐。所略有万计，不得令屯聚。或有骨肉俱，欲言不敢语。失意几微间，辄言“毙降虏。⑭要当以亭刃，⑮我曹不活汝”。⑯岂敢惜性命，不堪其詈骂。或便加棰杖，毒痛参并下。⑰旦则号泣行，夜则悲吟坐。欲死不能得，欲生无一可。彼苍者何辜？⑱乃遭此戹祸。

边荒与华异，⑲人俗少义理。⑳处所多霜雪，胡风春夏起。翩翩吹我衣，肃肃入我耳。感时念父母，哀叹无穷已。有客从外来，闻之常欢喜。迎问其消息，辄复非乡里。邂逅徼时愿，㉑骨肉来迎已。㉒已得自解免，当复弃儿子。天属缀人心，[23]念别无会期。存亡永乖隔，不忍与之辞。儿前抱我颈，问："母欲何之？人言母当去，岂复有还时？阿母常仁恻，今何更不慈？我尚未成人，奈何不顾思！"见此崩五内，[24]恍惚生狂痴。[25]号泣手抚摩，当发复回疑。兼有同时辈，相送告离别。慕我独得归，哀叫声摧裂。马为立踟蹰，车为不转辙。观者皆歔欷，[26]行路亦呜咽。

去去割情恋，遄征日遐迈。[27]悠悠三千里，何时复交会？念我出腹子，胸臆为摧败。既至家人尽，又复无中外。[28]城郭为山林，庭宇生荆艾。白骨不知谁，纵横莫覆盖。出门无人声，豺狼号且吠。茕茕对孤景，[29]怛咤糜肝肺。[30]登高远眺望，魂神忽飞逝。奄若寿命尽，旁人相宽大。[31]为复强视息，[32]虽生何聊赖？[33]托命于新人，[34]竭心自勖厉。[35]流离成鄙贱，常恐复捐废。[36]人生几何时，怀忧终年岁。

【注释】

①天常：天之常道。"乱天常"犹言悖天理。　②篡弑：言杀君夺位。董卓于公元189年以并州牧应何进召入都，废汉少帝（刘辩）为弘农王，次年杀弘农王。　③诸贤良：指被董卓杀害的丁原、周珌、任琼等。　④旧邦：指长安。公元190年董卓焚烧洛阳，强迫君臣百姓西迁长安。　⑤兴义师：指起兵讨董卓。初平元年（190）关东州郡皆起兵讨董，以袁绍为盟主。　⑥祥：善。不祥：指董卓。　⑦卓众：指董卓部下李傕、郭汜等所带的军队。初平三年（192）李、郭等出兵关东，大掠陈留、颍川诸县。蔡琰于此时被掳。　⑧胡羌：指董卓军中的羌胡。董卓所部本多羌、氐族人（见《后汉书·董卓传》）。李傕军

中杂有羌胡(见《后汉书·献帝纪》记载)。 ⑨截:斩断。孑:独。 ⑩相撑拒:互相支拄。这句是说尸体众多,堆积杂乱。 ⑪西入关:指入函谷关。卓众本从关内东下,大掠后还入关。 ⑫迥:遥远。 ⑬邈冥冥:渺远迷茫貌。 ⑭弊:即"毙",詈骂之词。"弊降虏"犹言死囚。 ⑮亭:古通"停"。"停刃"犹言加刃。一说"亭"是"楟"的省字,楟是击刺的意思。 ⑯我曹:犹我辈,兵士自称。以上四句是说兵士对于被虏者稍不满意就说:"杀了你这死囚,让你吃刀子,我们不养活你了。" ⑰毒:恨。参:兼。这句是说毒恨和痛苦交并。 ⑱彼苍者:指天。这句是呼天而问,问这些被难者犯了什么罪。 ⑲边荒:边远之地,指南匈奴,其地在河东平阳(今山西省临汾附近)。蔡琰如何入南匈奴人之手,本诗略而不叙,史传也不曾明载。《后汉书》本传只言其时在兴平二年(195)。是年十一月李傕、郭汜等军为南匈奴左贤王所破,疑蔡琰就在这次战争中由李、郭军转入南匈奴军。 ⑳少义理:言其地风俗野蛮。这句隐括自己被蹂躏被侮辱的种种遭遇。 ㉑邂逅(xiè hòu):不期而遇。徼:侥幸。这句是说平时所觊望的事情意外地实现了。 ㉒骨肉:喻至亲。作者苦念故乡,见使者来迎,如见亲人,所以称之为骨肉。或谓曹操遣使赎蔡琰或许假托其亲属的名义,所以诗中说"骨肉来迎"。 ㉓天属:天然的亲属,如父母、子女、兄弟、姐妹。缀:联系。 ㉔五内:五脏。 ㉕恍惚:精神迷糊。生狂痴:发狂。 ㉖歔欷:悲泣抽噎。 ㉗遄(chuán)征:疾行。日遐迈:一天一天地走远了。 ㉘中外:犹中表,"中"指舅父的子女,为内兄弟,"外"指姑母的子女,为外兄弟。以上二句是说到家后才知道家属已死尽,又无中表近亲。 ㉙茕茕:孤独貌。景:就是"影"。 ㉚怛咤(dá zhà):惊痛而发声。 ㉛相宽大:劝她宽心。 ㉜息:呼息。这句是说又勉强活下去。 ㉝何聊赖:言无聊赖,就是无依靠,无乐趣。 ㉞新人:指作者重嫁的丈夫董祀。 ㉟勖:勉励。 ㊱捐废：弃置不顾。以上二句是说自己经过一番流离，成为被人轻视的女人，常常怕被新人抛弃。

【品评】

这是我国诗歌史上文人创作的第一首自传体的五言长篇叙事诗。它真实地描绘了诗人在汉末动乱中的不幸遭遇，是汉末社会现实的实录。全诗的时间跨度较大，具有史诗的体制和浓郁的时代氛围。

全诗可分为三大段。第一段描写董卓之乱、"胡羌"乘机大掠的情景，以及诗人被掳后在俘虏营中的生活。第二段写诗人被掳到边地后思念故乡亲人的痛苦和汉使来迎归时又不忍弃子、去留两难的心情。最后一段写诗人归途上的心情和到家后的遭遇。

这首诗将叙事与抒情紧密地结合在一起，叙事言情，格局恢张，极有章法。叙事时，既有细腻的刻画，又有精练的概括；抒情时，既有多层次的感情波澜，又格外抒写了母子惨别的哀痛。情系乎词，情事相称，造成了诗歌震撼心灵的悲剧力量。比如"有客从外来"以下数句，先是闻客至而欣喜相迎，满怀希望；询问之后方知不是同乡，希望转为失望；汉使来迎，真是喜出望外；但是必须丢弃亲生骨肉，可能永无相见之日，不禁悲痛欲绝。诗中的情感随着叙事的进程而变化，忽喜忽悲，波澜起伏，展示了一幕人间悲剧。

《悲愤诗》凝结着诗人的屈辱和辛酸，感情极其真实，体验极其深切，像北国的俘虏生活、别子时的矛盾心情，不是亲历者难以道出。因此，这首诗不以词胜，而以情胜。它的语言质朴，明白晓畅。尤其是诗中人物的语言，都与其身份相称，能闻声见人。像母子相别时其子说的那几句话，极肖小儿声口，令人仿佛看到了孩子天真烂漫的神态。总之，这是一首格调悲怆、真情倾泻的好诗。

汉乐府民歌

战城南

战城南，死郭北。野死不葬乌可食。为我谓乌："且为客豪！[①]野死谅不葬，腐肉安能去子逃？"[②]

水深激激，[③]蒲苇冥冥。枭骑战斗死，[④]驽马徘徊鸣。

梁筑室，[⑤]何以南？何以北？禾黍不获君何食？愿为忠臣安可得！

思子良臣，良臣诚可思。朝行出攻，暮不夜归。[⑥]

【注释】

①客：指死者。豪：即"号"。古人对于新死者须行招魂之礼，招时且哭且说，就是"号"。诗人要求乌鸦先为死者招魂，然后吃他。 ②子：指乌鸦。这句说：这些战死在郊野的人一定没有人来掩埋，已腐烂的肉体怎能离开乌鸦而逃走呢？ ③激激：清澄。 ④枭骑：良马。 ⑤梁：指桥梁。筑室：指构筑工事。一说"梁"为表声字。 ⑥良臣：指善于谋划调度的大臣。由于良臣不可得，战者只有朝出而无夜归。

【品评】

这是汉乐府《铙歌》中的一首，真实地描述了两千多年前一场战争的悲惨情景。诗中略去了刀光剑影、血肉横飞的厮杀场面,集中笔墨描写了战斗结束后的战场:尸横荒野,乌鸦群飞,流水呜咽,蒲苇萧瑟;薄暮中,围着旧日主人徘徊的驽马扬声悲鸣……这个被死寂笼罩着的古战场,无言地诉说着战争的残酷和人民承受的巨大牺牲。在诗歌的第一段中,作者假设阵亡将士对乌鸦说话:"且先为我们招魂吧,反正死人也不能逃出你的口!"暴尸不葬,本是极惨的事,却用豪放慷慨的语言说出来,产生了一种悲极无泪、恨极无声的艺术效果,带着怪诞色彩的这一笔,把悲剧气氛渲染得更加浓烈。诗歌的第二段集中描写战场的凄惨阴森景象。第三段一连用了几个问句,这些问句一个比一个含蓄、深沉、有力,包含着极其深刻的思想内容,发人深省。最后一段是作者对战死者的怀念。全诗笼罩着一种悲烈惨淡的气氛。

有所思

有所思,乃在大海南。何用问遗君?① 双珠玳瑁簪,② 用玉绍缭之。③ 闻君有他心,拉杂摧烧之。摧烧之,当风扬其灰。从今以往,勿复相思!相思,与君绝!鸡鸣狗吠,兄嫂当知之。〔妃呼豨〕秋风肃肃晨风飔,④ 东方须臾高知之。⑤

【注释】

①问遗:赠与。这句是说用什么送给你。 ②簪:古人用来连接冠和发髻,横穿髻上,两端出冠外。《后汉书·舆服志》云:"簪以玳瑁为擿,长一尺,端为华胜,下有白珠。" ③绍缭:缠绕。 ④妃呼豨:表声的字,无意义。肃肃:风声。晨风:鸟

名，就是鹯，和鹞子是一类，飞起来很快，飔：疾速。⑤高(hào)：白。

【品评】

本篇是汉乐府《铙歌》中的一首情诗。全诗采用女子自述的口吻，写出了一段感情纠葛。起初，她因思人而爱物，着意修饰要送给所思之人的簪子；而后，"闻君有他心"，怒火中烧，恨人而毁物；继而发誓决裂，"勿复相思"，却又情不自禁地回忆起当初，柔情难舍……全诗的情感跌宕起伏，写出了热恋中人"望之深，怨之切"的微妙心理。

诗歌的语言质朴明快，语意的表达方式富于变化。前半部写得明白畅快，后半部则曲折含蓄。比如"鸡鸣狗吠，兄嫂当知之"句，是写当初幽会情景，惊动了鸡犬，兄嫂应当知道了吧。"知"还是"不知"？她毫无把握，只能惴惴不安地猜测。这种游移不定的语气正好表现了她内心的烦乱。在"相思"和"与君绝"的矛盾中，夜晚过去了，天色渐渐发白，她也暗暗拿定了主意，说："东方须臾高知之"——"太阳一会儿就升起来了，它自然会照亮我的心。"她心里到底有了什么主意，并不明说，而让读者去体会。这种含蓄的语意令人回味，使人感到，经过这个不眠之夜，她的感情变得更加成熟了。

上　邪①

上邪！②我欲与君相知，③长命无绝衰。④山无陵，江水为竭，冬雷震震，夏雨雪，天地合，乃敢与君绝！⑤

【注释】

①这一首也是情诗。指天为誓，表示爱情的坚固和永久。有人猜想这诗和上篇有关联，或本为一篇。如果真是这样，两篇就是同一女子之辞，上篇写考虑和情人断绝，欲决未决，这篇是打定主意之后的誓言。 ②上：指天。上邪(yé)，犹言天啊。这句是指天为誓。 ③相知：相亲。 ④命：令，使。从“长命”句以下是说不但要“与君相知”，还要使这种相知永远不绝不衰。 ⑤除非高山变平地、江水流干、冬雷、夏雪、天地合并，一切不可能发生的事都发生了，我才会和你断绝。

【品评】

本篇是汉乐府《铙歌》中的一首情歌，是一位痴情女子对爱人的热烈表白，在艺术构思上很见匠心。诗的主人公在呼天为誓，直率地表示了“与君相知，长命无绝衰”的愿望之后，转而从“与君绝”的角度落墨，这比平铺直叙更有情味。

主人公设想了三组奇特的自然变异，作为“与君绝”的条件：“山无陵，江水为竭”——山河消失了；“冬雷震震，夏雨雪”——四季颠倒了；“天地合”——再度回到混沌世界。这些设想一件比一件荒谬，一件比一件离奇，根本不可能发生。这就把主人公生死不渝的爱情强调得无以复加，以至于把“与君绝”的可能从根本上排除了。这种独特的抒情方式准确地表达了热恋中人特有的绝对化心理。深情奇想，确实是“短章之神品”。

江南可采莲

江南可采莲，莲叶何田田，[1]鱼戏莲叶间。鱼戏莲叶东，鱼戏莲叶西，鱼戏莲叶南，鱼戏莲叶北。

【注释】

①田田：形容莲叶茂盛的样子。

【品评】

本篇是一首与劳动相结合的情歌。诗歌采用民间情歌常用的比兴、双关手法，以"莲"谐"怜"，象征爱情，以鱼儿戏水于莲叶间来暗喻青年男女在劳动中相互爱恋的欢乐情景。格调清新健康。诗歌的开头三句勾勒出一幅生动的江南景致。后四句以东、西、南、北并列，方位的变化，以鱼儿的游动为依据，显得活泼、自然、有趣。句式复沓而略有变化，是《诗经》的传统手法，用在这里，更令人联想到采莲人在湖中泛舟来往、歌声相和相应的情景。诗中没有一字直接写人，但是通过对莲叶和鱼儿的描绘，却如闻其声，如见其人，如临其境，感受到一股勃勃生气，领略到采莲人内心的欢乐。

陌上桑①

日出东南隅，②照我秦氏楼。秦氏有好女，自名为罗敷。罗敷喜蚕桑，③采桑城南隅。青丝为笼系，④桂枝为笼钩。头上倭堕髻，耳中明月珠。⑤缃绮为下裙，⑥紫绮为上襦。行者见罗敷，下担捋髭须。少年见罗敷，脱帽著帩头。⑦耕者忘其犁，⑧锄者忘其锄。来归相怒怨，但坐观罗敷。⑨一解

使君从南来，五马立踟蹰。⑩使君遣吏往，"问是谁家

姝。”[11]“秦氏有好女，自名为罗敷。”[12]“罗敷年几何？”“二十尚不足，十五颇有馀。”“使君谢罗敷，宁可共载不？”[13]罗敷前置辞：“使君一何愚！[14]使君自有妇，罗敷自有夫。”二解

“东方千馀骑，夫婿居上头。[15]何用识夫婿？[16]白马从骊驹，[17]青丝系马尾，黄金络马头，腰中鹿卢剑，[18]可值千万馀。十五府小史，[19]二十朝大夫，三十侍中郎，[20]四十专城居。[21]为人洁白皙，鬑鬑颇有须，[22]盈盈公府步，冉冉府中趋。[23]坐中数千人，皆言夫婿殊。”[24]三解

【注释】

①据郑樵《通志》，《陌上桑》本有两首，一首又名《秋胡行》，咏秋胡故事；另一首又名《艳歌罗敷行》，咏罗敷故事。本篇分三解，“解”犹“章”，是乐歌的段落。 ②隅：方。北回归线以北地区见太阳东升稍偏南方。 ③喜：一作“善”。 ④笼：篮子。系：系物的绳。 ⑤倭堕：就是“委佗”或“婀娜”，美好。明月珠：大珠名。 ⑥缃：杏黄色。 ⑦帽：一作“巾”。帩头：即“绡头”，是包头发的纱巾。这一句是说脱了帽子仅着绡头。 ⑧犁：一作“耕”。 ⑨坐：因。以上二句是说耕者、锄者归来互相抱怨，只因看罗敷采桑，误了工作。一说，因为男子痴看罗敷引起妻的愤怒，回家后发生诟谇。此种叙写的作用是衬托罗敷的美。 ⑩使君：对太守或刺史的称呼，最早见于《后汉书·寇恂传》。五马：古代诸侯驾车用五匹马，汉太守也用五马。“五马”句是说使君的车停止不进。 ⑪姝：美女。这句是太守命令他的吏人。 ⑫以上二句是吏人的回复。一作“答云秦氏女，且言名罗敷”。以下三句是使君和吏人的问答。 ⑬谢：问。以上二句是吏人奉命问罗敷。 ⑭置：一作“致”。一：语助词。 ⑮上头：行列的前端。 ⑯何用：何

以。 ⑰骊：纯黑的马。 ⑱鹿卢：滑车。普通写作“辘轳”。古时长剑之首用玉作辘轳形。 ⑲府小史：太守府中的吏人。史，一作“吏”。 ⑳朝大夫、侍中郎：都是官名。 ㉑专城居：犹言为一城之主，如州牧和太守。 ㉒鬑鬑（lián）：长貌。白面长髯是当时男性美的标准。 ㉓盈盈、冉冉：都是美好而迟缓的样子，形容贵人的步法。“公府”是三公之府，“府中”是太守所居。“公府步”“府中趋”等于后世所谓“官步”。 ㉔殊：出众。

【品评】

本篇是汉乐府民歌中著名的叙事诗，采用喜剧手法来揭露统治阶级的荒淫无耻，同时塑造了一个坚贞美丽的农家女子形象。

诗歌的第一部分描写罗敷的惊人美貌。作者没有作正面描绘，而是从她生活的环境、所用的器物、所梳的发式及所着的衣服落墨。诗中运用了别开生面的烘托手法，通过旁观者见到罗敷时的神态举止来表现罗敷的美：过路人看到她，不由自主地放下担子、捋着胡须注目而视；少年人看到她，脱下帽子戴上帩头，想引起她的注意；耕者忘记了身边的犁，锄者也忘记了手中的锄……各种人都因罗敷而神魂颠倒，你想罗敷有多美！不直接写美的形象，而去写美的效果，引导读者凭藉自己的想象去“再创造”一个罗敷，这正是作者的匠心所在。这段描写很有生活气息，渲染出活活泼泼的喜剧气氛，同时在结构上也为那“五马立踟蹰”的“使君”上场作了引导。

诗歌的第二部分写“使君”仗着权势、强邀罗敷与他一起坐车回去，遭到罗敷的断然拒绝。

诗歌的第三部分描写罗敷向“使君”盛夸自己的夫婿，说他官居要职，才貌出众。这种“以其人之道，还治其人之身”的反击，充分显示了罗敷的智慧，令仗势欺人的“使君”目瞪口呆，自慚形秽。罗敷越说越高兴,"使君"自然越听越扫兴。"座中数千人,皆言夫婿殊!"这幕喜剧就在这充满胜利快感的哄笑声中结束了,而把"使君"如何狼狈而去的丑态留给读者自己去想象。

这首诗充分调动了民歌中常用的铺叙手法,写得文辞飞动,酣畅淋漓。诗歌语言清新活泼,字里行间蕴含着一种幽默俏皮的情韵,千百年来传诵不绝。

饮马长城窟行

青青河畔草,绵绵思远道。① 远道不可思,宿昔梦见之。② 梦见在我傍,忽觉在他乡。他乡各异县,展转不相见。③ 枯桑知天风,海水知天寒。④ 入门各自媚,谁肯相为言!⑤ 客从远方来,遗我双鲤鱼。⑥ 呼儿烹鲤鱼,⑦ 中有尺素书。⑧ 长跪读素书,⑨ 书中竟何如? 上言加餐食,下言长相忆。⑩

【注释】

①绵绵:延续不断貌,形容草也形容对于远方人的相思。 ②宿昔:犹昨夜。 ③展转:亦作"辗转",不定。这里是说在他乡作客的人行踪无定。"展转"又是形容不能安眠之词。如将这一句解释为指思妇而言,也可以通,就是说她醒后翻来覆去不能再入梦。 ④枯桑:落了叶的桑树。这两句是说枯桑虽然没有叶,仍然感到风吹,海水虽然不结冰,仍然感到天冷。比喻那远方的人纵然感情淡薄也应该知道我的孤凄、我的想念。 ⑤媚:爱。言:问讯。以上二句是把远人没有音信归咎

于别人不肯代为问讯。 ⑥双鲤鱼：指藏书信的函，就是刻成鲤鱼形的两块木板，一底一盖，把书信夹在里面。一说将上面写着书信的绢结成鱼形。 ⑦烹：煮。假鱼本不能煮，诗人为了造语生动，故意将打开书函说成烹鱼。 ⑧尺素：素是生绢，古人用绢写信。 ⑨长跪：伸直了腰跪着，古人席地而坐，坐时两膝着地，臀部压在脚后跟上。跪时将腰伸直，上身就显得长些，所以称为“长跪”。 ⑩末二句“上”“下”指书信的前部和后部。

【品评】

这是一首汉乐府民歌，抒写怀人情愫。诗歌的笔法委曲多致，完全随着抒情主人公飘忽不定的思绪而曲折回旋。比如诗的开头，由青草绵绵而“思远道”之人；紧接着却说“远道不可思”，要在梦中相见更为真切；“梦见在身边”，却又忽然感到梦境是虚的，于是又回到相思难见上。八句之中，几个转折，情思恍惚，意象迷离，亦喜亦悲，变化难测，充分写出了她怀远之情的缠绵殷切。

诗中所写思妇种种意想，似梦非梦，似真非真。像诗中所写他家有人归来和自己接到“双鲤鱼”“中有尺素书”的情节，可能是真的，也可能是一种极度思念时产生的臆想。剖鱼见书，有着浓厚的传奇色彩，而游子投书，又是极合情理的事。作者把二者糅合在一起，以虚写实，虚实难辨，更富神韵。

最令人感动的是结尾。好不容易收到来信，“上言加餐食，下言长相忆”，却偏偏没有一个字提到归期。归家无期，信中的语气又近于永诀，这意味着什么呢？这大概是寄信人不忍明言，读信人也不敢揣想的。如此作结，馀意无尽。

东门行

东门行，不顾归。来入门，怅欲悲。盎中无斗米储，[①] 还视架上无悬衣。拔剑东门去，舍中儿母牵衣啼："他家但愿富贵，贱妾与君共铺糜。[②] 上用仓浪天，[③] 故下当用此黄口儿。[④] 今非！""咄！行！吾去为迟，白发时下难久居！"

【注释】

①盎：一种口小腹大的瓦盆。　②铺(bǔ)糜：吃粥。　③用：为了。仓浪天：指苍天。　④黄口儿：幼儿。

【品评】

本篇通过环境的描写和令人揪心的对话，形象地揭示了走投无路的人们起来反抗的过程。男主人公打算铤而走险，但一时拿不定主意，因此"出东门"而复归。当他看到家里无衣无食、一贫如洗的情景时，便下定决心："拔剑东门去"。他的妻子宁愿"安分守贫"，呼天指儿，牵衣哀告，说"今非"——"这不行啊！"他愤然决绝地回答："咄！行！吾去为迟！"——"嘿！我必须走！我已经走晚了！"这些对话精练传神，完全是口头语，活现出人物急切悲愤的神态。对话一结束，全诗也完篇，如同剧终幕落，留下一片黑暗、一片宁静，让读者面对着急落的幕布去猜测主人公未来的命运。此诗以质朴古拙为特色。不假雕琢，挥洒自如，行所当行，止所当止，其音调疾徐相继，读起来朗朗上口，自有一种天然气韵。

白头吟

皑如山上雪，皎若云间月。[1]闻君有两意，[2]故来相决绝。[3]今日斗酒会，明旦沟水头。[4]躞蹀御沟上，沟水东西流。[5]凄凄复凄凄，嫁娶不须啼。[6]愿得一心人，白头不相离。竹竿何袅袅，[7]鱼尾何簁簁。[8]男儿重意气，何用钱刀为。[9]

【注释】

①皑、皎：都是白。 ②两意：就是二心（和下文“一心”相对），指情变。 ③决：别。 ④斗：盛酒的器具。这两句是说今天置酒作最后的聚会，明早沟边分手。 ⑤躞蹀：行貌。御沟：流经御苑或环绕宫墙的沟。东西流：即东流。“东西”是偏义复词。这里偏用东字的意义。以上二句是设想别后在沟边独行，过去的爱情生活将如沟水东流，一去不返。 ⑥这句话连下两句是说嫁女不须啼哭，只要嫁得“一心人”，白头到老，别和我一样，那就好了。 ⑦竹竿：指钓竿。袅袅：动摇貌。 ⑧簁簁（shāi）：犹漇漇，形容鱼尾像濡湿的羽毛。在中国歌谣里钓鱼常常是男女求偶的象征隐语。这里用隐语表示男女相爱的幸福。 ⑨意气：这里指感情、恩义。钱刀：古时的钱有铸成马刀形的，叫做刀钱。所以钱又称为钱刀。

【品评】

这是一首汉代乐府民歌，它巧妙地通过抒情主人公的言行，塑造了一个个性爽朗、感情强烈、头脑清醒的女性形象。诗的开头两句以高山白雪、云间皎月来象征女子爱情的纯真和品格的高洁。她容不得半点卑污,所以“闻君有两意,故来相决绝”。“闻”之即“来”,“来”之即“绝”,语言紧凑利落,气势咄咄逼人,充分表现了她的处事果断、大胆泼辣。她对理想爱情和婚姻的看法,体验真切,见解深刻,也显示了她是一位有主见、有头脑的女性。

全诗时而今,时而昔,时而言己:“愿得一心人,白头不相离。”时而言他:“男儿重意气,何用钱刀为?”回环交错,层层递进。全诗的脉络似乱不乱,如断又续,既真实地刻画了女主人公心烦意乱、思虑万千的精神状态,同时也显示她思想的冷静和周密。有人误认此篇是卓文君的作品。据《宋书·乐志》,此篇和《江南可采莲》《乌生八九子》一类,同是汉代“街陌谣讴”,与卓文君无关。

怨歌行①

新裂齐纨素,鲜洁如霜雪,②裁为合欢扇,团团似明月。出入君怀袖,动摇微风发。常恐秋节至,凉飙夺炎热,③弃捐箧笥中,④恩情中道绝。

【注释】

①本篇据《文选》李善注引《歌录》作无名氏乐府《古辞》。属《相和歌·楚调曲》。 ②裂:截断。“新裂”是说刚从织机上扯下来。素:生绢,精细的素叫做纨。齐地所产的纨素最著名。③飙:急风。 ④箧笥:箱子。

【品评】

这是一首汉代乐府民歌。全诗借咏扇来咏人，字字不离扇，句句暗喻人。通过咏叹团扇“弃置箧笥中，恩情中道绝”的遭遇，写出了一位薄命女子始宠终弃的悲剧。全诗的格调哀婉，语言清丽，不尚新巧，读起来平平淡淡，却具有言近意远的艺术效果。比如开头四句，表面上是赞美纨素的洁白、团扇的精美，细细品味，却是一位女子自哀自伤之辞，蕴含着一缕缕深沉的怨情。像“常恐秋节至”的“常”字，写出了她无时无刻都在担心失宠的心情；而“凉飙夺炎热”的“夺”字，则让人意会到将要吞噬她的厄运是多么的凶猛无情！正是这些平淡无奇、浅近自然的词句，把这位幽怨少妇的形象极其细致地刻画出来了。

枯鱼过河泣

枯鱼过河泣，[1]何时悔复及！作书与鲂鱮，[2]相教慎出入。

【注释】

①枯鱼：干鱼。　②鲂：鳊鱼。鱮(xù)：鲢鱼。

【品评】

这是一首想象极其浪漫的寓言诗。“枯鱼过江泣”，已是奇想了；枯鱼不但“泣”，而且还“作书”，更是奇想。鱼儿为何“枯”？鱼儿为何“泣”？鱼儿为何“悔”？鱼儿为何“作书”，书中叮嘱什么？都没有言明，留下无限的想象空间。但是从“相教慎出入”一句中，我们可以猜测，它很可能是一时大意误陷鱼网，成了“枯鱼”，回忆当初，不觉流下悔恨的眼泪，于是作书告诫同类，出入千万要小心，慎之，慎之！

这里写的是鱼，其实是以鱼喻人。很可能作者遭遇到高压势力的迫害，所以他只能用这种含蓄隐蔽的方法来警告伙伴不要重蹈覆辙，以这种寓言的方式来控诉恶势力的迫害。

古 歌

秋风萧萧愁杀人，出亦愁，入亦愁。座中何人，谁不怀忧？令我白头。胡地多飙风，[①]树木何修修。[②]离家日趋远，衣带日趋缓。心思不能言，肠中车轮转。[③]

【注释】

①飙(biāo)风：暴风。 ②修修：鸟尾干枯不润泽貌，这里藉以形容树木被风吹得干枯如鸟尾。 ③思：悲。末二句是说难言的悲感回环在心里，好像车轮滚来滚去。

【品评】

这是一首客居胡地的游子思乡之歌。诗歌用质朴的语言抒写了浓重的思乡愁绪，气氛惨烈。诗的开端即以萧瑟秋风兴起一天愁云惨雾，以羁旅之身而置此秋风落叶之时，怎能不感到乡思难任，“愁杀人”也！“出亦愁，入亦愁”，真是愁肠百结，凄苦万状，无由解脱。面对瑟瑟秋风，举座之人“谁不怀忧”？“我”更是乡愁莫释，愁白了头！“胡地多飙风”写出了边远之地的荒旷，同时也透露出漂泊者心境的凄凉，他就像被胡地飙风吹枯的树木一样，是那么的委顿不堪。“离家”二句直点主题，离家越远，乡愁越重，以至身体消瘦，衣带渐宽。如此乡愁难以言表，它就像那车轮滚来滚去，把一颗心辗得粉碎，令人痛楚不堪。这首诗以景兴情，情怀激动，一泻而下，扣人心弦。尤其是最后两句以“车轮”比喻回环于心的悲哀，形象而深刻，令人仿佛也能感受到那往复辗转的无限痛楚。

焦仲卿妻[①]

序曰：汉末建安[②]中，庐江府[③]小吏焦仲卿妻刘氏，为仲卿母所遣，自誓不嫁。其家逼之，乃投水而死。仲卿闻之，亦自缢于庭树。时人伤之，为诗云尔。

孔雀东南飞，[④]五里一徘徊。“十三能织素，十四学裁衣，十五弹箜篌，[⑤]十六诵诗书。十七为君妇，心中常苦悲。君既为府吏，守节情不移。鸡鸣入机织，夜夜不得息。三日断五匹，大人故嫌迟。[⑥]非为织作迟，君家妇难为。妾不堪驱使，徒留无所施。[⑦]便可白公姥，[⑧]及时相遣归。”

府吏得闻之，堂上启阿母：[⑨]“儿已薄禄相，[⑩]幸复得此妇。结发同枕席，[⑪]黄泉共为友。共事二三年，始尔未为久。女行无偏斜，何意致不厚？”[⑫]阿母谓府吏：“何乃太区区！[⑬]此妇无礼节，举动自专由。[⑭]吾意久怀忿，汝岂得自由！东家有贤女，自名秦罗敷。可怜体无比，阿母为汝求。便可速遣之，遣去慎莫留！”府吏长跪告，伏惟启阿母：“今若遣此妇，终老不复取！”[⑮]阿母得闻之，槌床便大怒：[16]“小子无所畏，何敢助妇语！吾已失恩义，会不相从许！”[17]

府吏默无声，再拜还入户。举言谓新妇，哽咽不能语：[18]“我自不驱卿，[19]逼迫有阿母。卿但暂还家，吾今且赴府。[20]不久当归还，还必相迎取。以此下心意，[21]慎勿违吾语。”新妇谓府吏：“勿复重纷纭！[22]往昔初阳岁，[23]谢家来贵门。[24]奉事循公姥，[25]进止敢自专？昼夜勤作息，[26]伶俜萦苦辛。[27]谓言无罪过，供养卒大恩。[28]仍更被驱遣，何言复来还？妾有绣腰襦，[29]葳蕤自生光。[30]红罗复斗帐，[31]四角垂香囊。[32]箱帘六七十，绿碧青丝绳。[33]物物各自异，种种在其中。人贱物亦鄙，不足迎后人。[34]留待作遗施，[35]于今无会因。时时为安慰，久久莫相忘。”

鸡鸣外欲曙，新妇起严妆。[36]著我绣夹裙，[37]事事四五通。[38]足下蹑丝履，头上玳瑁光，腰若流纨素，[39]耳著明月珰。[40]指如削葱根，[41]口如含朱丹。[42]纤纤作细步，精妙世无双。上堂谢阿母，母听去不止。“昔作女儿时，生小出野里，本自无教训，兼愧贵家子。受母钱帛多，[43]不堪母驱使。[44]今日还家去，念母劳家里。”却与小姑别，[45]泪落连珠子。“新妇初来时，小姑如我长。勤心养公姥，好自相扶将。初七及下九，[46]嬉戏莫相忘。”出门登车去，涕落百馀行。

府吏马在前，新妇车在后，隐隐何甸甸，[47]俱会大道口。下马入车中，低头共耳语：“誓不相隔卿，且暂还家去。吾今且赴府。不久当还归，誓天不相负。”新妇谓府吏：“感君区区怀。[48]君既若见录，[49]不久望君来。君当作磐石，[50]妾当作蒲苇。蒲苇纫如丝，[51]磐石无转移。我有亲父兄，[52]性行暴如雷，恐不任我意，逆以煎我怀。”举手长劳劳，[53]二情同依依。

入门上家堂，进退无颜仪。阿母大拊掌：[54]"不图子自归！十三教汝织，十四能裁衣，十五弹箜篌，十六知礼仪，十七遣汝嫁，谓言无誓违。[55]汝今无罪过，[56]不迎而自归？""兰芝惭阿母，[57]儿实无罪过。"阿母大悲摧。

还家十馀日，县令遣媒来。云"有第三郎，窈窕世无双，[58]年始十八九，便言多令才"。[59]阿母谓阿女："汝可去应之。"阿女衔泪答："兰芝初还时，府吏见丁宁，[60]结誓不别离。今日违情义，恐此事非奇。[61]自可断来信，徐徐更谓之。"[62]阿母白媒人："贫贱有此女，始适还家门，[63]不堪吏人妇，岂合令郎君？幸可广问讯，不得便相许。"

媒人去数日，[64]寻遣丞请还，[65]说"有兰家女，承籍有宦官"。[66]云"有第五郎，娇逸未有婚，[67]遣丞为媒人，主簿通语言"。[68]直说"太守家，有此令郎君，既欲结大义，[69]故遣来贵门"。阿母谢媒人："女子先有誓，老姥岂敢言？"[70]阿兄得闻之，怅然心中烦，举言谓阿妹："作计何不量！[71]先嫁得府吏，后嫁得郎君，否泰如天地，[72]足以荣汝身。不嫁义郎体，[73]其往欲何云？"[74]兰芝仰头答："理实如兄言。谢家事夫婿，中道还兄门，处分适兄意，[75]那得自任专？虽与府吏要，[76]渠会永无缘。登即相许和，[77]便可作婚姻。"媒人下床去，诺诺复尔尔。[78]还部白府君：[79]"下官奉使命，言谈大有缘。"府君得闻之，心中大欢喜。视历复开书，[80]便利此月内，六合正相应。[81]"良吉三十日，今已二十七，卿可去成婚。"交语速装束，[82]络绎如浮云。青雀白鹄舫，[83]四角龙子幡，[84]婀娜随风转。[85]金车玉作轮，踯躅青骢马，[86]流苏金镂鞍。[87]赍钱三百万，[88]皆用青丝穿，杂彩三百匹，交广市鲑珍。[89]从人四五百，郁郁登郡门。[90]

阿母谓阿女:“适得府君书,明日来迎汝。何不作衣裳?莫令事不举!”[91]阿女默无声,手巾掩口啼,泪落便如泻。移我琉璃榻,[92]出置前窗下。左手持刀尺,右手执绫罗。朝成绣夹裙,晚成单罗衫。晻晻日欲暝,[93]愁思出门啼。

府吏闻此变,因求假暂归。未至二三里,摧藏马悲哀。[94]新妇识马声,蹑履相逢迎,怅然遥相望,知是故人来。举手拍马鞍,嗟叹使心伤。“自君别我后,人事不可量,[95]果不如先愿,又非君所详。我有亲父母,逼迫兼弟兄,以我应他人,君还何所望!”府吏谓新妇:“贺卿得高迁!磐石方且厚,可以卒千年;蒲苇一时纫,便作旦夕间。卿当日胜贵,[96]吾独向黄泉。”新妇谓府吏:“何意出此言!同是被逼迫,君尔妾亦然。[97]黄泉下相见,勿违今日言!”执手分道去,各各还家门。生人作死别,恨恨那可论!念与世间辞,千万不复全。[98]

府吏还家去,上堂拜阿母:“今日大风寒,寒风摧树木,严霜结庭兰。儿今日冥冥,[99]令母在后单。故作不良计,勿复怨鬼神![100]命如南山石,四体康且直。”[101]阿母得闻之,零泪应声落。“汝是大家子,仕宦于台阁[102]。慎勿为妇死,贵贱情何薄?[103]东家有贤女,窈窕艳城郭。[104]阿母为汝求,便复在旦夕。”府吏再拜还,长叹空房中,作计乃尔立。[105]转头向户里,[106]渐见愁煎迫。

其日牛马嘶,新妇入青庐。[107]庵庵黄昏后,[108]寂寂人定初。[109]“我命绝今日,魂去尸长留。”揽裙脱丝履,举身赴清池。府吏闻此事,心知长别离。徘徊庭树下,自挂东南枝。

两家求合葬，合葬华山傍。[110]东西植松柏，左右种梧桐。枝枝相覆盖，叶叶相交通。中有双飞鸟，自名为鸳鸯，仰头相向鸣，夜夜达五更。行人驻足听，寡妇起彷徨。多谢后世人，[111]戒之慎勿忘！

【注释】

①这一篇长诗和序最早见于《玉台新咏》卷一。 ②建安：汉献帝（刘协）年号（196—219）。 ③庐江：汉郡名，初治在今安徽庐江县西，汉末徙治今安徽省潜山县。 ④孔雀：鸟名，鹑鸡类。古诗言夫妇离别往往用双鸟起兴。 ⑤箜篌：乐器名，体曲而长，二十三弦，弹时抱在怀中，两手拨弦。 ⑥断：从机上截下。大人：刘氏称仲卿的母亲。 ⑦施：用。 ⑧白：告语。公姥：公公和婆婆。这里"公姥"是偏义复词，因姥而连言公。以上头两句是起兴，下十八句是刘氏对仲卿诉说痛苦，自请回家。 ⑨府吏：指仲卿，他是庐江府小吏。启：和"白"相同，禀告。 ⑩古人迷信相术，根据相术见出一个人的贫富贵贱叫做"禄相"。薄禄相：言命中难致富贵。 ⑪结发：指男女初成年时。男子二十岁束发加冠，女子十五岁束发加笄表示成年，通称结发。同枕席：指成为夫妇。 ⑫意：料。不厚：犹不爱。这句是说哪料到使母亲不喜爱。 ⑬区区：犹悫悫，愚。 ⑭自专由：自专、自由，即不向尊长请示，擅自行动。 ⑮取：同"娶"。 ⑯床：坐具。小床只容一人坐，比板凳稍宽。年老或尊贵者坐在床上。坐床是席地到用椅子的过渡。 ⑰恩义：情谊。会：犹必。以上三十二句是府吏母子的问答，府吏要求阿母不要驱逐媳妇，阿母坚决不许。 ⑱举言：犹发言。新妇：犹言媳妇，非专指新嫁娘。哽咽：悲极时气结不能发声。 ⑲卿：称谓之辞。君呼臣或地位平等的人互相称呼都可以用"卿"，这里是夫对妻的爱称。 ⑳赴府：是说到庐江

府去办公。 ㉑下心意：犹今言“低心下气”。这句是说为了这个，你就委屈一点罢。 ㉒勿复重纷纭：就是说不必再找麻烦，也就是说别再提迎娶了。 ㉓初阳：约指阴历十一月。旧有冬至阳气初动之说。 ㉔谢：辞。 ㉕奉事：行事。 ㉖作息：操作和休息。这里“作息”是偏义复词，“勤作息”就是勤于操作。 ㉗伶俜：犹联翩，不绝貌。一说是孤单貌。 ㉘以上二句是说自以为无过，事奉婆婆可以始终受她的恩遇。 ㉙腰襦：短袄的一种，下齐腰部。 ㉚葳（wēi）蕤（ruí）：草木下垂貌，这里形容绣腰襦上的金缕。 ㉛复：双层。斗帐：一种小帐，形如向下覆着的斗。 ㉜香囊：盛香料的袋子。 ㉝帘：镜匣。丝绳：大约箱奁上有套，口用丝绳结起。 ㉞后人：指府吏将来再娶的新娘。以上二句是说我这人既然卑贱，我的东西自然也不会是可贵的，不配给未来的新娘用。 ㉟遗施：赠送、施与。这句是说这些东西可以施赠给别人。以上三十八句叙府吏向刘氏传达母亲的意思。府吏表示过些时要再迎娶，刘氏认为不可能再回来。 ㊱严妆：整妆。 ㊲夹裙：有里面两层的裙。 ㊳通：犹遍。每事四五遍，或是心烦意乱，一遍两遍不能妥贴，或言其极意装束，一遍两遍不能满意。 ㊴这句是说腰际纨素的光彩像水流动。或疑“若”是“着”字之误。 ㊵明月珰：明月珠做的耳珰。 ㊶削葱根：尖削的葱白。 ㊷朱丹：一种红色的宝石。这句是说嘴唇红得好看。 ⑩钱帛：指聘礼。 ㊹不堪：言不能胜任。 ㊺却：退。 ㊻初七：指阴历七月七日，妇女在这天晚上供祭织女，乞巧。下九：每月十九日，古人以每月二十九日为上九，初九日为中九，十九日为下九。妇女常常在下九日举行俱乐会，叫做“阳会”。以上三十二句叙刘氏辞阿姥，别小姑，挥涕登车。 ㊼隐隐、甸甸，都是车声。何：语助词。 ㊽区区：犹拳拳、款款，忠爱的意思。 ㊾录：收留，记取。 ㊿磐石：大石。 51纫：似当作“韧”，柔而固。 52亲父兄：“父兄”是偏义复词，因兄而连带到父，刘氏这时似已无父。 53举手：

是告别的表示。劳:忧。“劳劳”是惆怅不已。以上二十五句叙仲卿和刘氏分手,立誓不相负。 ㊴拊掌:拍手。通常这是欢乐的表示,这里表示惊骇。 ㊵无誓违:勿违背誓言。 ㊶今:犹若。 ㊷兰芝:刘氏名。以上十五句是叙兰芝回母家,初见阿母。 ㊸窈窕:美好。 ㊹便言:有口才。令:美。 ㊺丁宁:嘱咐。 ㊻奇:犹嘉。“非奇”等于说“不妙”。 ㊼信:使者。断来信:就是回绝来使(指媒人)。之:指出嫁的事。“徐徐”句译成白话就是“慢慢再谈它”。 ㊽适:嫁。始适:言出嫁未久。或以“始适”为复词,即刚才的意思。以上二十三句写县令遣媒说婚,兰芝拒绝。 ㊾这句是说媒人回复县令后离去。县令和刘家说婚的事到此结束。 ㊿寻:随即。遣丞:县令差遣县丞。请:因事请命于太守。还:丞还县。 (66)承籍:承继先人的仕籍。以上二句是县丞向县令建议另向兰家求婚,说兰家是官宦人家,和刘氏不同。 (67)娇逸:美。 (68)主簿:官名,府县都有主簿,这里指府中的主簿。以上四句是县丞告县令已受太守委托为他的五少爷向刘家求婚,这委托是府主簿传达的。再下四句便是县丞到刘家说媒的话。 (69)结大义:即结婚姻。(70)姥(mǔ):老妇。 (71)作计:决定主意。不量:不加考虑。(72)否(pǐ)泰:《易经》里的两个卦名,表示坏运和好运。这里“否”指先嫁,“泰”指后嫁。言先后相较,高下有如天地之比。(73)郎:就是郎君,等于说公子。义:是美称。 (74)其往:过此以往。这句是刘兄问兰芝今后将作何打算。 (75)适:顺从。(76)要:约。 (77)登即:犹当即,立即。和:应。 (78)诺诺、尔尔:应声。 (79)府君:即太守。 (80)视历:开书翻查历书,选择吉日。(81)六合:月建和日辰相合,即子与丑合,寅与亥合,卯与戌合,辰与酉合,巳与申合,午与未合。 (82)交语:交相传语。(83)舫:船。船前画青雀叫青雀舫。白鹄舫大约也是因船头画白鹄而得名。 (84)龙子幡:绣龙的旗帜,挂在船舱的四角。(85)婀娜:柔弱轻飘貌。 (86)踯躅:犹踟蹰。骢:青白杂毛的马。

⑻流苏：彩丝或羽毛做成的下垂的缨子。 ⑻赍：付。 ⑻交、广：或说指交州和广州，但其地距庐江很远，未免夸张太过。而且据《三国志·吴志》，黄武五年（226）才分交州置广州，叙汉末的事不应交广并称。这句诗似可读成上一下四句。“交”同“教”。“广市鲑珍”就是广泛购买鲑珍。鲑（xié）：鱼类菜肴总称。 ⑼郁郁：盛貌。登：当作“发”。以上六十二句叙太守遣媒说婚，刘家允婚。 ⑼不举：犹不办。 ⑼琉璃榻：嵌琉璃的榻。“榻”是坐具。 ⑼晻晻（yǎn）：日落昏暗貌。暝：暮。 ⑼摧藏：或是“凄怆”之转。 ⑼量：料。 ⑼日胜贵：言生活一天比一天好，地位一天比一天高。 ⑼尔：如此。 ⑼千万：表示坚决之辞。这句是说无论如何不再想保全了。以上五十四句叙兰芝含悲做嫁妆，仲卿闻变来会，两人相约同死。 ⑼日冥冥：日暮。府吏自言即将了结生命，如日之冥冥。 ⑽故：故意。这两句是说我自己故意寻此短见，别以为是鬼神所害。 ⑽以上二句是说将使自己的身体僵卧如石。 ⑽台阁：指尚书台。尚书在东汉是权力很大的官，其官署在东汉末称为尚书台。这句是预拟之辞，言你本是大家子弟，将来还要进尚书台呢，可别为女人轻生。 ⑽“贵贱”句言仲卿贵而兰芝贱，离婚不为薄情。 ⑽艳城郭：全城数她最艳。 ⑽乃尔：如此。这句是说就这样立定主意——决定自杀的方法。 ⑽“转头”句是写仲卿临死时顾念阿母。以上二十六句叙府吏回家，向阿母告别，准备自杀。 ⑽青庐：以青布幔为屋，行婚礼用。 ⑽庵庵：和“晻晻”通用。 ⑽人定初：指亥时初刻。此节十二句叙刘兰芝和焦仲卿的死。 ⑾华山：庐江小山名，今不可考。 ⑾多谢：多多告诉。以上前十二句写仲卿夫妇死后合葬事。末二句是歌者之辞。

【品评】

这首诗详尽地叙述了一出爱情悲剧的始末，结构完整，情节曲折，人物形象鲜明，富于戏剧性，在揭示封建社会婚姻悲剧方面具有独特的成就，被明代王世贞称为“长诗之圣”。作者采用多方设色、层层递进的手法来揭示男女主人公的性格和命运。比如刘兰芝，她勤劳能干，孝顺婆婆，体贴丈夫，怀着对未来生活朦胧的期待默默地忍受着婆婆的折磨。但是，她对自己的处境有清醒的认识，一旦意识到婆婆要驱逐自己的意图，不等对方开口，就自动提出“遣归”，并且“严妆”上路，非常镇定地面对不幸的命运。当阿兄逼嫁的严重时刻，她既不哀告也不争辩，而是表面顺从，内心却抱定以死殉情的主意，从容不迫地“举身赴清池”，用生命向黑暗势力作了最后的抗争。随着故事的进展，刘兰芝命运的悲剧性一步步显示出来，而她的个性也在专制势力的碰撞下迸发出火花。

这首诗有三分之二的篇幅写对话，情节的发展、人物性格的刻画主要是通过对话来完成的。这些对话都很有个性特征，声情毕现。比如刘兰芝求去时对焦仲卿诉说心中的委屈和不满极有分寸，见出她的教养和对丈夫的体贴、谅解。像她对婆婆说的“受母钱帛多，不堪母驱使”和对阿兄说的“处分适兄意，那得自任专”，都是绵里藏针，表现了兰芝柔中有刚的个性。焦母说的话表现了她的专横固执，而刘兄逼嫁的寥寥数语便使一位势利小人形象跃然纸上。

这首诗长于铺陈，像兰芝临行前“事事四五通”的那一段描写，对于表现其性格的刚强很有烘托作用。太守迎亲场面的夸张铺陈，也衬托出兰芝、仲卿最后诀别的冷清凄惨。诗歌的结尾很有寓意。兰芝与仲卿合葬华山下，坟上植树，树上鸟儿鸣声相和……这富于浪漫色彩的最后一笔，表达了对主人公的深厚同情，对忠贞不渝的爱情的由衷赞美。

无名氏

青青河畔草

青青河畔草，郁郁园中柳。[1]盈盈楼上女，[2]皎皎当窗牖。[3]娥娥红粉妆，[4]纤纤出素手。[5]昔为倡家女，[6]今为荡子妇。[7]荡子行不归，空床难独守。

【注释】

①郁郁：浓密茂盛的样子。汉人有折柳赠别的风俗，“园中柳”是容易引起离别的回忆的。 ②盈：通“赢”，也就是“嬴”，美好多仪态的意思。 ③皎皎：白皙明洁貌。 ④娥娥：美貌。 ⑤纤纤：细。 ⑥倡：歌舞妓。 ⑦荡子：在外乡漫游的人，和游子的意思差不多。

【品评】

这是古诗十九首之一。这首诗巧妙地采用正反相形的手法来塑造深闺思妇的形象。诗的前半部是一幅少妇赏春图。河畔草色“青青”，园中垂柳“郁郁”，而少妇的“盈盈”倩影宛如“皎皎”月光，出现在高楼上。诗的后半部则点明：“荡子行不归，空床难独守。”一边是生意盎然的春景，艳如春花的容颜；一边是空寂无人的闺房，望断云天的泪眼——两相对衬，使读者深深地体会到，这位少妇独守空房，是以如花似锦的青春年华的无奈消磨为代价的。谁不从这明丽色彩和空寂内心的强烈对照中体味到深切的悲凉？

这首诗运用了三组叠词。它们密切联系，互相生发，使物的意态和人的仪表、人的外貌风姿和内在的神采交相辉映，获得了“复而不厌，颐而不乱”、化单调为丰满的艺术效果。

这首诗抓住了“昔日倡家女”独特的心理来刻画她的内心世界。往昔的歌笑生涯使她更易感到春光的撩拨；而从良之后，本指望终身有靠，不意又落到独守空房的境地，内心倍感凄苦。对正常爱情的渴求促使她盛妆登楼、守望良人，而炽热的追求和深沉的幽怨，又使她发出“空床难独守”的孤苦哀告！这样的情感和她的生活经历，心理是统一的。

西北有高楼

西北有高楼，上与浮云齐。交疏结绮窗，①阿阁三重阶。②上有弦歌声，音响一何悲！谁能为此曲？无乃杞梁妻。③清商随风发，④中曲正徘徊。⑤一弹再三叹，⑥慷慨有馀哀。不惜歌者苦，但伤知音稀。⑦愿为双鸿鹄，奋翅起高飞。⑧

【注释】

①交疏：花格子。结绮：格子连结着如丝织品的花纹。这句是说窗子都是“交疏结绮”的，言其玲珑工细。　②阿阁：四面有檐的阁子。三重阶：阶梯有三重。言阁之高。　③杞梁妻：杞梁名殖字梁，春秋时代齐国的大夫，为齐国伐莒，死于莒国城下。其妻哭了十天，然后自杀。琴曲有《杞梁妻叹》，《琴操》说是杞梁妻所作，《古今注》说是杞梁妻妹朝日所作。以上二句言这样的哀曲莫不是杞梁妻那样的寡妇所作吗？也就是

说其悲哀可比《杞梁妻叹》。 ④清商：乐曲名。 ⑤中曲：一曲分数段，中曲就是曲子的中段。徘徊：萦绕。 ⑥叹：就是《乐记》所谓“一倡而三叹”的“叹”，就是和声。 ⑦知音：能听出奏曲者的感情叫做知音。引申用起来，人和人彼此知心也叫知音。以上二句是说我所痛惜的还不是歌者心有痛苦，而是歌者心里的痛苦没有人能够理解。这种缺少知音的悲哀乃是楼中歌者和楼外听者所共有的（听者设想如此），所以闻歌而引起情绪的共鸣。 ⑧末二句是借愿为双鸟共飞这一古诗中的套语来表示对于楼中歌者的深切同情。

【品评】

古诗十九首之一。这首诗是按听者的感情发展为线索来结构全篇的。开头四句劈空而起，渲染出一种飘忽迷离的色调；接着的“上有弦歌声”上承首句，又牵出对乐声的描写，因而带出一问一答。“无乃”二字透出一丝游移不定，又增添了诗歌的凄迷气氛。最后在“慷慨有馀哀”的袅袅馀音中勾出“知音”之叹，生出双鹄齐飞的向往。至此，曲终幕落，与开首的劈空而来遥相呼应。这种如细丝盘缠的章法，正是构成此诗深婉悱恻的艺术风格的要素之一。

诗中隐现着两个人物形象，一个是抚弦发悲声的幽阁女子，一个是闻歌感愤的失意士子。然而诗中并没有一字一句言及人物本身，所写的是华丽的高楼、缱绻的浮云、随风飘落的弦歌声……楼上弹者与楼下听者的心灵也是凭藉那一缕飘忽无形的弦歌声来沟通的。整首诗仿佛笼罩着一层飘渺的云雾，如梦如幻，所谓“空中送情，知向谁是”。弹者为何抚弦伤神，听者又为何闻声感慨，却不曾言明。读者感受到的只是那么一种幽怨的情调，那么一种空灵的艺术境界。正是这种化实为虚的笔法使诗歌的内涵更为深广，能唤起读者丰富的感受，使他们有可能调动自己的经验，依据诗歌的启迪来想象这两个人物的形象。

回车驾言迈[①]

回车驾言迈，[②]悠悠涉长道。四顾何茫茫，[③]东风摇百草。所遇无故物，焉得不速老？[④]盛衰各有时，立身苦不早。[⑤]人生非金石，岂能长寿考？奄忽随物化，荣名以为宝。[⑥]

【注释】

①这一篇是自警自励的诗。诗人久客还乡，一路看到种种事物今昔不同，由新故盛衰的变化想到人生短暂，又想到正因为人生短暂就该及时努力，建功立业，谋取不朽的荣名。　②驾言迈：犹言驾而行。　③茫茫：草木广盛貌。　④焉得：怎能。　⑤立身：指立德、立功、立言等各种事业的建树。苦：患。以上二句是说各物的荣盛时期都有一定，过时就衰了。人生的盛年也是有限的，所以立身必须及时，否则徒遗悔恨。　⑥物化：死亡。末二句是说人的形体很快地就化为异物，只有荣名可以传到身后，所以是可宝贵的。

【品评】

古诗十九首之一。这是一首情文并茂的说理诗，抒写了失意士子在现实与理想之间徘徊、挣扎的苦闷心情。此诗将发人深省的哲理寓于生动的形象和凄清的意境中。诗歌开头四句即以一个赶着车子在悠悠长道上苦苦求索的形象，来揭示人生旅途的漫长和仕途的艰难；以一幅空旷索漠的景象，来烘托求索者茫然怅惘的心境。并且以“东风摇百草”一句，将艳阳天气写得衰飒如秋，暗示人生无常，年华易逝，从而引出“所遇无故物，焉得不速老”的深沉悲哀。寥寥数语，写景、抒情、议论熔为一炉，将求索者内心的迷茫、痛苦、憾恨真切地表达出来了。而读者则可以从中咀嚼出一种揭示人生真谛的理趣。

此诗的情调在低沉中透出亢奋。诗中的求索者有感于时不我待、“盛衰各有时”而生出“立身苦不早”的懊恨；畏惧于“人生非金石”而竭力以“荣名以为宝”的理性追求来驱赶“岂能长寿考”的永恒哀伤。因此，如果从更普遍的意义上来考察，可以说这首诗表现了一种对人生、对命运带有浓厚悲剧色彩的抗争。尽管这首诗本身表现的是东汉末年失意士子对人生意义的追求，却同样能够启迪今天的读者去思索人生的真谛。

孟冬寒气至

孟冬寒气至，北风何惨栗。①愁多知夜长，仰观众星列。三五明月满，②四五蟾兔缺。③客从远方来，遗我一书札。上言长相思，下言久离别。置书怀袖中，三岁字不灭。一心抱区区，④惧君不识察。

【注释】

①惨栗：寒貌。 ②三五：十五日。 ③四五：二十日。蟾兔：月的代词。古代神话说月中有玉兔捣药不息，又说后羿妻姮娥偷吃神药，飞入月宫，化为蟾蜍。 ④区区：忠爱。

【品评】

这是一首思妇怀人的诗。上半段写冬夜相思之苦。因为愁思难遣，彻夜不眠，所以才深切地感到漫漫长夜是多么难挨，她往往仰望着夜空纵横棋布的星星，熬过冬夜。诗中写道："三五明月满，四五蟾兔缺。"这本是人人皆知的常识，女主人公却不厌其烦地数落，可以想见她是度日如年，整天掐着指头数日子。下半段是追述曾收到心上人一封多情的书札，"上言长相思，下言久离别"。女主人公珍惜这番情意，把它珍藏在怀袖中已经三年了，因为保护得好，连一个字都没有磨损。她无限感慨地想：我这颗拳拳忠爱之心，远方的人是不是知道呢？她说"惧君不识察"，透出心底的疑惧：或许他早已把我遗忘？或许他心不似我心？读至此处，对女主人公冬夜不眠的原因就有了更深的了解，原来辗转在她心上的是铭心刻骨的相思，以及唯恐此情虚付的忧惧。

客从远方来

客从远方来，遗我一端绮。① 相去万馀里，故人心尚尔。文采双鸳鸯，裁为合欢被。② 著以长相思，③ 缘以结不解。④ 以胶投漆中，谁能别离此。⑤

【注释】

①一端：半匹。《左传·昭公二十六年》注："二丈为一端，二端为一两，所谓匹也。" ②合欢被：上有合欢图案的被子。 ③著：在衣被中装绵叫做著，也叫做"楮"，宁通。长相思：丝绵的代称。"思"和"丝"字谐音，"长"与"绵绵"同义，所以用"长相思"代称丝绵。 ④缘：沿边装饰。结不解：以丝缕为结，表示不能解开的意思。这是用来象征爱情的，和同心结之类相似。 ⑤别：分开。离：离间。此：指固结之情。以上二句

是说彼此的爱情如胶和漆结合在一起，任何力量不能将它分开。

【品评】

古诗十九首之一。这首诗极有章法。它既不写独守空闺的孤苦，也不写对“故人”的痴念，而是巧妙地截取了“客来遗绮”这一生活片断来描写思妇的心理活动。全诗以“端绮”为生发点，以“故人心尚尔”为情感的策源，以思妇的情感变化为线索，以物写情，以事写人，一气流走，首尾贯穿，结构严谨，略无松懈。

此诗的立意很有特色。它不写相思的悲苦，却充分抒写“客来遗绮”的欢乐，把这一短暂的欢乐反复渲染，编织成对重逢的热切期待，以此来扫荡离愁别绪的阴霾。然而，“客来遗绮”所激起的惊喜之光是不可能持久的，这一小朵喜悦的火花很快会在“相去万馀里”的现实面前熄灭。其情之悲之苦，自在不言之中了。

这首诗巧妙地运用了谐音、双关及比喻等手法来表达思妇的感情。比如，利用“思”与“丝”谐音，把绵绵不断的相思比作绵长的蚕丝；又如用缝被所结的“死结”来象征夫妻不可分离。篇末“以胶投漆中”的比喻具有以一当十之妙。

明月何皎皎

明月何皎皎，照我罗床帏。①忧愁不能寐，揽衣起徘徊。②客行虽云乐，不如早旋归。③出户独彷徨，④愁思当告谁。引领还入房，⑤泪下沾裳衣。

【注释】

①床帏：就是帐帏。 ②揽：持。 ③旋：回转。 ④彷徨：犹徘徊。 ⑤引领：抬头远望。这句是说入房的时候还要仰望，仰望一番还只得入房。这是彷徨孤独，极无聊赖的情境。

【品评】

有人说这是游子久客思归的诗，有人解为女子闺中望夫的诗，两说都可以通。诗的情调和古乐府《伤歌行》、曹丕的《燕歌行》相类，作思妇的诗为是。在这个不眠之夜，照着罗帏的月光惹动了思妇的愁肠，她揽衣而起，心事重重地在空房中徘徊，自忖道：外面固然好，怎比得上家里呢？显然，她猜度着丈夫久羁他乡、迟迟不归的原因，为此惴惴不安。在怅惘中，她打开房门走到外面，四下顾望，只见月光满地，夜凉如水。满怀愁绪向谁倾诉呢？她神色凄然地回到房里，落下泪来。诗歌细致地描绘了思妇月夜不眠的种种情态，并巧妙地运用清冷的月色来渲染气氛，使那一缕怀人情愫显得格外幽怨深绵。

上山采蘼芜

上山采蘼芜，①下山逢故夫。长跪问故大："新人复何如？""新人虽言好，未若故人姝。②颜色类相似，手爪不相如。"③"新人从门入，故人从阁去。"④"新人工织缣，故人工织素。⑤织缣日一匹，⑥织素五丈馀，将缣来比素，新人不如故。"

【注释】

①蘼芜：一种香草，叶子风干可以做香料。古人相信蘼芜可使妇人多子。 ②姝：好。不仅指容貌。当“新人从门入”的时候，故人是丈夫憎厌的对象，但新人入门之后，丈夫久而生厌，转又觉得故人比新人好了。这里把男子喜新厌旧的心理写得更深一层。 ③手爪：指纺织等技巧。 ④阁(gé)：旁门，小门。新妇从正面大门被迎进来，故妻从旁边小门被送出去。一荣一辱，一喜一悲，尖锐对照。这两句是弃妇的话，当故夫对她流露出一些念旧之情的时候，她忍不住重提旧事，诉一诉当时所受委屈。 ⑤缣、素：都是绢。素色洁白，缣色带黄，素贵缣贱。 ⑥一匹：长四丈，广二尺二寸。

【品评】

这是一首写弃妇的诗。全篇是弃妇和故夫偶尔重逢时的一番简短对话。弃妇向故夫打听“新人”的情况：“新人复何如？”一个“复”字用得意味深长，既透露出弃妇心中的无限委屈怨恨，又带着一丝本能的妒意。故夫则回答：“容颜不如你，手脚更不如你麻利。”弃妇则冷冷地刺了他一句：“新人从门入，故人从阁去。”心怀愧意的故夫急于表白，于是得出“新人不如故”的结论。这首诗的本意是咏唱弃妇不幸命运的，却不从正面写弃妇的哀怨委屈，反而写故夫的念旧。作者没有做任何正面的说明和谴责，但是故夫的念旧使读者了解到弃妇是一个美丽勤劳的女子，她的被弃是完全无辜的，她的命运决定于丈夫一时的好恶。至于那位“新人”的命运也就不难猜测了。

十五从军征

十五从军征，八十始得归。道逢乡里人："家中有阿谁？"[1]"遥望是君家"，松柏冢累累。[2]兔从狗窦入，[3]雉从梁上飞。中庭生旅谷，井上生旅葵。[4]烹谷持作饭，采葵持作羹。羹饭一时熟，不知贻阿谁。[5]出门东向望，泪落沾我衣。

【注释】

①阿：发语词。 ②冢：高坟。累累：与"垒垒"通，形容丘坟一个连一个的样子。当归客打听家中有什么人的时候，被问的人不愿明告，但指着那松柏成林、荒冢垒垒的地方说：那就是你的家。言外之意就是说你自己去一看就明白了。以下便是到家后的事。 ③狗窦：给狗出入的墙洞。 ④植物未经播种而生叫"旅生"。旅生的谷与葵叫"旅谷""旅葵"。 ⑤贻：送给。

【品评】

这首诗描绘了一个家破人亡的老兵形象，控诉了汉代兵役制给人民带来的深重苦难。少小离家，垂老归来，看到的却是"松柏冢累累"，院舍荒芜，连一个共话凄凉的人都没有了，他只好"出门东向望"，老泪纵横。有多少血泪的控诉，多少人生的辛酸，都凝结在那默然眺望的身影中。诗歌正是选取了老兵重返故里这一片断，给他悲惨的一生打上一个句号。

这是一首叙事诗。诗歌依照人物回家的程序，由远而近，逐次描写，很有层次。人物的情感也随着场景的移换而变化，由起初的热望化为痛苦，陷入绝望之中。尽管诗中没有对老兵的心情作过多的正面描述，然而从场景的描绘中依然能感受到一种越来越深沉的哀痛。

这首诗通过对景物和动作的描写来刻画人物的悲剧命运。如作者选取了象征死亡的松柏、坟墓来暗示老兵亲友凋零；通过对兔雉栖身于家屋、谷葵丛生于庭院的景物描写，来说明老兵家园的残破。而采葵作羹、“不知贻阿谁”的动作，则表现出老兵的孤苦伶仃；尤其是“出门东向望”这一动作，更写出了老兵悲哀至甚，以至精神恍惚、表情呆滞的情态，催人泪下。

曹　操(155—220)

字孟德，杰出的政治家、军事家和文学家。沛国谯郡(今安徽亳州)人。少机警，有权术，任侠放荡，不治行业。二十岁举孝廉。在镇压黄巾起义的过程中，他发展了自己的势力，十数年间，先后击败吕布、袁术、袁绍等豪强集团，征服乌桓，统一北方。建安二十一年(216)封魏王，四年后病死洛阳。其诗均古题乐府，气韵沉雄，古直悲凉。其文清峻通脱。今有《曹操集》传世。

蒿里行①

关东有义士，②兴兵讨群凶。初期会盟津，乃心在咸阳。③军合力不齐，④踌躇而雁行。势利使人争，嗣还自相戕。⑤淮南弟称号，⑥刻玺于北方。⑦铠甲生虮虱，⑧万姓以死亡。白骨露于野，千里无鸡鸣。生民百遗一，念之断人肠。

【注释】

①蒿里行：挽歌，属《相和歌·相和曲》，古辞现存，言人死魂魄归于蒿里(即死人的居里)。　②关东：指函谷关以东。义士：指起兵讨伐董卓的诸将领。初平元年(190)春，关东州郡起兵讨卓，推渤海太守袁绍为盟主。　③盟津：地名，就是孟津(在今河南孟州南)，相传周武王伐纣时和诸侯在此地会盟。咸

阳:地名,秦的都城,在今陕西省咸阳市东。以上二句是说本来期望团结群雄,像周武王会合诸侯,吊民伐罪;初心是要直捣洛阳,像刘邦、项籍之攻入咸阳。两句都是用典,非实叙。④齐:一致。当时诸将各怀观望,力量不能合一。⑤嗣还:言其后不久。自相戕:指讨卓诸将互相兼并。⑥袁术(袁绍的从弟)改九江为淮南,设置寿春(今安徽寿县)。建安二年(197)袁术称帝于寿春。⑦玺:天子所用的印。初平二年(191)袁绍谋立刘虞为天子,刻作金印。⑧铠:甲。

【品评】

曹操在这首诗中运用乐府旧调旧题写时事,叙述了汉末讨伐董卓的群雄互争权利,竟自相残杀的史实。诗中以精练的笔法对袁绍之流以讨伐董卓为幌子,图谋私利、行面南称孤之实的卑鄙行为作了尖锐的揭露和无情的批判,显示了曹操非凡的胆识和气概。结尾四句,勾勒出一幅惨绝人寰的图景,显示了诗人对民生疾苦的关切,把诗歌批判现实的激情推向高潮。这首诗叙事简洁,层次分明,起、承、转、合,环环相扣。诗歌的感情充沛,格调沉郁,大悲大痛之情溢于言表。

短歌行①

对酒当歌,人生几何?譬如朝露,去日苦多。慨当以慷,忧思难忘。何以解忧?②惟有杜康。③青青子衿,悠悠我心。④但为君故,沉吟至今。⑤呦呦鹿鸣,⑥食野之苹。⑦我有嘉宾,鼓瑟吹笙。明明如月,何时可掇?⑧忧从中来,不可断绝。越陌度阡,⑨枉用相存。⑩契阔谈宴,⑪

心念旧恩。[12]月明星稀，乌鹊南飞。绕树三匝，[13]何枝可依？山不厌高，海不厌深。[14]周公吐哺，天下归心。[15]

【注释】

①这一篇似乎是用于宴会的歌辞，属《相和歌·平调曲》，其中有感伤乱离，怀念朋友，叹息时光消逝和希望得贤才帮助他建立功业的意思。　②何以：以谁。　③杜康：人名。相传他是开始造酒的人。一说这里用为酒的代称。　④衿：衣领。青衿是周代学子的服装。悠悠：长貌，形容思念之情。以上二句用《诗经·子衿》成句，表示对贤才的思慕。　⑤君：指所思慕的人。沉吟：犹言深念。　⑥呦呦：鹿鸣声。以下四句用《诗经·鹿鸣》成句。《鹿鸣》本是宴宾客的诗，这里借来表示招纳贤才的意思。　⑦苹：艾蒿。　⑧掇：采拾。一作"辍"，停止。明月是永不能拿掉的，它的运行也是永不能停止的，"不可掇"或"不可辍"，都是比喻忧思不可断绝。　⑨陌、阡：田间的道路。古谚有"越陌度阡，更为客主"的话，这里用成语，言客人远道来访。　⑩存：省视。　⑪契阔：契是投合，阔是疏远，这里是偏义复词，偏用契字的意义。"契阔谈宴"就是说两情契合，在一处谈心宴饮。　⑫旧恩：往日的情谊。　⑬匝：周围。乌鹊无依似喻人民流亡。　⑭以上二句比喻贤才多多益善。　⑮吐哺：周公曾自谓："一沐三捉发，一饭三吐哺，起以待士，犹恐失天下之贤人。"(《史记·鲁周公世家》)哺：口中咀嚼着的食物。篇末引周公自比，说明求贤建业的心思。

【品评】

这首诗是曹操的传世名篇之一。它气格高远，情感丰富，是诗人内心世界的真实写照。全诗本是由眼前的歌舞酒宴生发开来，却又抛开对空间场面的具体描绘，而转为对时间的悠长思索,发出“人生几何”的感慨,由此而引出对贤才的渴慕之情。凌空落墨,举重若轻,非如椽大笔不能如此。作者以貌似颓放的意态来表达及时进取的精神,以放纵歌酒的行为来表现对人生哲理的严肃思考,以觥筹交错之景来抒写心忧天下之情。貌似对立的二者被作者巧妙地融汇在一起,准确地表达了他独有的气质、个性,诗歌本身也因此而具有气韵沉雄、笔意恣肆的特点。此诗以一种高唱与低吟相互为用的形式来倾诉慷慨激烈的情怀。时而击节放歌,“慨当以慷”;时而沉吟不语,“忧思难忘”;时而因贤才不得而忧心忡忡;时而因贤才归附而喜不自胜。曲曲折折,一忧一喜,忽徐忽急,全是一片怜才思贤之意。

苦寒行①

北上太行山,②艰哉何巍巍!羊肠坂诘屈,③车轮为之摧。树木何萧瑟!北风声正悲。熊罴对我蹲,虎豹夹路啼。谿谷少人民,④雪落何霏霏!延颈长叹息,⑤远行多所怀。我心何怫郁,⑥思欲一东归。水深桥梁绝,中路正徘徊。迷惑失故路,薄暮无宿栖。行行日已远,人马同时饥。担囊行取薪,斧冰持作糜。⑦悲彼东山诗,⑧悠悠使我哀。

【注释】

①这一篇是《相和歌·清调曲》歌辞,曹操在建安十一年(206)征高幹时所作。高幹是袁绍之甥,降曹后又反,当时屯兵在壶关口。曹操从邺城(在今河北省临漳县西)出兵,取道河

内，北度太行山，其时在正月。 ②太行山：指河内的太行山，在今河南省沁阳市北，是太行山的支脉。 ③羊肠坂：指从沁阳经天井关到晋城的道。诘屈：纡曲。 ④谿：山里的水沟。山居的人都聚在谿谷近旁，既然“谿谷少人民”，山里别处更不用说了。 ⑤延颈：伸长脖子，表怀望。 ⑥怫郁：心不安。 ⑦思欲一东归：言怀念故乡谯县(今安徽省亳州)。斧冰：凿冰。糜：稀粥。 ⑧东山：《诗经·豳风》篇名。《东山》写远征军人还乡，旧说是周公所作。这里提到《东山》诗，一则用来比照当前行役苦况，二则以周公自喻。

【品评】

建安十一年(206)曹操率兵亲征高幹，途中经过太行山著名的羊肠坂道，写下了这首诗，其格调古直悲凉，回荡着一股沉郁之气。此诗感情真挚，直抒胸臆，毫不矫情作态。诗人在诗中用质朴无华的笔触，描述了委曲如肠的坂道、风雪交加的征途、食宿无依的困境。对于艰难的军旅生活所引起的厌倦思乡情绪，诗人也作了如实的记录。更感人的是，尽管作为军事统帅，诗人在这里却没有强作英豪之态，而是赤裸裸地写出此时此境的内心波动：“延颈长叹息，远行多所怀。我心何怫郁，思欲一东归。”这种直露的笔触把诗人的内心世界呈现出来，以其真诚而扣动着读者的心弦。

观沧海①

东临碣石，②以观沧海。水何澹澹，③山岛竦峙。④树木丛生，百草丰茂。秋风萧瑟，洪波涌起。日月之行，若

出其中；星汉灿烂，若出其里。[5]【幸甚至哉，歌以咏志。】[6]

【注释】

①这是属《相和歌·瑟调曲》的《步出夏门行》篇中的第一章。《步出夏门行》分五个部分，最前是“艳”，以下是《观沧海》《冬十月》《土不同》《龟虽寿》四章。此诗写登山望海，是描写自然的名作。建安十二年(207)夏五月曹操出兵征乌桓，七月出卢龙塞，九月胜利班师，经过碣石山。 ②碣石：山名。碣石山有二，这里指《汉书·地理志》所载骊成(今河北省乐亭县西南)的大碣石山。一说即指今河北省昌黎县的碣石山。 ③澹澹：水波摇荡貌。 ④竦峙：耸立。 ⑤星汉：银河。以上四句是写沧海包含之大。 ⑥末二句是合乐时所加，不关正文。(此类不关正文的词句用【 】号表明，下同。)

【品评】

明人钟惺在《古诗归》中说“《观沧海》直写其胸中眼中，一段笼盖吞吐气象”，道出了此诗的特点。这首诗篇幅不长，但笔势富于变化，很恰当地表现了诗人登山临海时的激荡心情。比如“水何澹澹”四句写相对静止的景物，行笔轻快舒缓，画面生机勃发。接下去则陡然一转，“秋风萧瑟，洪波涌起”，展示出一幅波涛浩淼的壮阔海景，笔势雄健。而接下去的“日月之行”数句，更是大笔挥洒，气势磅礴，透出一股叱咤风云、吞吐宇宙的豪情壮志，描画出一位政治家、军事家的胸襟气度。

龟虽寿[①]

神龟虽寿，犹有竟时。[②]螣蛇乘雾，[③]终为土灰。老骥伏枥，[④]志在千里；烈士暮年，[⑤]壮心不已。盈缩之期，[⑥]不但在天；养怡之福，可得永年。[⑦]【幸甚至哉，歌以咏志。】

【注释】

①这是《步出夏门行》的末章。大意是说人寿有限而壮志无穷，但祚命长短不一定全由天定，人也有努力处。 ②神龟：龟之通灵者。龟可以活得很长久，古人将它代表长寿的动物，被认为通灵的"神龟"当然也被认为更加长寿。竟：终。 ③螣蛇：又作"腾蛇"，是传说中的神物，和龙同类，能兴云驾雾。 ④枥：马棚。 ⑤烈士：指刚正的、重义轻生的或积极于建功立业的人士。 ⑥盈缩：指进退、升降、成败、祸福等。 ⑦养怡：犹养和。以上二句言对于身心修养得法也可以延长寿命，可见得成败祸福不全然由天安排。

【品评】

这是一首富于哲理的诗，阐发了诗人的人生态度。诗中的哲理来自诗人对生活的真切体验，因而写得兴会淋漓，有着一种真挚而浓烈的感情力量；哲理与诗情又是通过形象化的手法表现出来的，因而述理、明志、抒情在具体的艺术形象中实现了完美的结合。诗中"老骥伏枥"四句是千古传诵的名句，笔力遒劲，韵律沉雄，内蕴着一股自强不息的豪迈气概，深刻地表达了曹操老当益壮、锐意进取的精神面貌。全诗的韵调跌宕起伏，开头四句娓娓说理，“犹有”“终为”两个词组下得沉着。而“老骥”以下四句，语气转为激昂，笔挟风雷，使这位“时露霸气”的盖世英豪的形象跃然纸上。而最后数句则表现出一种深沉委婉的风情，给人以一种亲切温馨之感。

曹　丕(187—226)

世称魏文帝。字子桓。曹操的次子。建安二十五年(220)代汉即帝位。在位七年。他生长在戎旅之间,自幼娴习弓马,但读书很勤,著述也不少。现存诗歌完整的约四十首。他的诗体式多样,语言通俗。抒情之作往往深婉有致。

燕歌行①

秋风萧瑟天气凉,草木摇落露为霜。②群燕辞归鹄南翔,③念君客游多思肠。慊慊思归恋故乡,君何淹留寄他方?④贱妾茕茕守空房,忧来思君不敢忘,不觉泪下沾衣裳。援琴鸣弦发清商,⑤短歌微吟不能长。明月皎皎照我床,星汉西流夜未央。⑥牵牛织女遥相望,尔独何辜限河梁。⑦

【注释】

①本篇属《相和歌·平调曲》。燕是北方边地,征戍不绝,所以《燕歌行》多半写离别。　②摇落:凋残。　③鹄:天鹅。　④慊慊:空虚之感。淹留:久留。上句是设想对方必然思归,本句是因其不归而生疑问。　⑤清商:乐名。清商音节短促,所以下句说"短歌微吟不能长"。　⑥夜未央:夜已深而未尽的时候。古人用观察星象的方法测定时间,这诗所描写的

景色是初秋的夜间，牛、女在银河两旁，初秋傍晚时正见于天顶，这时银河应该西南指，现在说“星汉西流”，就是银河转向西，表示夜已很深了。 ⑦尔：指牵牛、织女。河梁：河上的桥。传说牵牛和织女隔着天河，只能在每年七月七日相见，乌鹊为他们搭桥。

【品评】

这是今存最早的一首完整的七言诗。它叙述了一位女子对丈夫的思念。笔致委婉，语言清丽，感情缠绵。这首诗突出的特点是写景与抒情的巧妙交融。诗歌的开头展示了一幅秋色图：秋风萧瑟，草木零落，白露为霜，候鸟南飞……这萧条的景色牵出思妇的怀人之情，映照出她内心的寂寞；最后几句以清冷的月色来渲染深闺的冷寂，以牵牛星与织女星的“限河梁”来表现思妇的哀怨，都获得了很好的艺术效果。

诗歌在描述思妇的内心活动时，笔法极尽曲折之妙。比如，先是写丈夫“思归恋故乡”；继而设想他为何“淹留寄他方”，迟迟不归；再转为写自己“忧来思君不敢忘”，整日里在相思中过活；苦闷极了，想藉琴歌排遣，却又“短歌微吟不能长”，只好望月兴叹了。如此娓娓叙来，几经掩抑往复，写出了这位女子内心不绝如缕的柔情。

这首诗仿柏梁体，句句用韵，于平缓的节奏中见摇曳之态。王夫之称此诗“倾情，倾度，倾声，古今无两”，虽是溢美之辞，但此诗实为叠韵歌行之祖，对后世七言歌行的创作有很大影响。

杂 诗 二首选一

西北有浮云，亭亭如车盖。[①]惜哉时不遇，适与飘风会。[②]吹我东南行，行行至吴会。[③]吴会非我乡，安得久留滞？弃置勿复陈，[④]客子常畏人。

【注释】

①亭亭：远而无所依靠的样子。 ②飘风：暴起的风。 ③吴会：指吴郡和会稽郡。吴本是秦会稽郡，后汉时分吴和会稽为两郡。 ④此句是说搁在一边不要再谈。这句是乐府诗套语。

【品评】

本篇是游子之辞。值得注意的是，作者在思乡之叹中融入了强烈的生命意识，诗句间流动着建安时代特有的悲怆情绪。诗歌以浮云起兴，以浮云的随风而行、无力自持来比喻游子听凭外力摆布，飘零异乡的命运。在哀叹游子命运的同时，又隐含着人生如浮云、漂泊无依的深长感慨，使诗歌的内在意蕴高出一般的思乡之叹。全诗文思飘忽，有如“风回云合，缭空吹远”（《船山古诗评选》），把人生飘零的苦闷以一片浮云牵出，笔触轻灵，不着痕迹。

陈　琳(？—217)

字孔璋，广陵(今江苏江都东北)人。尝为袁绍掌书记，后归曹操。传诗仅四篇，他也是建安七子之一。

饮马长城窟行①

饮马长城窟，水寒伤马骨。往谓长城吏："慎莫稽留太原卒！"②"官作自有程，③举筑谐汝声！"④"男儿宁当格斗死，何能怫郁筑长城？"⑤长城何连连，连连三千里。边城多健少，内舍多寡妇。作书与内舍："便嫁莫留住！善侍新姑嫜，时时念我故夫子！"⑥报书往边地："君今出语一何鄙？"⑦"身在祸难中，何为稽留他家子？⑧生男慎莫举，⑨生女哺用脯。⑩君独不见长城下，死人骸骨相撑拄？"⑪"结发行事君，慊慊心意关，⑫明知边地苦，贱妾何能久自全？"⑬

【注释】

①《饮马长城窟行》是汉乐府《相和歌》旧题。　②太原：秦郡名，约在今山西省中部地。"慎莫"句是太原卒对长城吏说。　③官作：官府的工程。程：期限。　④谐汝声：官吏命士卒齐声唱夯歌，也就是叫他们努力筑城。　⑤格斗：谓作战。"格"通"挌"，击。以上二句是士卒的回答。　⑥姑嫜：妇人称丈夫的母与父为"姑嫜"。以上三句是长城卒寄书给妻，所言如

此。 ⑦鄙:粗野。"君今"句是妻答夫。 ⑧他家子:犹言别人家女子。 ⑨举:养育成人。 ⑩哺:喂。脯:干肉。秦筑长城,起骊山之冢,民间有歌谣道:"生男慎勿举,生女哺用脯。不见长城下,尸骸相支拄。"(见《水经注·河水》引杨泉《物理论》) ⑪以上六句夫再答妻。 ⑫关:牵系。 ⑬最后四句妻再答夫。

【品评】

这首诗以秦代统治者驱使百姓修筑长城的史实为题材,揭露了无休止的徭役给人民带来的深重苦难和所造成的家庭悲剧。

这是一首叙事诗,情节与人物性格多是通过人物对话来表现的。如役夫对监工说:"慎莫稽留太原卒!"语言极其简捷,语调短促,令人意会到他是忍无可忍,才从心中迸出这句话的。而监工的答复:"官作自有程,举筑谐汝声!"如此声口,把长城吏的傲慢与冷漠都表现得十分逼真。役夫与妻子的书信对话,语言质朴而感情极其缠绵。役夫劝妻子改嫁,却又同时叮嘱她"时时念我故夫子",内心的矛盾痛苦流于言语之间。而妻子的答复:"君今出语一何鄙?"短短七字,道出了内心的委屈,以责备的口吻表示了感情的忠贞。役夫解释劝妻改嫁的原因,说:"身在祸难中,何为稽留他家子?……君独不见长城下,死人骸骨相撑拄?"这两个问句倾泻出了满腔的悲怆愤慨;而妻子则回答:"明知边地苦,贱妾何能久自全?"以一个委婉的问句把无限温情和以死相誓的决心透露出来。这些富于个性的对话,极其生动地展示了这对生离死别的恩爱夫妻的内心世界。全诗采用杂言形式,多次换韵,音节错落,韵调凄凉,摧切中肠。

王　粲(177—217)

字仲宣，山阳高平(今山东邹城西南)人。他的祖父王畅在汉灵帝时为司空，是当时的名士，为“八俊”之一。粲在少年时期已被蔡邕称为“有异才”。从十七岁起避难到荆州，依刘表十五年。后归曹操，为丞相掾。他以贵公子孙，遭乱流离，诗赋多悲凉情调。在建安诗人中他的地位很高，是“七子之冠冕”。后人有时将他和曹植并称。

七哀诗[①]　三首选一

西京乱无象，[②]豺虎方遘患。[③]复弃中国去，委身适荆蛮。[④]亲戚对我悲，朋友相追攀。[⑤]出门无所见，白骨蔽平原。路有饥妇人，抱子弃草间。顾闻号泣声，挥涕独不还。“未知身死处，何能两相完？”[⑥]驱马弃之去，不忍听此言。南登霸陵岸，[⑦]回首望长安。悟彼下泉人，喟然伤心肝。[⑧]

【注释】

①《乐府古题要解》说“七哀起于汉末”，这是当时的乐府新题。曹植、阮瑀也各有《七哀诗》一首。王粲有《七哀诗》三首，不是同时所作。这一首写乱离中所见，是一幅难民图。大约作于初离长安的时候。　②西京：指长安。无象：犹言无道或无法。　③豺虎：指李傕、郭汜等人。初平三年(192)李、郭等在

长安造乱。遘：同“构”，造。 ④委身：托身。荆蛮：指荆州。以上二句言离中原往荆州。当时荆州未遭兵祸，去避乱的人很多。荆州刺史刘表曾从王畅受学，和王氏是旧交，所以王粲全家去依投。 ⑤攀：谓攀辕依恋。 ⑥完：保全。以上二句是作者所闻妇人的话。 ⑦霸陵：汉文帝的葬处，在长安东。岸：高地。 ⑧下泉：《诗经》篇名。《毛诗序》：“《下泉》思治也，曹人……思明王贤伯也。”末二句是说懂得作《下泉》的诗人为什么伤叹了。作者登临一代名主汉文帝的陵墓，遥望“豺虎”纷纷的长安，不免要像《下泉》的作者当乱世而思贤君。

【品评】

这首诗记录了诗人在汉末初平三年(192)董卓部将李傕、郭汜纵兵攻陷长安时的一段经历。

诗歌的语言质朴，但又处处透出诗人高妙的修辞功夫。如“复弃中国去”中的“复”字，意味着诗人从眼前的动乱想到过去的流亡生涯，难以言状的伤痛和感慨都集中于一个“复”字之中了。又如“白骨蔽平原”，以一个“蔽”字将积尸盈路、白骨累累的惨景异常鲜明地呈示出来，给人的印象非常深刻。诗人抓住饥妇弃子这一典型事件，深刻地揭露了汉末社会哀鸿遍野、民不聊生的景况及兵祸的惨毒。尤其是饥妇的申诉，字字血泪，令闻者惨然。

这首诗在处理叙事与抒情的关系上很见功力。此诗以叙事为主，在叙述中处处透出惨淡之色，在叙完饥妇弃子后，即“驱马弃之去，不忍听此言”，转入感情的直接抒发，过渡自然。

刘　桢（？—217）

字公幹，东平（今山东东平）人。刘诗风格劲挺，不重雕饰。曹丕曾称赞他的五言诗“妙绝时人”，但作品流传很少，仅存十五首。

赠从弟[1]　三首选一

亭亭山上松，[2]瑟瑟谷中风。[3]风声一何盛，松枝一何劲。冰霜正惨凄，终岁常端正。岂不罹凝寒？[4]松柏有本性。

【注释】

①刘桢有《赠从弟》诗三首，都用比兴。这是第二首，作者以松柏为喻，勉励他的堂弟坚贞自守，不因外力压迫而改变本性。　②亭亭：高貌。　③瑟瑟：风声。　④罹：遭受。凝寒：严寒。

【品评】

这是一首咏物诗。诗人紧紧扣住松柏经寒不衰、枝干坚劲的特征来描写，写出了松柏的凛然正气，成功地通过咏松柏来表现自己对高风亮节的赞美和追求。全诗格调劲健，语言质实，具有清刚之气。像诗中“风声一何盛，松枝一何劲”，以句式的重复来突出狂风与劲松的对抗，语调紧促有力，诗情震荡，正显示了此诗以气胜的特色。全诗章法浑成，承转自然。尤其是结尾二句，以虚词设问，牵出全篇主旨，可谓收束得法，神完气足。

繁　钦(？—218)

字休伯，颍川（今河南禹州）人。曾为曹操掌书记，文辞巧丽。传诗完整者仅四首。

定情诗[①]

我出东门游，邂逅承清尘。[②]思君即幽房，侍寝执衣巾。时无桑中契，迫此路侧人。[③]我既媚君姿，[④]君亦悦我颜。何以致拳拳？[⑤]绾臂双金环。何以致殷勤？约指一双银。[⑥]何以致区区？耳中双明珠。何以致叩叩？[⑦]香囊系肘后。何以致契阔？绕腕双跳脱。[⑧]何以结恩情？美玉缀罗缨。[⑨]何以结中心？素缕连双针。[⑩]何以结相于？[⑪]金簿画搔头。[⑫]何以慰别离？耳后玳瑁钗。何以答欢欣？纨素三条裙。[⑬]何以结愁悲？白绢双中衣。[⑭]与我期何所？乃期东山隅。日旰兮不来，[⑮]谷风吹我襦。[⑯]远望无所见，涕泣起踟蹰。与我期何所？乃期山南阳。日中兮不来，飘风吹我裳。[⑰]逍遥莫谁睹，望君愁我肠。与我期何所？乃期西山侧。日夕兮不来，踯躅长叹息。远望凉风至，俯仰正衣服。与我期何所？乃期山北岑。[⑱]日暮兮不来，凄风吹我襟。望君不能坐，悲苦愁我心。爱身以何为，惜我华色时。中情既款款，[⑲]然后克密期。[⑳]褰衣蹑茂草，谓君不我欺。厕此丑陋质，[㉑]徙倚无所之。自伤失所欲，泪下如连丝。

【注释】

①本篇是乐府《杂曲歌辞》。这里"定情"是镇定其情的意思,正如陶渊明的《闲情赋》是闲止其情的意思。这篇是以女子口吻自述与人相爱,不久被弃,悲而自悔。 ②邂逅:不期而会。尘:是行路扬起的土,加一"清"字表示尊贵。"承清尘"是说得亲近足下的尘土。 ③《诗经·桑中》是男女幽会的诗。无桑中契:言本没有约会。迫:近。以上二句是说彼此本无桑中之约,以路人而偶然亲近起来,即上文"邂逅"的意思。 ④媚:爱。 ⑤致拳拳:表达忠爱之情。 ⑥约指:指环。 ⑦叩叩:诚也。 ⑧跳脱:又作"条脱",即臂钏,俗名镯子。 ⑨罗缨:指佩玉之带。 ⑩用白线穿双针,象征两心连接在一起。素色表示纯洁,线缕表示缠绵,针表示坚贞。 ⑪相于:犹相厚,当时习用语。 ⑫搔头:即簪。 ⑬条:即"绦",又名"偏诸",是丝织的带子,可以用来做衣上的缘饰,如花边之类。三条裙:是装饰着三道花边的裙子。 ⑭中衣:近身的衣,穿在小衣之外大衣之内。以上重叠十一问答,叙写赠贻频繁,以见情意之厚。 ⑮旰:晚。 ⑯谷风:东风。 ⑰飘风:旋风。 ⑱岑:山小而高为"岑"。 ⑲款款:犹拳拳。 ⑳克期:定约。 ㉑厕:侧。此句似谓侧身而望。

【品评】

这首诗用第一人称的口吻来叙写爱情的欢悦和失恋的痛苦,运用铺彩摛文的手法来刻画女主人公丰富的感情活动。全诗可分为三个层次。首先是追忆初识的光景;然后是回忆热恋时的情景;最后是抒写被弃的景况。在描写热恋情景时,诗中一连用了十一对问答句子,显露了热恋中人心灵的激情颤动,和他们对幸福的热烈追求。吟哦之下,仿佛看到他们一次次互赠信物,以表"殷勤"之意,听到他们频频指物为誓,以示"拳拳"之心。在抒写失恋痛苦时,诗中一连用了四个"与我期何所",

仿佛看到女主人公一次又一次焦灼地等待情人前来赴约,一次又一次经受着失望的折磨。诗人成功地采用排比铺陈的笔法来加强感情的冲击力。

曹　植(192—232)

字子建,曹丕同母弟,曾封陈王,死后谥“思”,故世称“陈思王”。少聪敏,有才华,很受曹操宠爱,一度想立为太子。曹丕即位后,对他甚是猜忌,多方迫害,不得参预政事。最后郁郁而死。年仅四十一岁。他是建安时期成就最高的文学家,诗风华美,骨气奇高。散文和辞赋亦清丽流畅。今有《曹子建集》传世。

箜篌引①

置酒高殿上,亲交从我游。② 中厨办丰膳,烹羊宰肥牛。秦筝何慷慨,③ 齐瑟和且柔。④ 阳阿奏奇舞,⑤ 京洛出名讴。⑥ 乐饮过三爵,缓带倾庶羞。⑦ 主称千金寿,宾奉万年酬。久要不可忘,薄终义所尤。⑧ 谦谦君子德,磬折欲何求?⑨ 惊风飘白日,⑩ 光景驰西流。⑪ 盛时不再来,百年忽我遒。⑫ 生存华屋处,零落归山丘。先民谁不死,⑬ 知命复何忧?

【注释】

①本篇是《相和歌·瑟调曲》歌辞,前半是宴饮的描写,后半是议论。本篇又题为《野田黄雀行》。箜篌:乐器名,体曲而长,二十三弦。　②亲交:亲近的友人。　③秦筝:筝是弦乐器。古筝五弦,形如筑。秦人蒙恬改为十二弦,变形如瑟。唐

以后又改为十三弦。 ④齐瑟：瑟也是弦乐器，有五十弦、二十五弦、二十三弦、十九弦几种。在齐国临淄这种乐器很普遍。 ⑤阳阿：《淮南子·俶真训》注以为人名，梁元帝《纂要》（《太平御览》卷五六九引）以为古艳曲名，这里用来和“京洛”相对，是以为地名。《汉书·外戚传》说赵飞燕微贱时属阳阿公主家，学歌舞。这个阳阿是县名，在今山西省晋城西北。 ⑥京洛：即洛京，指洛阳。 ⑦缓带：解带脱去礼服换便服。庶羞：多种美味。 ⑧久要：旧约。尤：非。“薄终义所尤”言对朋友始厚而终薄是道义所不许的。以上二句是说交友的正道，也是立身处世的正道。 ⑨磬折：弯着身体像磬一般。这是恭敬的样子。君子谦恭虚己非有所求于人。何求：言无所求。 ⑩惊风：疾风。 ⑪光景：指日、月。 ⑫遒：迫近。 ⑬先民：过去的人。

【品评】

这是一首独具特色的游宴诗。它通过歌舞酒宴上乐极悲来的感情变化，深刻地展示了建安时代特有的社会心理。人生短促的苦闷和建立不朽功业的渴求交织成这首诗的主题，表现出“雅好慷慨”的时代风格。

这首诗的章法巧妙，很见匠心。诗歌在以较多的笔墨描写美酒丰膳、轻歌曼舞、主客相酬的情景之后，笔锋一转，吐露出欲求亲友忧患相济、共成大业的心愿，再转为对人生短促的喟叹，清醒地指出“盛时不再来”。至此，酒宴的欢乐气氛已扫荡一尽，乐极而悲来的心理历程完整地表达出来了，引人回忆起开篇的浓艳之笔、富贵之景，更添几分悲怆之情。如此立意谋篇，称得上是思健功圆了。

诗中两个意蕴含蓄的设问句：“谦谦君子德，磬折欲何求”、“先民谁不死，知命复何忧”，是展示心理波澜的关键，透露了诗人对于人生意义、生死大关的思考。“欲何求”“复何忧”，寓答于问，大有意在言外之妙。

名都篇①

名都多妖女，②京洛出少年。③宝剑直千金，被服丽且鲜。斗鸡东郊道，④走马长楸间。⑤驰骋未能半，双兔过我前。揽弓捷鸣镝，⑥长驱上南山。⑦左挽因右发，一纵两禽连。⑧馀巧未及展，仰手接飞鸢。⑨观者咸称善，众工归我妍。⑩归来宴平乐，⑪美酒斗十千。脍鲤臇胎鰕，炮鳖炙熊蹯。⑫鸣俦啸匹侣，⑬列坐竟长筵。连翩击鞠壤，⑭巧捷惟万端。白日西南驰，光景不可攀。云散还城邑，清晨复来还。⑮

【注释】

①本篇是《杂曲歌·齐瑟行》歌辞。 ②妖女：艳丽的女子。 ③京洛：即洛京，指东汉都城洛阳。 ④斗鸡：以两鸡相斗为娱乐，这是从春秋时代就有的习俗，汉魏到唐都盛行。魏明帝曾在洛阳筑斗鸡台。 ⑤长楸：古人在道旁种楸树，绵延很长，所以叫“长楸”。 ⑥捷：引。一作“挟”。鸣镝：又叫“嚆矢”，就是响箭的镞。 ⑦南山：通常指终南山，这里指洛阳的南山。 ⑧两禽：指双兔，猎获的鸟兽都叫做禽。 ⑨接：是对飞驰的东西迎前射击。 ⑩众工：指众善射者。归我妍：称许我射得好。“我”是代少年自称。 ⑪平乐：观名，汉明帝时造，在洛阳西门外。 ⑫臇（shǔn）：比较干的肉羹。这里用作动词，“臇胎鰕”就是用胎鰕做羹。胎鰕：有子的鲐鱼。（或疑“胎”是“鲐”的误字，鲐是海鱼。）炮：烧烤。熊蹯（fán）：熊

掌。 ⑬“鸣俦”句言呼朋唤类。 ⑭击鞠壤:蹴鞠和击壤,都是古传的游戏。鞠是毛球,玩时有用杖击者。壤用两块木片制成,一头宽阔,一头尖锐,长一尺四寸,阔三寸。玩时将一块放在三四十步以外的地上,用另一块扔过去打它。 ⑮来还:言又来到东郊、南山、平乐观这些地方取乐。

【品评】

这首诗塑造了一位风流英俊的京洛少年形象。他既热衷于骑射饮宴,及时行乐;又技艺出众,渴望乘时建功。可惜没有报效之机,只能日日斗鸡走马……清人吴琪曾指出,这首诗写驰骋游乐,“只是牢骚抑郁,借以消遣岁月,一片雄心无有泄处。其自效之意,可谓深切著明矣。”这话道出了《名都篇》的底蕴。

诗人善于从动态的描写中来刻画京洛少年的形象。如诗中用“走马”“驰骋”“揽弓”“长驰”等一连串如行云追月的动作,写出了少年的英武矫健。再如诗中用“挽”“发”“纵”“连”“仰”“接”等动词来形容少年骑射的动作,准确而传神,透出一股虎虎生气。至于京洛少年的风流倜傥、洒脱不羁的性格,也是通过“鸣俦啸匹侣”“连翩击鞠壤”等动作来表现的。尽管诗歌中没有对少年的神情外貌作直接描绘,但是驱马逐兔、揽弓射鸢、鸣俦啸侣……这些绘声绘色的动态描写,已经把他的形象栩栩如生地塑造出来了。

这首诗叙事简捷,脉络清楚,首尾圆合。它宛如展开一幅单调的游乐图长轴:京洛少年们“清晨复来还”,日复一日,这种豪华而无聊的生活将吞噬他们的青春才华。诗人的苦闷则从这画面中隐隐透出。

美女篇[①]

美女妖且闲，[②]采桑歧路间。柔条纷冉冉，[③]落叶何翩翩。攘袖见素手，[④]皓腕约金环。[⑤]头上金爵钗，[⑥]腰佩翠琅玕。明珠交玉体，[⑦]珊瑚间木难。[⑧]罗衣何飘飖，轻裾随风还。[⑨]顾盼遗光采，长啸气若兰。[⑩]行徒用息驾，休者以忘餐。[⑪]借问女安居，乃在城南端。[⑫]青楼临大路，[⑬]高门结重关。[⑭]容华耀朝日，[⑮]谁不希令颜？[⑯]媒氏何所营？玉帛不时安。[⑰]佳人慕高义，求贤良独难。众人徒嗷嗷，安知彼所观？[⑱]盛年处房室，中夜起长叹。

【注释】

①本篇是《杂曲歌·齐瑟行》歌辞，以美女"盛年处房室"比喻自己虽有才具而无可施展。 ②闲：同"娴"，雅。 ③冉冉：动貌。 ④攘袖：捋上袖子。 ⑤约：缠束。 ⑥金爵钗：金钗头上作雀形。爵：同"雀"。 ⑦交：络。 ⑧木难：碧色珠，传说是金翅鸟沫所成。 ⑨还(xuán)：转。 ⑩啸：蹙口出声，今言吹口哨。 ⑪以上二句言走道的因她而停止，休息着的为她忘了吃饭。这诗用《陌上桑》的意思而压缩为两句。 ⑫城南端：城的正南门。 ⑬青楼：涂饰青漆的楼，指显贵之家，和后代以青楼为妓院的意思不同。 ⑭重关：两道闭门的横木。 ⑮"容华"句言颜色之美如朝日之光辉照人。 ⑯希令颜：慕其美貌。令：善。 ⑰玉帛：指珪璋和束帛，古代定婚行聘用它。时安：即时安置。这两句说：媒人在干什么呢？怎么不及时地让她被人聘娶呢？ ⑱这两句说一般人徒然七嘴八舌乱说，哪知道彼女自有她的见识呢？

【品评】

这是曹植脍炙人口的代表作之一。清人叶燮认为这首诗“可为汉魏压卷”。诗人借鉴了汉乐府民歌《陌上桑》的表现形式，但又有变化。比如二者都用铺陈手法，但《陌上桑》是侧重于静态描写，而此篇则着重写动作姿态。尤其是“罗衣何飘飖”数句，把美女的神采风姿写得楚楚动人，宛然在目。

这首诗的构思立意极其精妙。诗人以极大的篇幅来铺写美女容貌之美、服饰之丽、门第之高，步步作势，以揭示她“盛年处房室”的极不合理。愈是写其“妖且闲”，“中夜起长叹”的感慨就愈深沉。而诗人正是借咏这位美女盛时不嫁、独处闺中的不幸遭遇来宣泄自己不得施展才干的抑郁心情。诗人的本意是吐胸中块垒，但这一段愁闷之情是紧扣美女形象来落墨，艺术形象与寓意浑然一体，不着痕迹。

在章法上，这首诗也很有特点。它以“妖”“闲”二字统摄全篇。前半首以采桑的动态来写其艳丽；后半首则以“青楼”“高门”“重关”来写其住所的幽闲，以她“慕高义”“求贤良”来表现其内心的闲雅。在由“妖”到“闲”的叙写过程中，层层积力蓄势，最后冲出感人肺腑的结句：“盛年处房室，中夜起长叹”，完成了美女悲剧命运的描述，也吐出了诗人难言的苦衷。

白马篇①

白马饰金羁，连翩西北驰。借问谁家子，幽并游侠儿。②少小去乡邑，扬声沙漠垂。③宿昔秉良弓，楛矢何参差。④控弦破左的，⑤右发摧月支。⑥仰手接飞猱，⑦俯身散马蹄。⑧狡捷过猴猿，勇剽若豹螭。⑨边城多警急，胡虏数迁移。羽檄从北来，[10]厉马登高堤。长驱蹈匈奴，左顾陵鲜卑。[11]弃身锋刃端，性命安可怀？[12]父母且不顾，何言子与妻？名编壮士籍，不得中顾私。捐躯赴国难，视死忽如归。

【注释】

①本篇是《杂曲歌·齐瑟行》歌辞，又作《游侠篇》，因其所写的是边塞游侠的忠勇。作者平素也有"捐躯赴难，视死如归"的抱负和从军出塞的经验，写游侠也可能是自况。 ②幽并：两州名，就是今河北省、山西省和陕西省的一部分地方，是古来出勇侠人物较多的区域。 ③扬声：即扬名。垂：即陲，边远的地区。 ④楛：木名，茎可以做箭杆。 ⑤控弦：拉弓。左的：左方的射击目标。 ⑥月支：射帖（箭靶之类）的名称，又名素支。 ⑦猱：动物名，猿类，体矮小，尾作金色，攀缘树木极其轻捷，上下如飞。 ⑧散：碎裂、摧毁。马蹄：也是射帖名。 ⑨剽：轻快。螭（chī）：传说中的动物名，如龙而黄。 ⑩檄：用于征召的文书，写在一尺二寸长的木简上。上插羽毛表示紧急就叫做"羽檄"。 ⑪鲜卑：东胡种族，东汉末成为北方强族。 ⑫怀：犹惜。

【品评】

在这首诗中，曹植以浓墨重彩描绘了一位武艺高超、渴望卫国立功甚至不惜牺牲生命的游侠少年形象，借以抒发自己的报国激情。诗歌的风格雄放，气氛热烈，语言精美，称得上是情词兼胜。

诗歌的起首即用"连翩西北驰"的画面，形象地传达出一种勇往直前的精神。接下去关于"幽并游侠儿"的一大段文字，极尽绘声绘色之能事，写出他的飒爽英姿和高超的武艺，笔墨之间沸腾着一股激越高亢的情绪。这位身手不凡的白马少年“长驱蹈匈奴,左顾陵鲜卑”,大有顾盼间强虏灰飞烟灭的豪迈气概。

诗人不仅以激情的笔调写出了白马少年的英雄行为,而且以精湛的语言揭示了人物的爱国精神。诗歌的最后几句,道出了白马少年的思想底蕴和壮烈情怀,音哀气壮,声沉调远,大有易水悲歌的遗韵。诗歌采用了倒叙、补叙的手法。诗歌以“白马饰金羁,连翩西北驰”突兀而起,又以“借问谁家子”十二句来补叙“西北驰”的原因。继而又倒叙“名编壮士籍”、告别家人时的心情;最后策马“赴国难”的一幕则与开首重合。如此章法,像电影中的“闪回”,使白马英雄的形象渐次深化,忧国去家、捐躯济难的主题则得到鲜明突出的表现。

七 哀[1]

明月照高楼,流光正徘徊。上有愁思妇,悲叹有馀哀。借问叹者谁,言是宕子妻。君行逾十年,孤妾常独栖。君若清路尘,妾若浊水泥。[2]浮沉各异势,会合何时谐?愿为西南风,长逝入君怀。[3]君怀良不开,贱妾当何依?

【注释】

①本篇是闺怨诗,也可能借此“讽君”。 ②“清”字形容路上尘,“浊”字形容水中泥。二者本是一物,“浮”的就清了,“沉”的就浊了,比喻夫妇(或兄弟骨肉)本是一体,如今地位(势)不同了。 ③逝:往。

【品评】

这首诗借一个思妇对丈夫的思念和怨恨，曲折地吐露了诗人在政治上遭受打击之后的怨愤心情。诗人自比“宕子妻”，以思妇被遗弃的不幸遭遇来比喻自己在政治上被排挤的境况，以思妇与丈夫的离异来比喻他和身为皇帝的曹丕之间的生疏“甚于路人”“殊于胡越”。诗人有感于兄弟之间“浮沉异势，不相亲与”，进一步以“清路尘”与“浊水泥”来比喻二人境况悬殊。“愿为西南风，长逝入君怀”，暗吐出思君报国的衷肠；而“君怀良不开，贱妾当何依”，则对曹丕的绝情寡义表示愤慨，流露出无限凄惶之感。全诗处处从思妇的哀怨着笔，句句暗寓诗人的遭际，诗情与寓意浑然无间，意旨含蓄，笔致深婉，确有“情兼雅怨”的特点。

这首诗的起句与结尾都相当精妙。起句既写实景，又渲染出凄清冷寂的气氛，笼罩全诗。月照高楼之时，正是相思最切之际，那徘徊徜徉的月光勾起思妇的缕缕哀思——曹植所创造的“明月”“高楼”“思妇”这一组意象，被后代诗人反复运用来表达闺怨。诗歌结尾，思妇的思念就像那缕飘逝的轻风，“君怀良不开”，她到哪里去寻找归宿呢？结尾的这缕轻风与开首的那道月光共同构成了一种幽寂清冷的境界。

杂　诗[①]

仆夫早严驾，[②]吾行将远游。远游欲何之？吴国为我仇。将骋万里途，东路安足由？[③]江介多悲风，[④]淮泗驰急流。[⑤]愿欲一轻济，惜哉无方舟。[⑥]闲居非吾志，甘心赴国忧。[⑦]

【注释】

①这一首写作者自己立功立业殉国赴难的志愿。很可能是和《赠白马王彪》同时的作品,其时在黄初四年(223),曹植以鄄城王应诏到洛阳。他在《赠白马王彪》诗里说“怨彼东路长”,在本篇说“东路安足由”,“东路”就是指从洛阳赴鄄城之路。鄄城在今山东省鄄城县。 ②仆夫:指赶车的人。严驾:整治车驾。 ③由:行。 ④江介:江间。 ⑤淮泗:指淮水与泗水,江与淮、泗都是南征孙权所必经。 ⑥无方舟:无渡水的工具,比喻没有权柄。 ⑦以上二句,就是《求自试表》中“徒荣其躯而丰其体……此徒圈牢之养物,非臣之所志也”一段话的意思。

【品评】

本篇可能作于黄初四年(223)诗人辞别洛阳东归封地鄄城的途中。诗人不得不奉命归藩,然而他的心却向往着南征东吴,征战沙场。“将骋万里途,东路安足由?”他多不愿意踏上东到鄄城的路啊!长江上激越的风声,滚滚东去的淮水、泗水,都在召唤他,令他浑身热血沸腾。他多想渡过江啊!“惜哉无方舟”!诗人表面上是惋惜无舟可渡,实质上是暗喻自己名为藩王,实为囚徒,被剥夺了参政权利,报国无门。他在诗中委婉地控诉了曹丕对他的压制,痛切地呼喊:闲居不是我的志向,我情愿为解除国患而赴汤蹈火!

这首诗一起调就笼罩着一股急迫之感,令读者仿佛看到诗人星夜兼程地奔向征吴之途。他在想象中驰骋万里,在现实中却寸步难行。因此,他愈是把赴吴的心情写得急如星火,就愈是见出他急于有为的如焚忧心。

赠白马王彪[1]

序曰：黄初四年五月，白马王、任城王与余俱朝京师，[2]会节气。到洛阳，任城王薨。至七月与白马王还国。后有司以二王归藩，[3]道路宜异宿止。意毒恨之。盖以大别在数日，[4]是用自剖，与王辞焉。愤而成篇。

谒帝承明庐，[5]逝将归旧疆。[6]清晨发皇邑，日夕过首阳。[7]伊洛广且深，[8]欲济川无梁。泛舟越洪涛，怨彼东路长。[9]顾瞻恋城阙，引领情内伤。其一

太谷何寥廓，[10]山树郁苍苍。霖雨泥我涂，流潦浩纵横。中逵绝无轨，改辙登高冈。修坂造云日，[11]我马玄以黄。[12]其二

玄黄犹能进，我思郁以纡。郁纡将何念？亲爱在离居。[13]本图相与偕，中更不克俱。鸱枭鸣衡轭，[14]豺狼当路衢。苍蝇间白黑，[15]谗巧反亲疏。[16]欲还绝无蹊，[17]揽辔止踟蹰。其三

踟蹰亦何留？相思无终极。秋风发微凉，寒蝉鸣我侧。原野何萧条，白日忽西匿。归鸟赴乔林，[18]翩翩厉羽翼。[19]孤兽走索群，衔草不遑食。感物伤我怀，抚心长太息。其四

太息将何为？天命与我违。奈何念同生，[20]一往形不归。[21]孤魂翔故域，灵柩寄京师。存者忽复过，亡没身自衰。[22]人生处一世，去若朝露晞。年在桑榆间，[23]影响不能追。[24]自顾非金石，咄唶令心悲。[25]其五

心悲动我神，弃置莫复陈。丈夫志四海，万里犹比邻。恩爱苟不亏，在远分日亲。[26]何必同衾帱，[27]然后展殷勤。忧思成疾疢，[28]无乃儿女仁。仓卒骨肉情，[29]能不怀苦辛？其六

苦辛何虑思？天命信可疑。虚无求列仙，松子久吾欺。[30]变故在斯须，百年谁能持？[31]离别永无会，执手将何时？王其爱玉体，俱享黄发期。[32]收泪即长路，援笔从此辞。其七

【注释】

①本篇共分七章，前有序。依《文选》李善注，本集原作“于圈城作”，萧统因其序文，改为此题。曹彪是曹植的异母弟，据《三国志·魏志·曹彪传》，彪在黄初三年封弋阳王，同年徙封吴，七年徙封白马（在今河南滑县东二十里）。　②任城王：指曹彰，他是曹植的同母兄（曹操妻卞氏生曹丕、曹彰、曹植），骁勇能用兵。黄初四年和曹植同朝京师，到洛阳后暴病死。《世说新语》说是被曹丕所害。　③有司：指监国使者灌均。　④大别：即永别。这时朝廷已定出藩国不得交通的制度，作者自知以后永无会期。　⑤承明庐：长安汉宫有承明庐，在石渠阁外，洛阳魏宫有门叫承明，这里恐是用汉故事，不是实指。　⑥旧疆：指鄄城。　⑦皇邑：指洛阳。首阳：即首阳山，在洛阳东北。　⑧伊洛：二水名。伊水源出河南省熊耳山，到偃师入洛水。洛水源出陕西省冢岭山，到河南省巩县入黄河。⑨东路：从洛阳往鄄城的路。以上第一章，写离洛阳，渡洛水，回顾依恋。其时当在七月初。　⑩太谷：即太谷关，汉灵帝时置，在洛阳东南五十里。寥廓：言空虚而宽广。　⑪“修坂”句言修长的斜坡高达于天。　⑫玄黄：病。也就是眩晕，眼花。以上第二章，写渡过洛水后陆路的险阻。　⑬“亲爱”句言兄弟

正在临歧分手的时候。这句用《古诗》"同心而离居"的意思。 ⑭衡轭：车辕前横木压在牛马颈上的部分。乘舆衡上有鸾铃，现在代以鸱枭恶鸟之声，比喻小人包围君主。下句"豺狼"也是比喻小人。 ⑮"苍蝇"句比喻佞人变乱善恶。《诗经·青蝇》"营营青蝇止于樊"，郑玄解释道："蝇之为虫，污白使黑，污黑使白。" ⑯反亲疏：言使当亲者反疏，当疏者反亲。 ⑰"欲还"句言回到京城去的道路已经断绝，也就是说现在要向君剖诉是无路可通了。以上第三章，写兄弟被迫分别，怨小人拨弄是非、谗间骨肉。 ⑱乔林：乔木之林。归鸟赴林是群聚，对照自己的离群。 ⑲厉：奋。以上第四章，写初秋原野萧条，触景伤心。由愤激而感伤。 ⑳同生：同胞兄弟，指任城王曹彰。 ㉑"一往"句言曹彰之死。 ㉒刘履《选诗补注》以为"存者"和"亡没"应互调，言死者已矣，存者也难久保。 ㉓桑榆：二星名，在西方。通常说日在桑榆就是说天将晚，用来比人将老。 ㉔"影响"句言光和声虽传得快，还不如将逝的年光去得更快。 ㉕咄唶：惊叹声。以上第五章，回顾任城王的暴死，瞻望自己的前途。从离合之悲写到死生之感，从感伤到悲惧交并。 ㉖分（读去声）：犹志。以上二句说兄弟的感情如不减弱，相隔远了情分反会日益增长。 ㉗同衾帱：言共用被帐。后汉桓帝时人姜肱，字伯进，与弟仲海、季江友爱，常同被而眠（事见《后汉书·姜肱传》）。这句是用姜肱的典故。 ㉘疢（chèn）：热病。 ㉙骨肉情：指兄弟之情。兄弟之间生离死别就在这片刻之后决定了，所以说"仓卒"。以上第六章，自己强为宽解，并慰勉曹彪。结尾二句说不悲伤是不可能的，表示终究不能宽解。 ㉚以上二句，就是曹操《善哉行》"痛哉世人，见欺神仙"的意思。曹植曾作《辨道论》骂方士。松子：赤松子，古仙人名。 ㉛以上二句，言人生在顷刻之间就可能发生变故，如曹彰那样，谁能有把握终其天年呢？ ㉜黄发：高寿的征象。人年老头发由白而黄。以上第七章，前半申说苦辛之怀，变故既不可料，逃避也不可能。后半是诀别之辞。

【品评】

这首诗作于黄初四年(223)。当时诗人同白马王曹彪、任城王曹彰一起进京朝见曹丕。任城王在京城里不明不白地死了。曹植和曹彪在返藩的路上又受到监国使者的限制，不许同住同宿，被迫分道而行。曹植在极度的悲愤中写了这首诗送给曹彪。全诗共分七章。

在这首诗中，诗人以沉郁的笔调抒写了自己与任城王曹彰的死别之悲，与白马王曹彪的生离之痛，在这巨大的悲痛中又渗透着诗人对自己命运的幻灭之感，哭兄伤己，悲情四溢。而这四溢的悲情正造成了此诗独特的艺术魅力。

诗人在这首诗中采用了叙事、写景、抒情互相穿插、互相生发的方式，从不同的角度来表现自己心灵深处的悲痛。如第一章以叙事为主，交代朝京师后起程返封地的情景，语调缓和，然而读者不难从中咀嚼到一种深沉的哀痛。再如第四章以写景为主，那凄凉的旅途景色成功地渲染出一种孤寂、穷愁的气氛，衬托出诗人内心的悲苦。至于第三、五、六、七章以抒写情感为主，或愤而斥责，或黯然自伤，或强作宽解，笔致委曲，写出了悲情的深沉、悲情的绵远。

这首诗具有浓郁的民歌风味，从章法上看，它采用了民歌常用的连章法，除首章之外，其馀六章首尾相衔，使全诗气韵流贯，节奏跌宕。诗中多用问答句，问答句又多用在每章之首，承上启下，既使全篇结构严谨，又使诗歌转折有致。

嵇　康(223—262)

字叔夜。谯郡铚(今安徽宿州)人。“竹林七贤”之一。曾任中散大夫，世称“嵇中散”。崇尚老庄，对司马氏采取不合作态度，颇招忌恨，终为司马氏借故杀害。嵇康诗文俱佳，散文尤为出色。有《嵇中散集》十卷行世。

赠秀才入军　十九首选二

良马既闲，①丽服有晖。左揽繁弱，②右接忘归。③风驰电逝，蹑景追飞。凌厉中原，④顾盼生姿。

【注释】

①闲：熟习。　②繁弱：古良弓名。　③忘归：矢名。　④凌厉：奋行直前貌。

【品评】

《赠秀才入军》诗共十九首，是诗人寄赠其兄嵇喜的。本篇原列第九。诗歌以雄健有力的笔调勾勒了一位戎装骑射的武士，他骑着良马，身披铠甲，左手揽弓，右手搭箭，风驰电掣般地奔驰在广阔的原野上……最后二句则正面刻画其兄的神态：他气概非凡，直欲凌厉山河；他顾盼生辉，神采飞扬。——诗中没有一句写及诗人的感情，但诗人把其兄入军后的情形想象得那么逼真，关切之情自在不言之中了。

息徒兰圃，[1]秣马华山。[2]流磻平皋，[3]垂纶长川。[4]目送归鸿，手挥五弦。[5]俯仰自得，游心太玄。[6]嘉彼钓叟，得鱼忘筌。[7]郢人逝矣，谁与尽言。[8]

【注释】

①兰圃：有兰草的野地。　②秣马：饲马。　③磻（bō）：用生丝做绳系在箭上射鸟叫做弋，在系箭的丝绳上加系石块叫做磻。皋：水边地。这句是说在皋泽之地弋鸟。　④纶（lún）：指钓丝。　⑤五弦：乐器名，似琵琶而略小。　⑥太玄：就是大道。“游心太玄”是说心中对于道有所领会，也就是上句“自得”的意思。　⑦筌：捕鱼竹器名。《庄子·外物》道：“筌者所以在鱼，得鱼而忘筌。”又道：“言者所以在意，得意而忘言。”“得鱼忘筌”是“得意忘言”的比喻，说明言论是表达玄理的手段，目的既达，手段就不需要了。　⑧郢：古地名，春秋楚国的都城。《庄子·徐无鬼》有一段寓言说曾有郢人将白土在鼻上涂了薄薄一层，像苍蝇翅似的，叫匠石用斧子削去它。匠石挥斧成风，眼睛看都不看一下，把白土削干净了。郢人的鼻子毫无损伤，他的面色也丝毫没有改变。郢人死后，匠石的这种绝技也不能再表演，因为再也找不到同样的对手了。这个寓言是庄子在惠施墓前对人说的，表示惠施死后再没有可以谈论的对手。这二句的意思是：像郢人死后，匠石再也找不到与他配合默契的人一样，嵇喜如对自然大道有所领会，在军中也难得解人。

【品评】

本篇原列第十四首，诗人想象嵇喜行军之暇领略山水乐趣的情景。他将在长满兰草的野地上休息，在鲜花盛开的山坡上喂马，在草地上弋鸟，在长河里钓鱼，一边若有所思地目送南归的鸿雁，一边信手抚弹五弦琴。他的心神游于天地自然之中，随时随地都对自然之道有所领悟。显然，这里所写的与其说是征人生活，不如说是抒写诗人自己纵心自然的情趣。最后诗人用《庄子》中“匠石斫垩”的典故来表达自己对嵇喜从军远去的惋惜心情。

此诗中“目送归鸿，手挥五弦”二句是历来为人们所称道的妙句。它以凝练的语言传写出高士飘然出世、心游物外的风神，传达出一种悠然自得、与造化相侔的哲理境界。

阮　籍(210—263)

字嗣宗，陈留尉氏(今河南尉氏县)人，建安作家阮瑀之子。好学博览，尤慕老、庄。他反对名教，向往自然，旷达不拘礼俗。他对于新起的司马氏政权不愿合作，故而纵酒谈玄，不问世事，作消极的反抗。他在文学上受屈原的影响较多。《咏怀》八十馀首，感慨很深，格调高浑，使他成为正始时代最重要的诗人。

咏　怀[①]　八十二首选三

夜中不能寐，起坐弹鸣琴。薄帷鉴明月，[②]清风吹我襟。孤鸿号外野，翔鸟鸣北林。[③]徘徊将何见？忧思独伤心。[④]

【注释】

①《咏怀》是阮籍生平诗作的总题，不是一时所作。大多写生活的感慨，不外说人生祸福无常、年寿有限，要求超脱利禄的圈子，放怀远大。也有对当时政治的刺讥，但写得很隐晦。　②鉴：照。这句是说月光照于薄帷。　③翔鸟：飞翔盘旋着的鸟。鸟在夜里飞翔正因为月明。　④以上二句指人也兼指鸟，孤鸿、翔鸟和人一样都是在不寐而徘徊，这时会看到些什么呢，一切都是叫人忧伤的景象。

【品评】

这是阮籍八十二首五言《咏怀》中的第一首。诗歌表达了诗人内心愤懑、悲凉、落寞、忧虑等复杂的感情。不过，尽管诗人发出“忧思独伤心”的长叹，却始终没有把“忧思”直接说破，而是“直举情形色相以示人”，将内心的情绪含蕴在形象的描写中。冷月清风、旷野孤鸿、深夜不眠的弹琴者，将无形的“忧思”化为直观的形象，犹如在人的眼前耳畔。读者可以从诗中所展示的“情形色相”中感受到诗人幽寂孤愤的心境。但是那股“忧思”仅仅是一种情绪、一种体验、一种感受，人们可以领略到其中蕴涵的孤独、悲苦之味，却难以把握其具体的内容。“言在耳目之内，情寄八荒之外”，即是此诗显著的特点。

这首诗采用动静相形的手法，取得了独特的艺术效果。“起坐弹鸣琴”是动；清风吹拂，月光徜徉，也是动。前者是人的动，后者是物的动，都示意着诗人内心的焦躁。然而，这里的动是以如磐夜色为背景的。动，更衬出了夜的死寂，夜的深重。这茫茫夜色笼罩着一切，象征着政治形势的险恶和诗人心灵上承受着的重压。这首诗言近旨远，寄托幽深，耐人寻味。

嘉树下成蹊，东园桃与李。① 秋风吹飞藿，零落从此始。② 繁华有憔悴，堂上生荆杞。③ 驱马舍之去，去上西山趾。④ 一身不自保，何况恋妻子。凝霜被野草，岁暮亦云已。⑤

【注释】

①嘉树：指桃李。蹊：径路。首二句以桃李的盛时喻人生的盛时。《史记·李将军列传》：“桃李不言，下自成蹊。”是此处用语所本。　②藿：豆叶。以上二句以风吹飞藿喻人生衰时。　③以上二句言一切繁盛景象都不能长久保持，殿堂之上

也会有一天长起荆、杞等杂树来。　④以上二句言远避世患，不居乱邦。西山：指首阳山，伯夷、叔齐隐居之处。趾：山脚。　⑤已：毕。末二句言岁暮的时候，百草在严霜摧残之下，同归于尽。

【品评】

本篇原列《咏怀》第三。诗人以时序变换、草木零落，隐喻世事盛极必衰，应该早为避乱之计。情词危切，充满了深忧。

诗歌从自然景物的变化起兴，引发对社会人生的思考。春日桃李盛开之时，自然会吸引许多人来观赏，热闹一时；但是转眼间便是秋风萧瑟了，豆叶飘零，一派凄凉。世间之事也是如此，盛时如桃李繁茂，衰时如秋风吹藿，有繁华之日便有憔悴之时，那高大的殿堂也终有一天变成杂草丛生的废墟。思索着事物盛衰的哲理，诗人敏感的心中充满了世乱将至的忧惧。他决定立即驱马直奔西山，像伯夷、叔齐那样隐居起来。他并不是无情之人，但是“一身不自保，何况恋妻子”！他预感到，如果不及早避祸，就会像岁暮之日的野草一样，在严霜的摧残下枯萎。这首诗充分表现了诗人对现实政治的感受，“驱马舍之去，去上西山趾”等语，及“凝霜”“岁暮”等词都强调出一种事变将至的紧迫感。

驾言发魏都，①南向望吹台。②箫管有遗音，梁王安在哉？③战士食糟糠，贤者处蒿莱。④歌舞曲未终，秦兵已复来。夹林非吾有，⑤朱宫生尘埃。军败华阳下，⑥身竟为土灰。

【注释】

①言：语词，犹而。魏都：指战国时魏国的都城大梁（今河

南省开封市一带)。 ②吹台:战国时魏国的建筑,在今开封东南。此台又称繁台,一说就是范台,魏王婴曾在这里宴诸侯。 ③梁王:即魏王。 ④处蒿莱:住草屋。以上二句是说魏王不养士用贤。这是他失败的原因。 ⑤夹林:地名,魏王游览之处。 ⑥华阳:山名,又亭名,在密县(今河南密县附近)。公元前273年,秦白起在这里大破魏芒卯,斩首十五万,魏人割南阳以和。

【品评】

这首诗借咏战国时的魏国统治者骄奢淫逸,终至华阳兵败的史实来批评曹魏的政治现实,其讥讽之意是很明显的。

从空间说,战国魏的吹台遗址尚存;从时间说,漫长的岁月已经流逝了——“驾言发魏都,南向望吹台”,吊古之情泱泱而起。尽管时间的风雨冲刷着吹台,然而“箫管有遗音”! 仿佛歌舞欢宴,丝竹相和,不过是昨天的事。在这里,诗人将历史与现实在“吹台”这一特定的空间重叠,暗示着诗中所咏的历史也是当前之事。“箫管有遗音”将人们带入一个迷离恍惚的境界,如梦如幻;而“梁王安在哉”这当头一喝,惊破梦魂,让人们清醒意识到时空的转换:吹台尚存,遗音犹响,建台的梁王到哪里去了呢? 一时间,盛衰兴亡的无限感慨涌上心头,其中又混杂着江山长存、人生短暂的喟叹以及对统治者的警告。正因为时空调度灵活,使狭小的尺幅有了深邃的历史容量。

诗歌以极其精练的笔墨,勾勒了战国魏灭亡的历史画面,笔锋犀利,活画出统治者的贪婪、腐败、昏庸。最后几句从魏王自身的感触着笔,语调沉缓,描述了一幅国破身亡的情景。这种结局当然是吹台歌舞之时意料不到的。前车之覆,后车之鉴。阮籍面对吹台遗址,以历史批判的眼光向曹魏当权者发出了警告。

傅　玄(218—278)

字休奕，泥阳(今甘肃宁县东南)人。博学能文，勤于著述，有《傅子》内外篇。历仕魏、晋两代。精通音乐，擅长乐府诗。

吴楚歌

燕人美兮赵女佳，①其室则迩兮限层崖。②
云为车兮风为马，玉在山兮兰在野。
云无期兮风有止，思多端兮谁能理？

【注释】

①燕、赵：二国名。战国时燕国都在今北京大兴，赵国都在今河北省邯郸。古诗曰“燕赵多佳人”。本篇“燕人”“赵女”也可能是用来比贤才之士，贤才居处山野，遇风云际会就出而用世。　②“其室”句用《诗经·东门之墠》“其室则迩，其人甚远”两句的意思，表示思慕而不得见。

【品评】

这首诗《玉台新咏》卷九题为《燕人美篇》。诗歌一开头就热情赞美燕姬赵女的佳妙，表达一腔思慕之情。诗人不畏层峦叠嶂的阻隔，幻想以云为车，以风为马，驱风驾云去追求美的偶像。然而她们如兰似玉幽居山野深谷，难以寻觅，更何况风云飘忽无定，难以依靠。诗人的满腔情愫谁能理解呢？此诗篇幅不长，却将诗人的思慕之情写得宛曲有致，一波三折。

张　华(232—300)

字茂先，范阳方城(今河北固安县南)人。少时贫苦，曾牧羊为生。晋武帝时历任要职。后为赵王司马伦和孙秀所杀。博闻强记，著有《博物志》十卷。其诗“儿女情多，风云气少”，巧于辞藻。

情　诗　五首选一

清风动帷帘，①晨月照幽房。②佳人处遐远，③兰室无容光。④襟怀拥虚景，⑤轻衾覆空床。居欢惜夜促，在戚怨宵长。抚枕独啸叹，感慨心内伤。⑥

【注释】

①帷：帐幔。　②幽房：指女子的深闺。　③佳人：此谓丈夫。遐：远。　④兰室：芬芳的居室，指女子闺房。　⑤襟怀：胸怀。虚景：即“虚影”。　⑥以上四句说欢聚的时候惋惜夜太短，悲戚的时候抱怨夜太长。

【品评】

这是《情诗》五首中的第三首，写闺中离妇对丈夫的思念。诗人抓住“清风”“明月”这两件自然景物来渲染怀人之情。“清风动帷帘”，却不见佳人前来，空惹起一腔愁绪；“晨月照幽房”，却不见两相偎依的倩影，只馀下一片凄凉。月色而着一“晨”

字，更见出离妇彻夜辗转之态。虽不见情，但如此景物之中已有一缕缠绵委婉的情思萦绕不绝。接下去的“襟怀”二句则采用化情入事、于事见情的手法。深闺独处的离妇襟怀所拥，乃是痴想中的“虚景”；轻衾所覆，不过是月光下的“空床”。追忆往日欢聚的情事，对照眼前的“空”“虚”，不觉酸甜苦辣百般滋味涌上心头，令人在一阵迷离怅惘之中，更感到幽怨深长。

这首诗时而因“清风”“明月”之景而怀人，时而借“襟怀拥”“轻衾覆”之事而抒情，中间又融合着“佳人处遐远，兰室无容光”的内心独白，以及“居欢惜夜促，在戚怨宵长”的真情感叹，写景、叙事、议论浑然成篇，写出了铭心刻骨的相思、出魔入幻的痴情，哀艳动人。

陆　机(261—303)

字士衡，吴郡华亭(今上海松江)人。曾任平原内史，世称“陆平原”。他出身于东吴世家大族。吴灭后，与其弟陆云退居归里，闭门勤读十年。太康十年(289)赴晋都洛阳，以才名享誉京都，辟为祭酒，迁太子洗马、著作郎。后遭谗身死。其诗名重当时，富于藻饰。

赴洛道中作　二首选一

远游越山川，山川修且广。振策陟崇丘，[①]案辔遵平莽。[②]夕息抱影寐，朝徂衔思往。[③]顿辔倚高岩，侧听悲风响。清露坠素辉，明月一何朗。抚枕不能寐，振衣独长想。[④]

【注释】

①振策：奋举马棰(鞭马前进)。　②案：同“按”。“按辔”是手抚御马的绳索停止不动(任马慢步前进)。平莽：平地有草之处。　③衔思：犹言含悲。　④末句言忧思不寐，又着衣而起。振衣：着衣时振动以去尘土。

【品评】

这首诗抒写了诗人于太康十年(289)应诏赴京途中的复杂感受，其中没有多少直抒胸臆的笔墨，纷纭交织的情感多是通过对一路风尘劳顿的描写透露出来的，比较委婉含蓄。如诗中写“夕息抱影寐”，令人自然生出孤寂之感；而“朝徂衔思往”，忧心忡忡之态如在眼前。又如“顿辔倚高岩，侧听悲风响”，写诗人在行途中勒缰驻马，侧耳倾听悲风的声响，尽管诗中没有直说，但是诗人对旅途不宁的担忧、对应诏赴京吉凶难测的焦虑，都含蕴在这个驻马侧听的形象之中了。再如，诗歌最后四句写旅途夜宿的情景，在这个白露晶莹、皓月当空的夜晚，诗人抚枕不眠，振衣而起，望风长想——这个月下徘徊的身影，也同样流露出诗人如焚的忧心。尽管诗人没有直抒情怀，然而通过对旅途情景的描写，一位忧思纷扰、忐忑不安的诗人形象清晰地站在读者面前。

这首诗语言精美，对偶工稳，很讲究锻句炼字。比如最后两句中“抚枕”“振衣”“长想”几个动词，便很生动地刻画出人物的动态神情，准确地传达出他内心的感情波涛。

潘　岳(247—300)

字安仁,祖籍荥阳中牟(今属河南)。少有才名。曾任河阳令、著作郎、给事黄门侍郎等职。后为赵王司马伦所杀。长于诗赋,以哀艳见称,与陆机齐名,有“陆海潘江”之誉。

悼亡诗[①]　三首选一

荏苒冬春谢,寒暑忽流易。[②]之子归穷泉,重壤永幽隔。[③]私怀谁克从?淹留亦何益。僶俛恭朝命,[④]回心反初役。[⑤]望庐思其人,入室想所历。帏屏无仿佛,[⑥]翰墨有馀迹。流芳未及歇,遗挂犹在壁。[⑦]怅怳如或存,回遑忡惊惕。[⑧]如彼翰林鸟,[⑨]双栖一朝只;如彼游川鱼,比目中路析。[⑩]春风缘隙来,[⑪]晨霤承檐滴。[⑫]寝息何时忘,沉忧日盈积。庶几有时衰,庄缶犹可击。[⑬]

【注释】

①本篇是《悼亡诗》三首中的第一首。叙亡妻已葬后将要赴任时的情景。　②荏苒:辗转。谢:去。流易:消逝、变换。以上二句叙时节改易。古代礼制,妻死夫服丧一年,这首诗是作于妻亡一周年时。　③之子:那人,指亡妻。穷泉:地下。这两句是说妻死埋葬土中,和生人永远隔绝。　④僶俛(mǐn miǎn):即黾勉,勉力。　⑤回心:转念。反初役:回原官任所。

⑥仿佛：相似的形影。　⑦流芳、遗挂：都承翰墨而言，言亡妻笔墨遗迹，挂在墙上，还有馀芳。　⑧怅怳：恍忽。回遑：惶恐的意思。忡：忧。惕：惊惧。　⑨翰：飞。　⑩析：分开。⑪隟：就是“隙”字，墙壁的缝穴。　⑫霤(liù)：水从屋上流下为“霤”。　⑬庶几：表示希望的词。庄缶：战国时代的宋国人庄周的妻死了，惠施去吊丧，见他正在敲着瓦盆(古人用“缶”为乐器)唱歌。惠施问他：妻死不哭也还罢了，又唱起歌来，岂不是太过分了？他道：我妻刚死的时候我也不免伤感，后来想：人本来无生、无形，由无到有，又由有到无，也不过是像四季循环似的自然变化，又何必悲伤呢？(见《庄子・至乐》)这诗末尾是说沉忧逐日累积，片刻也不能忘，但愿有时衰减，还可以像庄周那样达观。

【品评】

本篇是诗人为哀悼亡妻所作《悼亡诗》三首中的第一首。诗歌给读者展示了一个充满永恒哀伤的时空。全诗的镜头随着诗人的步履移动，逐次呈现了庐舍、居室、帷幕、屏风、翰墨的馀迹、檐头的滴水等，这些连续的空间场景中弥漫着阴沉凄凉的气氛，在沉寂中倾诉着诗人丧妻的悲痛和孤独。与此同时，诗歌又从时间的角度来表现丧妻之痛的深广。冰雪消溶，春风吹拂，晨霤滴沥，时节交替，光阴流逝了，而诗人对亡妻的哀念并不因此而淡薄，“寝息何时忘，沉忧日盈积”，反而越来越沉重。在伤痛莫解的情况下，他想起达观的庄子，希望自己有朝一日能像庄子那样从感情的重压下解脱出来。而这种企望，则又暗示出诗人的哀伤不仅占据了他的今天，也将延伸到他的明天、后天……读罢全诗，一个陷入永恒哀痛之中的诗人形象粲然浮现在眼前。

这首诗情至深而语至浅，悼亡的深情婉转地流动于清浅的字句之间。比如“帏屏”数句以极其平淡的语言道出物是人非的悲怆之感；“怅怳”二句更是微妙地表现出失去了朝夕相处的伴侣而精神痛苦、恍惚迷离的神态。另外“如彼翰林鸟”等四句，两个比喻通俗浅近，却准确地表达了诗人的沉痛心情。

这首诗“悲而不壮”，情词哀艳，后人写哀悼亡妻的诗多用“悼亡”为题，正是受了潘岳的影响。

左　思(250? —305?)

字太冲,齐国临淄(今山东淄博)人。出身寒门,仕进不得意。容貌丑陋,口才拙涩,不喜交游。曾以十年构思写成《三都赋》,为当代所重视。他的诗尤其高出同时的作家。诗中常有讽喻,意气豪迈,语言简劲有力,绝少雕琢。

咏史　八首选三

弱冠弄柔翰,[1] 卓荦观群书。[2] 著论准《过秦》,[3] 作赋拟《子虚》。[4] 边城苦鸣镝,羽檄飞京都。[5] 虽非甲胄士,畴昔览穰苴。[6] 长啸激清风,志若无东吴。[7] 铅刀贵一割,梦想骋良图。[8] 左眄澄江湘,右盼定羌胡。[9] 功成不受爵,长揖归田庐。

【注释】

①弱冠:二十岁。柔翰:毛笔。　②卓荦(luò):特异。　③过秦:是贾谊《新书》中的一篇。后人分为三篇,题为《过秦论》。　④子虚:指司马相如《子虚赋》。　⑤鸣镝:见曹植《名都篇》注⑥。羽檄:见曹植《白马篇》注⑩。　⑥胄(zhòu):头盔。甲胄士:战士。畴昔:往时。穰苴:春秋时齐国人,姓田氏,官大司马,善治军。齐威王整理古司马兵法,把穰苴的兵法附在书中,称为《司马穰苴兵法》。这里以“穰苴”二字作《司马穰苴兵法》的简称,用来代表兵书。以上二句说自己虽不是武人,

却也读过兵书。 ⑦啸：蹙口作声。“长啸”是表现胸中的豪气需要发泄。 ⑧铅刀一割：是汉班超上疏中的成语。铅刀是难于割东西的，一割之后就难于再用，作者用来比自己才钝。但才虽钝也想自试，为国立功，正如铅刀也以一割为贵。骋（chěng）：言施展。良图：指为国立功，功成身退，即下文所写。⑨澄江湘：言平定东吴。

【品评】

左思的《咏史八首》不专咏古人、古事，而是借以写自己的怀抱。本篇为第一首，乃是言志之作。晋武帝时羌胡、东吴和晋屡相攻伐，咸宁五年（279）晋伐吴，诏书有“孙皓犯境，夷虏扰边……上下戮力以南夷句吴，北威戎狄”等语，和此诗所咏情事相合。

本篇直抒胸臆，议论滔滔，笔墨淋漓，气象开阔。然而，这些议论不是空泛的，诗人巧妙地将自己的壮志高标通过那些能够激发人们想象的具体事物表达出来。比如诗人自述文才出众，便说“著论准《过秦》，作赋拟《子虚》”，这就使人想到他具有贾谊和司马相如那样的才华。又如他自述武略过人，是借边城报警和自己娴习兵法来表达的。他不空谈志向的宏伟，而是写道：“长啸激清风，志若无东吴”，以此见出其豪放高迈的胸襟。正因为诗中的议论都紧扣住具体意象，所以全诗既有纵横古今的气势，又有鲜明生动的形象。

此诗以情取胜，但并不疏于文辞。诗中多用对偶句，造句工稳，读起来自然流畅。他也精于炼字，像“弄柔翰”的“弄”字，生动地表明诗人运笔自如，得心应手；“长啸激清风”的“激”字，写出了诗人搏击风云的气概；而“左眄”“右盼”二词，更是大有顾盼间横扫千军的气势。这些字词都有传神写态之妙，正见出诗人驾驭文字的功力。

郁郁涧底松，离离山上苗，[1]以彼径寸茎，荫此百尺条。[2]世胄蹑高位，英俊沉下僚。[3]地势使之然，由来非一朝。金张借旧业，七叶珥汉貂。[4]冯公岂不伟，白首不见招。[5]

【注释】

①离离：下垂貌。苗：初生的草木。　②荫：遮盖着。以上四句以山上的小苗比无才而有权势的人，以涧底的高松比有才而屈于下位的人。　③胄：后裔。世胄：世家子弟。下僚：小官。　④金张："金"指金日磾家，自汉武帝时起，至汉平帝时止，金家七代为内侍。"张"指张汤家，七代为内侍、中常侍者凡十馀人。旧业：先人的遗业。七叶：七世。珥汉貂：冠旁插貂鼠尾为饰。汉代凡侍中、常侍等官都戴貂（侍中插左，常侍插右）。这两句是说金氏、张氏凭借祖先的世业七代做汉朝的贵官。　⑤冯公：指冯唐，汉文帝时人，曾对文帝指出当时法律严苛，不能用将等弊。老年仍居郎官小职。伟：奇异。不见招：言不被进用。

【品评】

这是《咏史八首》中的第二首。诗中抨击了门阀制度对人才的压制，倾诉了贫寒之士怀才不遇、报国无门的愤懑。

诗歌围绕着"地势"悬殊这一主题展开，采用对比的手法来揭露门阀制度的不合理。诗歌的一开头，即展示了一幅令人触目惊心的画面：苍松以百尺之材，处于"涧底"；而径寸小苗，却高踞于山上，荫影还要挡住"涧底松"。诗人以这个反常的自然现象作比兴，将人世间"世胄蹑高位，英俊沉下僚"这一畸形的现象非常鲜明地突出出来。一边是处于涧底的苍松，一边是踞于山上的寸苗；一边是"蹑高位"的世胄，一边是"沉下僚"的英俊；一边是显赫一时的金、张旧家，一边是年老官卑的冯唐——这一组组鲜明的对比，无可辩驳地证明着门阀制度的荒悖。因此，诗人痛切地感到：人的命运并不取决于他的才华，而是由他所处的“地势”高下来决定。

全诗激荡着一股郁勃不平之气。尤其是结尾：“冯公岂不伟？白首不见招！”采用反问句式，显得沉痛有力。左思所创造的“涧底松”这一艺术形象，扣动了后世不少文人的心弦，他们曾反复运用它来抒写怀才不遇的郁愤。

皓天舒白日，灵景耀神州。① 列宅紫宫里，② 飞宇若云浮。峨峨高门内，③ 蔼蔼皆王侯。④ 自非攀龙客，⑤ 何为欻来游？⑥ 被褐出阊阖，⑦ 高步追许由。⑧ 振衣千仞冈，濯足万里流。⑨

【注释】

①灵景：日光。神州：“赤县神州”的简称，指中国。 ②紫宫：亦称紫微宫，星垣名，喻皇都。 ③峨峨：高貌。 ④蔼蔼：众多貌。 ⑤攀龙客：追随帝王求仕进的人。 ⑥欻（xū）：忽。 ⑦阊阖：宫门。这句是说仍着平民服装，离去京城。 ⑧许由：传说中的高士，唐尧时人。尧让帝位给他，他不肯接受而逃避到箕山下，隐居躬耕。 ⑨仞：度名，七尺或八尺为一仞。

【品评】

王夫之曾说：“三国之降为西晋，文体大坏。古度古心，不绝于来兹者，非太冲者焉归？”确实，左思的诗歌以其苍凉浑厚、不事雕琢的艺术风格在当时独树一帜，被后人誉为“左思风力”。本篇即充分表现了“左思风力”的特色。

诗歌一开始即以“皓天舒白日，灵景耀神州”起兴，经营出一片壮丽开阔的意境，然后写都城宫宇的富丽及王侯贵族的尊贵。紧接着诗人的笔锋一转，冷静地自问：“自非攀龙客，何为欻来游?”——我又不想攀龙附凤，为什么要混迹其间呢？语气间大有今是而昨非的感慨，决心拂衣归去。“被褐”四句则将一个飘然出世、神超志旷的隐士形象刻画得栩栩如生。

这首诗虽然是写隐居之志，但完全没有通常“归隐”之作那种言不由衷的矫情和无可奈何的哀怨，他带着对权贵们的蔑视，高歌而去。此诗虽然以气胜，但并不疏于炼字炼句。像“高步追许由”中的一个“高”字，写尽了气宇轩昂、拂袖而去的神态；“振衣千仞冈”的“振”字，活脱脱勾画出诗人恃才傲物的风仪，均有点睛之妙。

娇女诗

吾家有娇女，皎皎颇白皙。小字为纨素，[1] 口齿自清历。[2] 鬓发覆广额，双耳似连璧。[3] 明朝弄梳台，[4] 黛眉类扫迹。浓朱衍丹唇，黄吻烂漫赤。[5] 娇语若连琐，忿速乃明恼。[6] 握笔利彤管，篆刻未期益。[7] 执书爱绨素，[8] 诵习矜所获。其姊字惠芳，面目粲如画。[9] 轻妆喜楼边，临镜忘纺绩。举觯拟京兆，[10] 立的成复易。[11] 玩弄眉颊间，剧兼机杼役。[12] 从容好赵舞，[13] 延袖像飞翮。上下弦柱际，[14] 文史辄卷襞。[15] 顾眄屏风画，如见已指擿。[16] 丹青日尘暗，[17] 明义为隐赜。[18] 驰骛翔园林，果下皆生摘。红葩缀紫蒂，萍实骤抵掷。[19] 贪华风雨中，眒忽数百适。[20] 务蹑霜雪戏，重綦常累积。㉑并心注肴馔，端坐理盘槅。㉒翰墨戢闲案，㉓相与数离逖。㉔动为垆钲屈，㉕屣履任之适。㉖止为荼荈据，㉗吹嘘对鼎鑩。㉘脂腻漫白袖，烟熏染阿锡。㉙衣被皆重地，㉚难与沉水碧。㉛任其孺子意，羞受长者责。瞥闻当与杖，掩泪俱向壁。

【注释】

①小字：乳名。 ②清历：分明。 ③似连璧：像一双玉璧相连，言其并美。 ④明朝：即晨朝。 ⑤烂漫：淋漓貌。 ⑥连琐：连环形或连环纹。这里用来形容语句缠绵。明愐：谓语句干脆斩截，和“若连琐”相反。以上二句是说小孩撒娇的时候和急怒的时候说话不同。 ⑦利：贪爱。彤管：红漆管的笔，古代史官所用。这两句是说纨素拿笔不过是游戏，并不会写。 ⑧绨：厚绢。古人在绢帛上写字。 ⑨㬤：疑当作“粲”(《太平御览》卷八六七引作“粲”)，美好貌。 ⑩觯：或疑作“觚”，木简。京兆：指张敞。敞于汉宣帝时为京兆尹，曾为妻画眉。 ⑪的：女子面部的装饰，用朱色点成。 ⑫剧：玩弄。 ⑬赵舞：赵国的舞。 ⑭柱：乐器上架丝弦的木柱。 ⑮襞：折叠。 ⑯如见：言不是真看清楚，只是仿佛而已。 ⑰尘暗：因尘土污染而晦暗。 ⑱赜：深隐难见。以上四句是说屏风上的图画日渐模糊暗淡，画中的意义本来是明显的因此也隐晦难知了，而小孩才仿佛看见一点影子就评头论足起来。 ⑲萍实：传说中的一种果实，这里借指一般果子。骤：频也。抵：投掷。 ⑳眒(shēn)：疾速。适：往。 ㉑綦：系鞋的绳。 ㉒槅：同“核”。古人祭祀时盛在竹豆中的桃、梅、枣、栗等物叫做“核”。这里“盘槅”犹言盘果。 ㉓戢：聚。 ㉔离逖：远离。 ㉕垆：缶也，古人用为乐器。钲：乐器名，铙、铎之类。屈：疑是“出”字之误(和“止为”句“据”字相对)。这句似说

儿童听到门外有钲、缶的声音因而奔出。钲、缶当是卖小食者所敲。 ㉖屣履：穿鞋而不拔上鞋跟。 ㉗荈（chuǎn）：晚采的茶。据：安居。 ㉘鑩（lì）：同“鬲”，烹饪器，与鼎同类。 ㉙阿锡：或作“阿緆”。“锡”和“緆”古字通。“阿”是细缯，“緆”是细布。 ㉚衣被：犹衣着，指衣服。地：质地，犹今言底子，如在白布上绣红花，可以说白地红花或白底子红花。重地：言衣上花纹的底子被油污烟熏，不止一色。 ㉛水碧：“碧水”的倒文。这句是说难于下水洗濯。

【品评】

这是诗歌史上第一首以儿童为描写对象的诗。诗人从日常生活中剪裁下几个场景，精心描绘了两个小女儿天真稚气、活泼可爱的种种情态。

明人谭元春评论这首诗说：“字字是女，字字是娇女，尽情尽理尽态。”这是精当之评。诗人善于抓住人物的心理特征，通过日常行止的描写来表现女儿那一股娇憨之气。如小女儿“明朝弄梳台，黛眉类扫迹。浓朱衍丹唇，黄吻烂漫赤”；大女儿“轻妆喜楼边，临镜忘纺绩”，都很成功地写出了女儿家特有的爱美心理。又如小女儿“诵习矜所获”，大女儿“顾眄屏风画，如见已指摘”，也把小孩子自以为是的神态写得活灵活现。再如，诗中写她们园中摘生果、风雨中戏耍；一听到大街上有钲缶声就拖着鞋往外跑；对着烹茶的鼎吹火，弄得满身烟灰……诗歌正是通过对她们种种“劣迹”的描写，写出了她们的娇痴任性。

这首诗先写女孩儿模仿大人对镜、握笔、执书、纺绩等事，后写小孩子特有顽皮活泼，最后写她们把衣衫弄得一塌糊涂，由这件最让大人恼火的事引出“当与杖”的别致结局，层次分明，结构巧妙。诗歌笔调幽默诙谐，语言通俗，时杂俚语，很有风趣，一段矜惜怜爱之情见于言外，十分感人。

刘　琨(271—318)

字越石，中山魏昌(今河北无极)人。少有大志，与祖逖为友，夜同宿，闻鸡起舞。永嘉元年(307)任并州刺史，后受命都督并、冀、幽三州军事，为石勒所败。败后投奔幽州刺史段匹磾，相约共扶晋室。后因儿子得罪于段，受牵连被杀。其诗清刚悲壮。明人辑有《刘越石集》。

重赠卢谌[①]

握中有悬璧，本自荆山璆。[②]惟彼太公望，[③]昔在渭滨叟。邓生何感激，[④]千里来相求。白登幸曲逆，[⑤]鸿门赖留侯。[⑥]重耳任五贤，[⑦]小白相射钩。[⑧]苟能隆二伯，[⑨]安问党与仇？[⑩]中夜抚枕叹，想与数子游。[⑪]吾衰久矣夫，何其不梦周？[⑫]谁云圣达节，知命故不忧。[⑬]宣尼悲获麟，西狩涕孔丘。[⑭]功业未及建，夕阳忽西流。时哉不我与，去乎若云浮。[⑮]朱实陨劲风，繁英落素秋。狭路倾华盖，骇驷摧双辀。[⑯]何意百炼刚，化为绕指柔。[⑰]

【注释】

①卢谌：字子谅，是刘琨的僚属，和刘琨屡有诗篇赠答。本篇自述怀抱，抒写幽愤，隐含激励卢谌的意思。　②悬璧：用悬黎制成的璧。悬黎是美玉名。璆：玉。荆山：在今湖北省南漳县西。楚国卞和曾在此得璞玉。以上二句以璆璧比卢谌才质

之美。 ③太公望：姜尚年老隐于渭水滨。周文王姬昌出猎时遇见他，谈得十分契合，姬昌高兴道："吾太公望子久矣"，因号"太公望"。 ④邓生：指东汉邓禹，他从南阳北渡黄河，追到邺城，投奔东汉光武帝刘秀。感激：感动奋发。 ⑤白登：山名，在山西省大同东。汉高祖刘邦曾在此被匈奴所围，用陈平的奇计脱险。陈平封曲逆侯。 ⑥鸿门：地名，在今陕西省临潼东。项羽曾在此宴刘邦，范增使项庄舞剑，要乘机杀刘邦。项伯也起来舞剑，将身体遮护刘邦，使项庄不得下手。留侯张良事先结交了项伯，所以这时得项伯之助。 ⑦五贤：指狐偃、赵衰、颠颉、魏武子和司空季子。五人辅佐晋文公重耳有功。 ⑧射钩：射钩者的省语，指管仲。管初事齐公子纠，公子纠和齐桓公小白争立为君，管仲射中小白的带钩。后来小白用管仲为相。 ⑨二伯：指重耳和小白。 ⑩党：指五贤，五贤都是重耳未即位时的旧属。仇：指管仲，管仲与小白有射钩之仇。 ⑪数子：指太公望以至管仲等。作者历举诸人，表示想慕，似有希望卢谌与此诸人相比，和自己同建功业的意思。 ⑫以上二句述孔丘语。《论语·述而》："子曰：'甚矣吾衰也，久矣，吾不复梦见周公。'" ⑬达节：犹言知分。圣达节：成语，见《左传·成公十五年》。"知命"句也是用成语。《周易·系辞上》："乐天知命故不忧。"以上二句言孔丘虽然达节知命还是不免于忧。下二句举孔丘忧悲的实事。 ⑭宣尼：即孔丘，汉平帝追谥孔丘为褒成宣尼公。西狩：《春秋》记鲁哀公十四年"西狩获麟"。西：指鲁国之西。狩：冬猎。《公羊传》载孔丘听到获麟的事"反袂拭面，涕沾袍。曰：'吾道穷矣。'"这两句同指一事。 ⑮若云浮：言疾速。 ⑯辀：车辕。以上四句比人生遭遇艰险挫折。 ⑰末二句自叹经历破败，从坚刚变为柔弱。

【品评】

刘琨在并州军事失利之后投奔段匹磾，与段相约共辅晋室，不料因儿子刘群得罪段而陷于缧绁。在狱中他写了这首“托意非常，摅畅幽愤”的诗歌。

诗歌采用以实带虚的笔法，其口气明是直陈胸臆，又暗中照应着“赠卢”，在吐露心曲的同时对友人进行劝勉，责己劝人，句句双关。这就使诗歌具有寓意深长、婉而有味的特点。此诗多用典故。诗的开头即一连用了姜太公垂钓渭水、邓禹投奔刘秀等六个典故，用历代名臣含辛茹苦辅佐国君兴王图霸的史实，来表白自己投身报国、兴复晋室的志向。又如“吾衰久矣夫”以下六句，也连用三个典故，委婉曲折地吐露自己对国事日非、前途凶吉莫测的无限感慨。这些典故都用得妥贴精当，能准确地表达作者复杂的内心活动，收到了以一当十的艺术效果。

尽管刘琨在这首诗中一再申述自己扶助晋室的抱负，写下了大义感人的诗句：“苟能隆二伯，安问党与仇？”但是他又痛苦地意识到壮志难酬，无可奈何地唱出最后的悲歌：“何意百炼刚，化为绕指柔。”慷慨激昂的韵调中透出无限凄凉的意绪，将英雄失路的百端感慨表达得感人至深。

郭　璞(276—324)

字景纯,河东闻喜(今山西闻喜)人。博洽多闻,好古文奇字。曾为《尔雅》《方言》《山海经》《穆天子传》《楚辞》等书作注。诗富于文采,又精于阴阳、算历、天文、卜筮之术。因卦筮忤王敦,被害。

游仙诗[①]　十四首选二

京华游侠窟,[②]山林隐遁栖。[③]朱门何足荣?[④]未若托蓬莱。[⑤]临源挹清波,[⑥]陵冈掇丹荑。[⑦]灵溪可潜盘,[⑧]安事登云梯?[⑨]漆园有傲吏,[⑩]莱氏有逸妻。[⑪]进则保龙见,[⑫]退为触藩羝。[⑬]高蹈风尘外,长揖谢夷齐。[⑭]

【注释】

①郭璞的《游仙诗》不像一般的游仙诗专写想象中的仙山灵域,往往自叙怀抱,辞多慷慨。其歌咏神仙实际是歌咏隐遁,而歌咏隐遁的地方往往见出忧生愤世之情。　②京华:京师。　③隐遁:指隐居避世的人。栖:指山居。　④朱门:指豪贵之家。　⑤蓬莱:似当作“蓬藜”,指隐者居住的地方。此篇“藜”字与栖、荑、梯、羝、齐为韵,于古音属脂部。《杂县寓鲁门》篇(《游仙诗》十四首之六)“高浪驾蓬莱”以灾、台、杯、颐、垓、孩为韵,于古音属之部。蓬莱是海上仙山之名,本篇只言隐遁高蹈,不言求仙,“莱”字当是误字。　⑥挹:斟。　⑦荑:初生的草叫做“荑”。丹荑:或是指赤芝,赤芝又名丹芝,菌类。古人相

信芝是灵草,吃了可以延年。 ⑧灵溪:水名。潜盘:隐居盘桓。 ⑨登云梯:指登仙。仙人升天因云而上,所以说云梯。这里明说倘能潜隐,就是游仙。 ⑩漆园傲吏:指庄周。 ⑪莱氏:指老莱子。逸:隐。《列女传》:“莱子逃世,耕于蒙山之阳。或言之楚。楚王遂驾至老莱之门,曰:‘守国之孤,愿变先生。’老莱曰:‘诺。’妻曰:‘妾闻居乱世为人所制,能免于患乎?妾不能为人所制。’投其畚而去。老莱乃随而隐。” ⑫进:指避世更远,入山更深,像老莱子夫妇那样。《周易·乾九二》:“见龙在田。子曰:龙德而正中者也。”这句用《周易》语表示进一步高蹈便能如龙之见,保中正的美德。 ⑬退:指还居尘俗之中。羝:牡羊。《周易·大壮》:“羝羊触藩,羸其角,不能退,不能遂。”这句用《周易》语说明还居尘俗就要如触藩的羊处于困窘的境地。也就是老莱妻所说的“处乱世为人所制”不能“免患”的意思。 ⑭高蹈:犹远行。末二句言辞别伯夷、叔齐而去,比他们更高超。

【品评】

这是郭璞的代表作《游仙诗》十四首中的第一首,言仕宦求荣不如高蹈谢世。这首诗的章法经营很见功力。比如开头两句展示了两幅情趣迥异的生活画面,如两峰对出,起势不凡。接下去的两句则表示作者对生活道路的取舍。在“未若托蓬莱”之后,作者仅仅点染了一下成仙之趣,却别具匠心地牵出另一段心思:“灵溪可潜盘,安事登云梯?”人间的山林可以隐居,何必求仙呢?诗人的心从对仙境的向往转为对人间的留恋。接下去,作者用庄子拒聘和老莱子携妻逃仕的典故,表白自己隐逸山林的决心。这时诗人的心又从现实飞向历史。诗意如此反复,波澜叠起,不仅避免了赋体诗常有的平淡散乱之弊,而且深刻地揭示了诗人愤世嫉俗的心情。

诗中展示了一系列对立的形象。如:京华与山林,朱门与蓬莱，游侠窟与隐遁栖，保龙见与触藩羝。它们的对立使诗歌的情调在飘逸中透出一种压抑感、紧迫感，将诗人所面临的矛盾形象地呈现出来，而诗人强烈的爱憎感情也在这种对立之中倾泻出来。这首诗词采精美，感慨遥深。清人刘熙载曾说郭璞的《游仙诗》"假栖遁之言，而激烈悲愤，自在言外"。这是很有见地的评论。

杂县寓鲁门，风暖将为灾。① 吞舟涌海底，高浪驾蓬莱。神仙排云出，但见金银台。陵阳挹丹溜，② 容成挥玉杯。③ 姮娥扬妙音，④ 洪崖颔其颐。⑤ 升降随长烟，⑥ 飘飖戏九垓。⑦ 奇龄迈五龙，⑧ 千岁方婴孩。燕昭无灵气，⑨ 汉武非仙才。⑩

【注释】

①杂县(yuán)：海鸟名，又叫爰居。鲁门：鲁国城门。《国语·鲁语上》略云："海鸟曰爰居，止于鲁东门外三日。展禽曰：'今兹海其有灾乎？夫广川之鸟兽恒知风而避其灾也。'是岁也，海多大风，冬暖。"首二句言海上将起大风。　②陵阳：古仙人陵阳子明的简称。相传子明从鱼腹得书，因知服食之法，服石脂三年成仙。丹溜：即石脂，或称流丹，石流黄之类。　③容成：也是仙人名。与陵阳子明都见《列仙传》。　④姮娥：即嫦娥。相传后羿从西王母得到不死药，嫦娥偷吃后逃往月中。　⑤洪崖：古仙人名。《列仙传》："洪崖先生姓张氏，尧时已三千岁。"　⑥"升降"句咏宁封子事。《列仙传》："宁封子者黄帝时人，积火自烧而随烟上下。"　⑦九垓：犹九天。中央及四正四隅九方之天为九天。　⑧五龙：传说中五个人面龙身的仙人，他们是一父四子。父曰宫龙，是土仙；长子叫角龙，木仙；次征龙，火仙；商龙，金仙；羽龙，水仙。　⑨《拾遗记》："燕昭王

召其臣甘需曰:‘寡人志于仙道,可得遂乎?’需曰:‘上仙之人去滞欲而离嗜爱,洗神灭念,游于太极之门。今大王所爱之容,恐不及玉,纤腰皓齿,患不如神,而欲却老云游,何异操圭爵以量沧海乎?’” ⑩《汉武帝内传》:“西王母曰:‘刘彻好道,然形慢神秽……殆恐非仙才也。’”

【品评】

本篇是《游仙诗》十四首中的第六首。此诗的显著特点是富于象征意义。诗歌以海鸟栖于鲁国的城门这一奇异的传说开篇,纵笔泼墨,描绘了一幅海上风浪大作的景象:“吞舟涌海底,高浪驾蓬莱。”天崩地裂,连神仙居住的岛屿也被风浪席卷而去。显然,诗人是以此来隐喻现实社会的动乱和险恶。与海上惊心动魄的场面相对立,诗人以悠然的笔调描绘了一个神仙境界。逍遥其间的群仙,有的正挥杯畅饮,有的正轻歌曼舞,有的随着风烟上下,飘飘于九垓之中;有的年逾千岁,却貌若孩童。这一片没有忧愁、没有凶险的乐土,正是诗人理想的象征。而诗人对现实生活的深刻批评,正是从人间惨景与仙境的鲜明对照中表现出来的。

这首诗笔法夸张浪漫。风灾之惨,仙境之乐,都得到强烈的渲染,从而造成一种摄人心魄的艺术效果。最妙的是“高浪驾蓬莱”一句,真是想象奇特,富于独创性。诗歌的语言生动,形象鲜明,情绪富于变化。结尾二句:“燕昭无灵气,汉武非仙才”,又点出仙境的飘渺、成仙的虚妄,牵出一缕惆怅的馀韵。显然,这是诗人清醒地意识到现实灾难不可逃避时吐出的一声无可奈何的叹息。

陶渊明(365—427)

字元亮，一说名潜，字渊明，世号靖节先生。浔阳柴桑(今江西九江西南)人。曾祖陶侃曾任东晋大司马，父祖均曾任太守一类官职。渊明八岁丧父，家道衰落，日渐贫困。曾几度出仕，任过祭酒、参军一类小官。四十一岁时弃官归隐，从此躬耕田园。他以田园生活为题材进行诗歌创作，是田园诗派的开创者。诗风平淡自然，极受后人推崇，影响深远。清陶澍注《靖节先生集》是较好的注本。

归园田居① 五首选四

少无适俗韵，②性本爱丘山。误落尘网中，③一去三十年。④羁鸟恋旧林，池鱼思故渊。开荒南野际，守拙归园田。方宅十馀亩，草屋八九间，榆柳荫后檐，桃李罗堂前。暧暧远人村，⑤依依墟里烟。⑥狗吠深巷中，鸡鸣桑树颠。户庭无尘杂，虚室有馀闲。久在樊笼里，复得返自然。

【注释】

①作者在乙巳岁(405)十一月辞彭泽令归田，《归园田居》五首可能作于次一年。这是第一首，自述离开仕途，归居田园，是适合本性的。 ②适俗：适合世俗。韵：风度。 ③尘网：尘俗人事的束缚，这里主要指仕途。 ④三十年：有人疑当作十

三年，因为从作者初仕为州祭酒到辞去彭泽令，经历的年数是十三而不是三十。又有人疑“三”当作“已”。　⑤暧暧：昏昧貌。　⑥依依：轻柔貌。墟里：村落。

【品评】

本篇是《归园田居》五首中的第一首。诗歌描写了诗人重返田园时的新鲜感受和由衷喜悦。在诗人的笔下，田园是与浊流纵横的官场相对立的理想洞天，寻常的农家景象无不呈现出迷人的诗情画意。诗人在用白描的手法描绘田园风光的同时，也巧妙地在其间融入自己的生活理想、人格情操。如果说那洒遍浓荫的庭院就像是诗人“复得返自然”之后的恬静心境，那么在村落上空缓缓弥漫的炊烟，就像是诗人对故乡田园的依恋之情。甚至那几声最普通不过的鸡鸣狗吠，也以其特有的乡土气息传达着诗人对淳朴、宁静的生活理想的追求。以田园之景写胸中之意，是此诗的显著特色。

这首诗显现的画面很有层次。近处，宅院、林木，亲切可即；远处，村落、炊烟，给人以悠长的遐思。一近一远，使画面具有纵深感。

诗歌的语言就像那茅舍一样质朴无华，其间的意趣就像那缕炊烟一般高远。诗人以叙家常的笔调吐露胸襟，整首诗宛如一条涓涓溪流，以其从容不迫的流动，将读者带入一个“豪华落尽见真淳”的艺术境界。诗人采用了一种与朴实淳厚的田园生活本身完全谐调的艺术形式，从而使诗歌具有自然真挚之美。而这正是陶诗独具的魅力。

野外罕人事，[①] 穷巷寡轮鞅。[②] 白日掩荆扉，虚室绝尘想。时复墟曲中，[③] 披草共来往。[④] 相见无杂言，但道桑麻长。桑麻日已长，我土日已广。常恐霜霰至，零落同草莽。

【注释】

①人事：指与人交结往来。 ②鞅：马驾车时颈上的皮带。这句是说居处僻陋，车马稀少。 ③曲：隐僻之地。墟曲：犹乡野。 ④披：拨开。

【品评】

本篇是《归园田居》第二首，着意写出乡居生活的宁静。先是从正面写“静”。生活在偏僻的乡村，极少有世俗的交际应酬，也极少有车马贵客造访。正因为没有俗事俗人打扰，所以“白日掩荆扉，虚室绝尘想”。那虚掩的柴门，那幽静的居室，已经把尘世的喧嚣俗念都远远地隔绝了。

不过，柴门也有敞开之时，诗人“时复墟曲中，披草共来往”，常与乡邻们共话桑麻。然而在诗人看来，与纯朴的农民披草来往，不是世俗的“人事”；共话桑麻，也不是“杂言”。与充满机巧虚伪的官场相比，这里别有洞天——这是以外在的“动”写出内在的“静”。

乡村生活也有它的喜乐悲欢。“桑麻日已长，我土日已广”，令人喜悦；同时又“常恐霜霰至，零落同草莽”。然而这一喜一惧，并非“尘想”杂念。相反，这单纯的喜惧表示着乡居劳作使诗人的心灵明净了，感情淳朴了——这是以心之“动”来进一步展示心之“静”。

诗人或从正面说，或从旁说，让读者去领略乡村的幽静和自己心境的恬静。元好问曾说：“此翁岂作诗，直写胸中天。”诗人在这里正是描绘了一个宁静、纯美的天地。

种豆南山下，[①]草盛豆苗稀。晨兴理荒秽，带月荷锄归。道狭草木长，夕露沾我衣；衣沾不足惜，但使愿无违。[2]

【注释】

①南山：指庐山。 ②愿无违：不违背隐居躬耕的心愿。

【品评】

本篇是《归园田居》第三首。诗人描绘了自己一天的劳动生活。他的劳动技艺不高，所以弄得“草盛豆苗稀”。尽管如此，他却毫不气馁，“晨兴理荒秽，带月荷锄归”，从早干到晚。诗人没有用笔墨去直写其苦，而是巧妙地用“道狭草长”“夕露沾衣”这一细节来表现劳作的艰辛。辛苦固然辛苦，诗人内心却很充实，他想到的是：“衣沾不足惜，但使愿无违。”这“愿”既指庄稼的收成，更包含着“聊为陇亩民”“甘以辞华轩”的志向。这首诗语言平淡而意蕴深厚，富于诗情画意。

怅恨独策还，[1]崎岖历榛曲。山涧清且浅，可以濯吾足。[2]漉我新熟酒，[3]只鸡招近局。[4]日入室中闇，[5]荆薪代明烛。欢来苦夕短，已复至天旭。[6]

【注释】

①策：策杖，扶杖。 ②濯：洗。 ③漉：滤。 ④近局：邻居，近邻。 ⑤闇：暗。 ⑥天旭：天明。

【品评】

本篇是《归园田居》第五首。诗人用淡雅的笔墨、疏散的笔法勾画出几幅乡间的生活小景：黄昏时分，诗人沿着山径，扶杖而归；走累了，“山涧清且浅，可以濯吾足”，心地也变得幽凉起来;归来闲坐小院中,“漉我新熟酒,只鸡招近局”;夜色浓重了,“荆薪代明烛”,在欢谈中不觉东方既白……这几幅看似随意采撷的生活画面,非常生动地传写出农村特有的生活气氛。诗中所描写的古朴的风俗、真挚的情怀、俭朴的生活,正是诗人“抱朴含真”的生活理想的写照。苏轼曾说:“观陶彭泽诗,初若散缓不收;反复不已,乃识其奇趣。”陶渊明善于在仿佛随意点染出来的平凡的农家景象中,寄托高远之意。此诗亦然。

乞 食[①]

饥来驱我去,不知竟何之;[②]行行至斯里,叩门拙言辞。主人解余意,遗赠副虚期。[③]谈谐终日夕,觞至辄倾杯。情欣新知欢,[④]言咏遂赋诗。感子漂母惠,愧我非韩才。[⑤]衔戢知何谢,冥报以相贻。[⑥]

【注释】

①这篇写作者向人乞贷,其人不但有所赠送,而且殷勤留饮,欢谈终日,因而感激赋诗。　②“不知”句,言行无定向。　③副:相,称。虚:指心。这句是说主人有所赠遗,正和心中所期望的相称。　④知:相亲。新知:就是新交。　⑤漂母:漂洗着东西的老妇。韩信贫贱时曾有漂母怜悯他饥饿而给他饭吃。后来韩信为楚王,重报漂母。韩才:像韩信那样的才能。以上二句言主人的恩惠同漂母而自己的才能非韩信之比。　⑥衔戢:藏在心里。冥报:死后报答。结尾二句言此惠终身不忘,到死还要图答谢。

【品评】

本篇可能作于诗人晚年困厄之时。清人方东树说陶诗"一味本色真味，直书胸臆"，即使是一般士大夫讳莫如深的事，他也总是如实写出。这首诗正是如此。诗人在其中写出了自己叩门乞食、羞愧踌躇的窘态，具有一种少见的真率之美。

此诗写"乞食"之事，以一个"驱"字写出了饥饿的威胁，"行行"二字则将诗人茫然求食、不知所之的情景写得宛然可见。"拙言辞"则写出了他的窘困之态。诗中写主人相待的盛情和诗人内心的感激，不动声色，无一渲染，平平道来，却蕴含着一股极深极厚的情味。这正充分显示了陶诗"平淡有思致"的特点。

陶渊明说自己"质性自然，非矫励所得"。他饿极了，便出门乞食；主人有所遗赠时，他便欣然忘怀，"言咏遂赋诗"……一举一动，一言一行，无不出乎真情。可以说，此诗正是诗人冲和淳朴、真率自然的人格写照。

移　居　二首

昔欲居南村，[①]非为卜其宅；闻多素心人，[②]乐与数晨夕。[③]怀此颇有年，今日从兹役。弊庐何必广，取足蔽床席。邻曲时时来，[④]抗言谈在昔。[⑤]奇文共欣赏，疑义相与析。

【注释】

①南村：又名南里，在浔阳负郭。　②素心：心地朴素。③数晨夕：屡共朝夕。　④邻曲：邻居。　⑤在昔：古时。

【品评】

义熙四年(408),陶渊明在上京的居所失火,只得栖身船上;一年多以后,移居到浔阳郊外的南村,写了《移居》二首。这是第一首,写良友过从谈论之乐。

诗歌借写移居之乐来表达诗人质朴的人生理想。诗歌的前半部叙述移居的动机:“闻多素心人,乐与数晨夕。”从“昔欲”到“今日从兹役”,诗人怀着这个愿望“颇有年”了。时间的长久,更衬出愿望的执着。而这执着持久的愿望一旦实现,欣喜之情是不言而喻的了。诗人采用平叙中暗带曲折的手法来写今日移居之乐,语气平淡,不夸张声色,但是字字情意真切,发自肺腑。而诗人对真淳纯朴的生活理想的追求也由此可见。诗的后半部写诗人对移居后生活的设想。“弊庐何必广,取足蔽床席”,他在生活上所求不多,他的精神乐趣在于:“邻曲时时来,抗言谈在昔;奇文共欣赏,疑义相与析。”至此,诗人的襟怀宛然如见,不言高而品格自高,不言逸而风神自逸。

此诗的笔法巧妙,变化自如。时而追述昔日之愿,时而近述今日如愿以偿的欢乐,时而遥想移居后的赏心乐事。意绪飞动,仿佛是随意点染,无心经营,却生动地传写出诗人“枯淡足自乐”的人生理想。

春秋多佳日,登高赋新诗。过门更相呼,有酒斟酌之。农务各自归,闲暇辄相思。相思则披衣,①言笑无厌时。此理将不胜?②无为忽去兹。衣食当须纪,③力耕不吾欺。

【注释】

①披衣:言着衣出门,互相寻访。 ②将不胜:犹言岂不美。 ③纪:经营。

【品评】

本篇写移居后与邻人相处的情景。全篇列举了日常生活中邻里过从的几件琐事：登高赋诗，有酒招饮，披衣言笑。看似点点滴滴，无甚章法，而其间流贯着闲旷自适的气韵，构成了一片天真纯朴的情境。“过门”二句，一扫士大夫的儒雅酸气，大呼小叫，有酒辄喝，于粗朴中见出淳厚的乡情。而“农务”四句，更是将乡里风俗写得淳朴可爱。在这里，没有半点虚文缛礼，一切都那么自然，充溢着一派纯真之乐。

诗人用平淡散缓的笔墨经营出这个自然淳朴的天地，进而在其中化入一段渊深朴茂的哲理：“衣食当须纪，力耕不吾欺。”诗人认为，人生必须以自营衣食为根本，只有努力躬耕，方能真正领略生活中的自然真趣。显然，这是他从自己的生活实践中悟得的人生真谛。全篇叙事言情，理在其中，确实具有淡而不枯、质而实绮的特点。

和郭主簿[①]　二首选一

蔼蔼堂前林，[②]中夏贮清阴。凯风因时来，[③]回飙开我襟。[④]息交游闲业，[⑤]卧起弄书琴。园蔬有馀滋，旧谷犹储今。营己良有极，[⑥]过足非所钦。舂秫作美酒，[⑦]酒熟吾自斟。弱子戏我侧，学语未成音。此事真复乐，聊用忘华簪。[⑧]遥遥望白云，怀古一何深。

【注释】

①这是《和郭主簿》二首的第一首，诗中所写的是清阴满林、凯风时来的村居夏景，琴书时弄、蔬谷自给的闲适生活和望

云怀古的避世幽情。 ②蔼蔼：茂盛貌。 ③凯风：南风。 ④回飙：回风。 ⑤息交：罢交游。游：玩弄娱情的意思。闲业：不急之务。 ⑥营己：为自己的生活营谋。极：止境。 ⑦秫：黏稻。 ⑧簪：是古人连结冠与发的用物。“华簪”是贵人所用的。

【品评】

这首诗集中抒写了田园生活的趣味。诗中没有直接写诗人的内在情感，但是诗中每一个生活细节的描述又都点染着诗人的感情色彩：“凯风”句中一个“因时来”，一个“开我襟”，正道出诗人乘时而化的意趣；“息交”句，那懒散的意态则透出诗人心情的悠闲自在；“园蔬”句和下文的“舂秫作美酒，酒熟吾自斟”，则表现了诗人陶然自乐的心理。在这一幅寻常的农村生活画面中，诗人宁静、淡远的心绪表现得那么真切，似乎伸手便可触及。

陶渊明擅长用精练准确的词句来状情体物。这首诗正表现了这个特点。如“蔼蔼堂前林，中夏贮清阴”，写盛夏林荫的清爽宜人。凉意本是无形无状的，而诗人以神来之笔，着一“贮”去点化，它似乎也有了形状，仿佛是贮积在浓荫中的一汪清潭。置身于堂前林下，自然令人溽热顿消。

癸卯岁始春怀古田舍[①] 二首选一

先师有遗训：[②]忧道不忧贫。[③]瞻望邈难逮，[④]转欲志长勤。[⑤]秉耒欢时务，[⑥]解颜劝农人。[⑦]平畴交远风，良苗亦怀新。虽未量岁功，即事多所欣。[⑧]耕种有时息，行者无问津。[9]日入相与归，壶浆劳近邻。长吟掩柴门，聊为陇亩民。

【注释】

①癸卯岁是晋安帝元兴二年(403)。此题有二首，都是怀古言志的诗。这里所选是第二首，怀长沮、桀溺。 ②先师：指孔丘。 ③"君子忧道不忧贫"，是孔丘的话，见《论语·卫灵公》。 ④这句言孔丘的道理高远难及。 ⑤勤：劳。志长勤：言打算力耕。 ⑥时务：及时应做的事，指农务。 ⑦解颜：开口而笑。 ⑧岁功：指一年中的收获，犹言年成。即事：当前的事。以上二句是说将来虽不能料量，现在已足可娱情。 ⑨问津：打听渡水处。《论语·微子》："长沮、桀溺耦而耕，孔子过之，使子路问津焉。"这里作者以长沮、桀溺那样的躬耕隐士自比，而叹息世无孔丘和子路那样问津的人。

【品评】

这首诗或说理，或叙事，或写景，或抒情，看似散缓不收，不见首尾，其实，散而有骨。理、事、景、情交融汇合，道出了一个主旨："聊为陇亩民"。开头四句说理。诗人不正面说孔子的遗训是错的，却说自己难以企及，委婉的言辞中见出诗人淳朴的性情。诗中所叙农家事有三："秉耒欢时务，解颜劝农人"，"耕种有时息，行者无问津"，"日入相与归，壶浆劳近邻"，洋溢着田园生活特有的古朴真淳的情味。值得玩味的是"行者无问津"一句。诗人自比古代隐士长沮、桀溺，说在耕作休息时没有像孔子那样"忧道不忧贫"的人来问路。言外之意是，当今已没有忧道不忧贫的人了，奔走于要津的，俱是追逐利禄之徒。这淡淡的语句中飘出一声若有若无的轻叹，透露出诗人愤世嫉俗的心曲。

“平畴交远风，良苗亦怀新”，是历来传诵的名句，传神地写出了广阔的田野上秧苗欣欣向荣的生意。苏东坡曾赞扬说：“平畴二句，非古之耦耕植杖者不能道此语。”这个看法是正确的。这两句诗不仅写出了田园景致，而且渗透着诗人看到自己劳动成果时的喜悦。所以他抒发自己的感受时说：“虽未量岁功，即事多所欣。”且不管收成如何，眼下的情景就够让人高兴了。这种心理是亲身参加劳动的人才会有的，非常质朴而真实。

饮　酒① 　二十首选三

结庐在人境，②而无车马喧。问君何能尔，心远地自偏。采菊东篱下，悠然见南山。山气日夕佳，③飞鸟相与还。此中有真意，欲辨已忘言。④

【注释】

①《饮酒》二十首都是酒后偶然的题咏，不是一时所作。　②人境：人类聚居的地方。　③日夕：近黄昏的时候。　④末二句用《庄子》语。《庄子·齐物论》：“辩也者，有不辩也，大辩不言。”《庄子·外物》：“言者所以在意也，得意而忘言。”诗意是说从大自然的启示，领会到真意，不可言说，也无待言说。

【品评】

本篇是《饮酒》二十首中的第五首。诗歌的主旨是展示诗人运用魏晋玄学“得意忘象”之说领悟“真意”的思维过程，富于理趣。然而，它不是枯燥乏味的哲理演绎。诗中写了悠然自得的情，也写了幽美淡远的景，在情景交融的境界中含蓄着万物各得其所、委运任化的哲理；这哲理又被诗人提炼、浓缩到“心远地自偏”“此中有真意”等警句中，给读者以理性的启示，整首诗的韵调也更显得隽秀深长。

宋代朱熹说：“晋宋人物，虽曰尚清高，然个个要官职，这边一面清谈，那边一面招权纳货。陶渊明真个能不要，此所以高于晋宋人物。”这首诗正刻画了诗人不同流俗的精神风貌。他不像一般隐士那样标榜超尘出世，而是“结庐在人境”；他置身“人境”，却能做到“无车马喧”，不染世俗之事。原因何在？诗人意味深长地说：“心远地自偏。”心静，境自静。无求名求利之心，即使身居闹市，也宛如在山。这深刻的道理被诗人平淡说出，亲切感人。

诗歌巧妙地运用了象征手法。“鸟倦飞而知还”，那只在晚照中翩然归来的鸟和那个悠然见山的人，心神契合，仿佛都在这幽静的山林中找到了自己的归宿。

清晨闻叩门，倒裳往自开。①问子为谁欤，田父有好怀。壶浆远见候，疑我与时乖。“褴缕茅檐下，②未足为高栖。③一世皆尚同，④愿君汩其泥。”⑤深感父老言，禀气寡所谐。⑥纡辔诚可学，⑦违己讵非迷！且共欢此饮，吾驾不可回。

【注释】

①倒裳：《诗经·齐风》：“东方未明，颠倒衣裳。”此句用其意，言急起迎客，不及正着衣裳。　②褴缕：同“蓝缕”。《方言》：“楚人谓贫人衣破丑敝为蓝缕。”　③高栖：指隐居。④尚同：言以同于世俗为贵。　⑤汩（gǔ）：同“淈”，搅乱也。

《楚辞·渔父》:“世人皆浊,何不淈其泥而扬其波?”“汩其泥”就是和世人同浊,不要独清的意思。以上四句是田父的话。⑥禀:受。 ⑦纡辔:犹回车,言违背本意,曲道而行。

【品评】

本篇是《饮酒》第九首。陶诗大多具有散而能庄、亦庄亦谐的特点,这首诗正是如此。诗的开端六句写田父清晨造访,文字如行云流水一般,将极难入诗的日常琐事信笔写下,娓娓叙来,丝毫不以篇章结构、遣词造句为念。这是表现形式的“散”。再看:清晨便来叩门,倒裳即去迎客;携酒远道访友,开口责人不合时流——由此可以看出主客均为不受俗礼世情羁绊的人,言谈举止间具有一种悠闲潇洒的情韵。这是内在情调的“散”。而诗人与田父的一段对话则表现了诗人在隐与仕问题上的矛盾和最后抉择,内容是严肃的。全诗先以散缓的文字敷出散漫的生活、散淡的心境,最后却以庄重之辞收篇,见出诗人心中一团刚正不阿之气。散而庄,构成了这首诗的特色,也画出了诗人的完整形象。

此诗夹叙夹议,有问有答,转换自如,只觉笔锋矫变,不见斧凿之痕。诗歌的语言简而能深。像“倒裳”二字,刻画出诗人匆匆迎客的形象;“壶浆远见候”二句,漾出一派亲切和洽的气氛;“纡辔诚可学,违己讵非迷”,于委婉的反问中见出坚定的信念。这些诗句不见绳削之工,而有天然之趣,是后人难以学步的。

故人赏我趣,挈壶相与至。班荆坐松下,[1]数斟已复醉。父老杂乱言,觞酌失行次。不觉知有我,安知物为贵。悠悠迷所留,酒中有深味。

【注释】

①班荆：铺布荆棘杂草。班，铺列。指以荆棘杂草铺于地面，人坐其上。

【品评】

本篇原列第十四首。诗人怀着一种艺术的心情来描述饮酒的无上情味。诗歌的前六句写松下饮酒这件事本身所具有的情趣。诗人招饮，其情自然不俗；故人"赏"此趣，其情亦雅。——非但有雅趣，还有清趣：松下围坐，铺荆于地，没有几案可凭，没有丝竹相伴，唯有风吹松叶的"天籁"之音。——非但有清趣，还有真趣：围坐的是故人，面对的是清景，此情此景令人陶醉；于是"数斟已复醉"，脱略形骸，随意言笑，欢然自得，任真率性，全然忘却了世俗的礼仪。

诗歌的后四句描述饮酒后的感受：在醉意朦胧中，他的自我意识消失了，外物更不萦于胸间，他进入了物我两忘、神游象外的境界。而酒的"深味"正在于此。

显然陶渊明之所以"性嗜酒"，是为了追求一个"自然"境界，是为了追求一种"真"的意趣。唐代白居易说渊明"归来五柳下，还以酒养真。人间荣与利，摆落如泥尘"，颇能得陶公饮酒之意。

杂　诗　十二首选一

白日沦西阿，[1]素月出东岭，遥遥万里辉，荡荡空中景。风来入房户，夜中枕席冷。气变悟时易，不眠知夕永。欲言无予和，挥杯劝孤影。日月掷人去，有志不获骋;[2]念此怀悲凄,终晓不能静。

【注释】

①阿:大陵。西阿:犹言西山,和下句"东岭"相对。②骋:伸展。志不得伸的意思,作者在诗中屡有表示。

【品评】

陶渊明青年时代曾有过"大济于苍生"的宏愿,自言"少时壮且励,抚剑独行游"。虽因"性本爱丘山",与污浊的官场格格不入,终至拂衣归耕,但是他并未真正淡忘于世事。本篇即展示了他的这种心情。这首诗由时节的变易发端,以暗示岁月无情的流逝,进而引出诗人"有志不获骋"的深切悲愤。在这个月白风清的静夜,他孤独地品赏着心底的悲凉,只得对影独酌,聊以自遣。清旷的夜景与压抑沉重的心情形成鲜明的对照,更增加了诗歌的感染力。

咏荆轲[1]

燕丹善养士,[2]志在报强嬴。[3]招集百夫良,[4]岁暮得荆卿。[5]君子死知己,提剑出燕京;素骥鸣广陌,[6]慷慨送我行。雄发指危冠,猛气充长缨。饮饯易水上,四座列群英。渐离击悲筑,[7]宋意唱高声。[8]萧萧哀风逝,淡淡寒波生。商音更流涕,羽奏壮士惊。[9]心知去不归,且有后世名。登车何时顾,飞盖入秦庭。[10]凌厉越万里,逶迤过千城。图穷事自至,[11]豪主正怔营。[12]惜哉剑术疏,奇功遂不成。其人虽已没,千载有馀情。

【注释】

①本篇咏史，歌颂荆轲的侠义，惋惜他的失败。荆轲为燕太子丹复仇，以匕首逼秦王，不成被杀。事迹见《史记·刺客列传》。 ②燕丹：战国燕王喜太子名丹。 ③强嬴：指秦国。秦为嬴姓。 ④百夫良：能匹敌百人的良士。春秋时秦国子车氏的三子，国人称之为三良，《诗经·黄鸟》称之为“百夫之特”。⑤荆卿：即荆轲，燕国人谓之荆卿。 ⑥素骥：白马。《史记》说荆轲从燕出发时燕太子丹及宾客着白衣冠（丧服）相送易水上。作者本此翻创为白马送行。 ⑦渐离：人名，姓高。筑：乐器名，似筝，十三弦，颈细而曲。 ⑧宋意：燕国的勇士。 ⑨商、羽：各为五音之一。 ⑩盖：车篷。飞盖：似谓车行如飞，极言其迅速。一说，“飞”字形容其高，就是“飞阁”“飞檐”的飞。⑪图穷：荆轲献秦王督亢地图，中藏匕首。秦王展图，图穷而匕首现。荆轲取匕首刺秦王。事：即指行刺。 ⑫豪主：指秦王。怔营：惶惧。

【品评】

本篇大约作于晋宋易代之后。诗人以极大的热情歌咏荆轲刺秦王的壮举，在对奇功不建的惋惜中，将自己对黑暗政治的愤慨之情，赫然托出。写得笔墨淋漓，慷慨悲壮，在以平淡著称的陶诗中另具特色。

诗歌按照事件的经过，描写了出京、饮饯、登程、搏击几个场面，尤其着力于人物动作的刻画，塑造了一个大义凛然的除暴英雄形象。比如，“提剑出燕京”，写出了荆轲仗剑行侠的英姿；“雄发指危冠，猛气充长缨”，更以夸张的笔法写出荆轲义愤填膺、热血沸腾的神态。而“登车何时顾”四句，排比而下，一气贯注，更写出了荆轲义无反顾、直蹈秦邦的勇猛气概。诗中虽没有正面写刺秦王的场面，但从“豪主正怔营”一句，可以想见荆轲拔刀行刺之时那股令风云变色的虎威。

这首诗还通过环境气氛的渲染来烘托荆轲的精神面貌。最典型的是易水饮饯的场景。在肃杀的秋风中，滔滔的易水上，回荡着激越悲壮的乐声，“悲筑”“高声”“哀风”“寒波”相互激发，极其强烈地表达出“壮士一去兮不复还”的英雄主题。朱熹说：“陶渊明诗，人皆说是平淡，据某看他自豪放，但豪放得来不觉耳。其露出本相者，是《咏荆轲》一篇。”这是颇具眼力的。

读《山海经》[①] 十三首选一

精卫衔微木，[②]将以填沧海。刑天舞干戚，[③]猛志故常在。同物既无虑，[④]化去不复悔。[⑤]徒设在昔心，[⑥]良辰讵可待！[⑦]

【注释】

①《山海经》十八卷是记述古代神话传说奇物异境的书，汉刘歆校定，晋郭璞作注和图赞。 ②精卫：古代神话中的鸟名。它本是炎帝的少女，名女娃，溺死于东海。死后化为鸟，名精卫，常衔西山木石以填于东海。见《山海经·北山经》。 ③刑天：《山海经·海外西经》云：“刑天与帝争神。帝断其首，葬于常羊之野。乃以乳为目，以脐为口，操干戚而舞。”干戚：盾和板斧。 ④这句言女娃既已溺死而化为飞鸟，就异于人类而同于其他的物。即再死也不过从鸟再化为另一物，当无忧虑。 ⑤这句言刑天已被杀，化为异物，可不再悔恨既往。 ⑥这句言空有昔日的壮志。 ⑦良辰：指实现壮志的时候。讵：犹岂。

【品评】

《读〈山海经〉》共十三首，本篇原列第十首。诗人晚年正值晋、宋易代之际，目睹了无数阴谋杀戮，心情极为激愤。在这首诗中，他“借荒唐之言，吐岔涌之情”，热情歌咏衔木石填海的精卫和敢与天帝争神的刑天，赞扬它们虽死不屈、抗争不息的精神，惋惜它们空有过去的猛志雄心，却等不到实现理想的“良辰”。

本篇和《咏荆轲》都属于“金刚怒目”式的作品，展示了诗人忧国伤时的壮烈情怀，让人们看到诗人性格中执着激烈的一面，“平淡的人如何说得这样言语出来”(《朱子语类》)。

帛道猷

本姓冯。山阴(今浙江绍兴附近)人，居若邪山。少以篇牍著称，性率素，好林泉，一吟一咏，有濠上之风。

陵峰采药触兴为诗

连峰数千里，修林带平津。云过远山翳，[1]风至梗荒榛。茅茨隐不见，鸡鸣知有人。闲步践其径，处处见遗薪。始知百代下，故有上皇民。

【注释】

①翳(yì)：遮蔽。

【品评】

此诗描写了诗人入山采药的情景，笔调悠闲自然。头两句是大笔勾勒：青山起伏，千里相连；山麓之下，长川缓缓流淌于茂林之中。这是描写山林的静态。接下去是细部点染：轻云拂掠，远山朦胧；山风起处，荆榛摇动。这是写山林的动态。大笔勾勒与细部点染相配，动态与静态相映，构成了一幅气韵生动的山林图景。

“茅茨”以下由写景转为写人。深山不见人迹，只听见远处传来几声鸡鸣，方知深山密林之处有人家；沿山径款款而行，只见路边有被遗弃的薪柴，故而知道山中向来是幽人高士隐居之所。至此淡然收笔，留下无穷韵味。

此诗虽是以写景为主，却处处透出诗人闲适自得的情怀，所以王夫之评论此诗说：“宾主历然，情景合一。”

谢灵运(385—433)

祖籍陈郡阳夏(今河南太康),他出身于东晋大族,是谢玄的孙子,袭康乐公,因称“谢康乐”。刘宋代晋,降公爵为侯。宋少帝时,出为永嘉太守,不久辞官,东归会稽。文帝时,为临川内史。元嘉十年(433)获罪被诛。性喜山水,是第一个大量创作山水诗的诗人。

登池上楼

潜虬媚幽姿,飞鸿响远音。薄霄愧云浮,栖川怍渊沉。①进德智所拙,退耕力不任。徇禄反穷海,卧痾对空林。②衾枕昧节候,褰开暂窥临。③倾耳聆波澜,举目眺岖嵚。④初景革绪风,新阳改故阴。⑤池塘生春草,园柳变鸣禽。⑥祁祁伤豳歌,萋萋感楚吟。⑦索居易永久,离群难处心。⑧持操岂独古,无闷征在今。⑨

【注释】

①这四句借鸿、虬起兴(因为正在向高处和深处眺望),说自己不能像鸿雁高飞、虬龙深隐那样得所,而是进退失据,俯仰有愧。虬:两角小龙。薄:通“泊”,犹止。薄霄:停留在天空。云浮:浮在云上。怍:惭愧。渊沉:潜沉在深渊。　②这四句说自己做官时不能进德修业,于时无益,想退隐又不能力耕自给,为了得些俸禄反而穷居海边(指永嘉)。这是不甘外放的牢骚

话，同时也反映了进退两难的心情。进德：提高德行修养，《易经·乾·文言》："君子进德修业，欲及时也。"力不任：指体力不能胜任。徇：从，求。痾(ē)：病。 ③这两句说卧床日久连季节的变换也不明白了，现在才来看看外景。昧：不明。褰开：指揭开帘幔，打开窗户。 ④这两句说下听水声，上望山形。聆：听。岖嵚(qū qīn)：险峻。 ⑤初景、新阳：指春光。绪风、故阴：指寒冬。革：除。绪风：馀风，指寒气。故阴：旧冬。⑥"园柳"句说藏在园柳中啼唤的鸟类也变换了，指春天的鸣禽如黄莺之类，不是冬季所有。 ⑦这两句说想起《诗经》和《楚辞》中的句子，发生感慨。《诗经·豳风·七月》："春日迟迟，采蘩祁祁，女心伤悲，殆及公子同归。"《楚辞·招隐士》："王孙游兮不归，春草生兮萋萋。"祁祁：多貌。萋萋：盛貌。这里只取这几句里"归"字的意思。作者怀念会稽的故居，动了归心，因而联想古人的诗句。 ⑧这两句怀念远方的故人。离群索居：离开朋友，独处无偶。易永久：言容易觉得时日长久。处心：安心。 ⑨无闷：遁世无闷，见《易经·乾·文言》。这两句说高蹈避世而无忧烦，不但古人有这种风操，在今人中也能找到。操(读去声)：操守，操行。征：求。诗意归结到向往隐遁。思归也是为了想隐居。

【品评】

这首诗写在诗人任永嘉太守之时。他出任永嘉太守，是受刘宋新贵集团排挤的结果，所以这首诗的情绪比较低沉，萦绕着进退维谷的忧郁和无可奈何的怅恨。全诗可分为三个层次。第一层写他出任永嘉太守的矛盾心情，懊悔自己既不能像潜藏的虬那样安然退隐，又不可能像高飞的鸿那样声震四方，建功立业。第二层写他在病中临窗远眺。第三层写他的思归之情。

第二层是全诗最精彩的部分。诗人在病榻上度过了一个冬天，现在已是初春时节了。他凭窗而坐，倾耳细听远处波涛拍岸之声；举目远望群山起伏之影。而近处所见的景致则是："池塘生春草，园柳变鸣禽。"诗人从冬去春回的众多景象中选择了一个细小而典型的镜头：不知不觉间楼外枯草瑟瑟的池塘里竟然春草繁生了；小园垂柳丛中禽鸟鸣声也已变换。正是从池塘小园的变化中，久病的诗人突然意识到，外面已是一派浓郁的春意。这里写景，有声有色，远近交错，充满了蓬勃生气。"池塘"二句为历来诗论家交口赞赏。它的妙处就在于自然清新，不假绳削。

在这首诗中，诗人用各种方式来表达自己内心的郁闷，或是比兴，用虬和鸿的进退得所来说明自己进退失据；或是直抒胸臆，诉说独居异乡的孤苦；或是以景写情，用生趣盎然的江南春景，来衬托诗人内心的抑郁。

登江中孤屿

江南倦历览，江北旷周旋。① 怀新道转迥，② 寻异景不延。③ 乱流趋孤屿，④ 孤屿媚中川。⑤ 云日相辉映，空水共澄鲜。表灵物莫赏，蕴真谁为传。⑥ 想象昆山姿，⑦ 缅邈区中缘。⑧ 始信安期术，⑨ 得尽养生年。

【注释】

①旷：久。开端二句言在江的南北两岸游览已久。 ②此句言一心贪寻新境，不觉道路遥远。 ③这句言探得奇景又恨时间容易过去，不能延长。 ④乱流：横绝水流而直渡。 ⑤媚：妍美悦人。中川：川中。 ⑥表：显明。灵：神异。真：仙人。以上二句言此山的灵异如此表著而世人不赏，即使

蕴藏仙真又有谁能传呢？ ⑦昆山：昆仑山，传说中神仙住处。 ⑧缅邈：远也。区中缘：人世的尘缘。 ⑨安期：即安期生，传说中的仙人名。《列仙传》说他是琅邪阜乡人，自言千岁。

【品评】

这是谢灵运游永嘉江心孤屿时写下的。陈祚明说："康乐情深于山水，故山游之作弥佳。"此诗正表现了大谢对山水自然的一片深情。

全诗可分为三个层次。前六句为第一层，叙写登孤屿的经过。由江南倦游激发出对睽违已久的江北的怀念，他"怀新"而忘道路迥远，"寻异"而恨光景易逝，终于横江北渡，登上江心孤屿。"云日"二句为第二层，写登孤屿所见景色。白云丽日，交相辉映；碧空绿水，一片澄澈。此二句是谢诗中的写景名句，将孤屿之"媚"生动地传写出来。"表灵"六句为第三层，抒发登孤屿的感想。他由孤屿的幽僻而联想到远离尘嚣的昆仑仙境，并由此生发出求仙长生的企望。

此诗叙事、写景、说理，层次分明，过渡自然。由山水自然美中体悟玄理，是东晋玄学思潮的一大特色，而谢诗正是这种思维方式的艺术表现。

石壁精舍还湖中作

昏旦变气候，山水含清晖。清晖能娱人，游子憺忘归。[1]出谷日尚早，入舟阳已微。[2]林壑敛暝色，云霞收夕霏。[3]芰荷迭映蔚，[4]蒲稗相因依。[5]披拂趋南径，[6]愉悦偃东扉。[7]虑澹物自轻，[8]意惬理无违。[9]寄言摄生客，[10]试用此道推。

【注释】

①憺：安适。 ②阳：日光。微：昏暗。 ③霏：云飞貌。④映蔚（yù）：双声，言光色相映照。 ⑤稗：植物名，草之似谷者。因依：双声，言相依倚。 ⑥披拂：犹扇动，言趋行时扇动空气，有凉拂拂的快感。 ⑦偃：息也。 ⑧此句言如果思想澹泊就觉得外物无足轻重。 ⑨惬：满足。本句言志满意得由于不违于理。 ⑩摄生客：注意保养生命的人。

【品评】

本篇描写了诗人徜徉于故乡山水间的情景。诗中以精美的笔法描绘出泛舟湖上的景致，宛然在目，令人神往。尤其可贵的是，此诗写景用词精美而不失其自然。如“昏旦变气候，山水含清晖。清晖能娱人，游子憺忘归”等句，写山水的明媚宜人，一个艳词丽句都没有，却自有一种清雅的神韵。鲍照称赞谢诗“如初发芙蓉，自然可爱”，汤惠休也说：“谢诗如芙蓉出水。”从此诗看，当不是虚誉。

这首诗在章法结构上颇有独到之处。全诗以“还”为线索，渐次铺述了一天的行踪及傍晚归来的情景。开头四句总结性地说出自己游玩一天后的体会，然后写“还湖中”所见景色；再写舍舟登岸，高卧于东窗之下。最后四句写他心情欣然自得，不由想到老庄养生之道。通篇层次过渡自然，秩序井然不紊，而最后的哲理思索又与开头四句总结性的诗句遥相呼应，更显得章法严谨。

鲍　照(414—466)

字明远。东海(今江苏涟水)人。出身贫寒，虽才华出众，却一直不得意。曾做过宋临川王刘义庆、始兴王刘濬的侍郎，及临海王刘子项的前军参军，掌书记。后死于乱军中。诗文俱佳，七言乐府尤受后世推重。有《鲍参军集》十卷传世。

代东武吟

主人且勿喧，贱子歌一言：仆本寒乡士，出身蒙汉恩。始随张校尉，① 召募到河源；② 后逐李轻车，追虏出塞垣。③ 密途亘万里，④ 宁岁犹七奔。⑤ 肌力尽鞍甲，心思历凉温。⑥ 将军既下世，⑦ 部曲亦罕存。⑧ 时事一朝异，孤绩谁复论？⑨ 少壮辞家去，穷老还入门。腰镰刈葵藿，倚杖牧鸡豘。⑩ 昔如鞲上鹰，⑪ 今似槛中猿。徒结千载恨，空负百年怨。⑫ 弃席思君幄，⑬ 疲马恋君轩。⑭ 愿垂晋主惠，⑮ 不愧田子魂。⑯

【注释】

①张校尉：指张骞。骞以校尉的身份从大将军击匈奴。　②河源：黄河之源。　③李轻车：指李蔡，蔡于汉武帝元朔(前128—前123)中为轻车将军，击匈奴右贤王有功。　④密：近。亘：绵延之意。这句是说最近的路也走了万里，其馀就不用问

了。 ⑤这句是说最安静的年头尚有七次奔命。“七奔”用《左传》成语,《左传·成公七年》:“吴始伐楚。子重、子反于是乎一岁七奔命。” ⑥历凉温:言经过寒暑。 ⑦下世:死亡。⑧部曲:指将军统率的兵士。汉代军队编制,营有部,部有曲。⑨孤绩:独有的功绩。 ⑩豘:猪。 ⑪鞲:革制的臂衣。打猎时用鹰,鹰立在鞲上。此句以“鞲上鹰”比昔日的英俊有为。⑫怨:读平声。 ⑬这句用晋文公故事。《韩非子·外储说左上》记载晋公子重耳在多年流浪之后回到晋国为君(文公),走到黄河边上,就下令说:“笾豆捐之,席蓐捐之,手足胼胝面目黧黑者后之。”他手下的功臣咎犯讽谏他道:“笾豆所以食也,而君捐之,席蓐所以卧也,而君弃之,手足胼胝面目黧黑有功劳者也,而君后之。今臣与在后中,不胜其哀。”重耳听了便收回成命。 ⑭这句用战国魏人田子方故事。《韩诗外传》卷八:“田子方出见老马于道,喟然有志焉,以问于御者曰:‘此何马也?’曰:‘故公家畜也,罢而不为用,故出放也。’田子方曰:‘少尽其力而老去其身,仁者不为也。’束帛而赎之。” ⑮晋主:指晋文公。 ⑯田子:指田子方。魂:通“云”,语末助词。

【品评】

《东武》,泰山下小山名。“东武吟”和“泰山吟”“梁甫吟”同类,是齐地的土风。本篇假托汉朝老军人的自白,来讽谏当时的君主。

诗歌的前半部写老军人对当年战斗生涯的回忆,他南征北战,在戎马倥偬中度过了不平凡的一生。后半部表达他老年遭弃置的愤懑和悲伤:“时事一朝异,孤绩谁复论?”这位当年立马横刀的老英雄,如今不得不“腰镰刈葵藿,倚杖牧鸡豘”!他喟然长叹:“昔如鞲上鹰,今似槛中猿。”这两个截然不同的形象对比,把主人公心灵深处的痛苦展示出来。

这首诗还表现了老军人即使身处逆境,仍思报国的精神。

在诗的结尾,他以“弃席”“疲马”自比,向君主表白心迹,希望老有所用,辞恳情切,令人感动。显然,这位心怀报国之念的老军人形象中也有着怀才不遇的诗人“自我”。

这首诗意蕴深厚,时空跨度很大。诗歌的感情随着主人公的命运变化,先是慷慨奔放,后是激愤悲怆,显得跌宕起伏,扣人心弦。

代出自蓟北门行

羽檄起边亭,[①]烽火入咸阳。征骑屯广武,[②]分兵救朔方。[③]严秋筋竿劲,[④]虏阵精且强。天子按剑怒,使者遥相望。[⑤]雁行缘石径,鱼贯度飞梁。[⑥]箫鼓流汉思,[⑦]旌甲被胡霜。疾风冲塞起,沙砾自飘扬。马毛缩如蝟,角弓不可张。[⑧]时危见臣节,世乱识忠良。投躯报明主,身死为国殇。[⑨]

【注释】

①边亭:边境上的亭候,驻兵伺候敌寇的地方。　②广武:县名,今山西省代县。　③朔方:郡名,今鄂尔多斯右翼后旗套外黄河西岸。　④筋竿:即弓箭。　⑤遥相望:言不绝于路。　⑥这二句写队伍在途中前进。飞梁:高架的桥梁像凌空飞起。　⑦此句言军乐传达出汉人的情思。　⑧角弓:用角装饰的弓。　⑨国殇:为国战死的人。

【品评】

本篇属《杂曲歌辞》,写壮士从军卫国的壮志和朔方边塞的风物。全诗可分为三层。第一层写边塞报警，天子派兵救援。第二层写边塞的苦寒，战斗的艰苦。第三层写将士们以死报国的决心。

这首诗的语言生动形象，很有表现力。比如开头两句："羽檄起边亭，烽火入咸阳。"前一句中的"起"字，点出警报来得突兀；后一句的"入"字，则使人意识到军情的紧急，用字很有气势。再如写边塞的环境："疾风冲塞起，沙砾自飘扬。马毛缩如蝟，角弓不可张。"边塞的风沙是那样疾猛，边塞的气候是那样寒冷，连战马也蜷缩起身子，它的毛竖起来像刺猬一样，角弓也冻硬了，拉都拉不开。可以想象，在如此恶劣的自然环境中，坚持抗敌的将士们经受了多少磨难。鲍照虽然没到过朔方，却凭藉丰富的艺术想象力，出色地描绘了一幅边塞绝域的图画。这首诗音节高亢，气势凌厉，笔力刚健，全无南朝诗歌的柔靡。诗人笔锋往复自如，不断变换角度。这些跳动的情节使诗歌的旋律显得紧促，充分表现了诗人慷慨激昂的内心情感。

拟行路难　十八首选四

洛阳名工铸为金博山，①千斫复万镂，上刻秦女携手仙。②承君清夜之欢娱，列置帏里明烛前。外发龙鳞之丹彩，③内含麝芬之紫烟。④如今君心一朝异，对此长叹终百年。

【注释】

①博山：香炉名，形状像海中的博山。　②秦女携手仙：指弄玉和萧史。相传弄玉是春秋时秦穆公的女儿，嫁给萧史，夫

妇骑龙凤飞升而去。这里有意以仙侣携手和情人变心相比照。　③此句言香炉在烛前光彩炫耀,有如龙鳞。　④此句言炉内烧麝香。

【品评】

《行路难》是乐府杂曲,本为汉代歌谣,晋人袁山松改变其音调,创制新词,流行一时。鲍照《拟行路难》十八首,歌咏人世的种种忧患,寄寓悲愤。本篇是第二首,设为闺怨,叹人心易变。

诗人采用以物写人和"睹物生情"的手法来体现自己的创作意图。诗中描写一位被遗弃的美女,孤独地注视着香炉,往事就像缕缕青烟,浮现在她眼前……值得注意的是,诗人把重点放在"物"——香炉上,工笔重彩,精心描画。这只香炉是京师名匠制成,上面雕刻着一对恩爱的仙人携手跨凤图。这只象征着爱情和幸福的香炉曾伴随她度过美好时光。接下去,笔调陡然一变:"如今君心一朝异,对此长叹终百年。"曾几何时,丈夫变心了,她只好对着这只被闲置的香炉低嘘长叹……这明明是一首弃妇诗,却从香炉着墨;明明是写人,却不惜笔墨去写物。诗人用那只精美的香炉来象征女主人公,香炉的始爱终弃也象征着女主人公不幸的命运。

诗歌的情调婉转而深沉。女主人公虽然怨情郁结,却只是对炉孤坐,徐徐"长叹",并无激愤之语,然而凄楚之情溢于纸面。

泻水置平地,[①]各自东西南北流。[②]人生亦有命,安能行叹复坐愁?酌酒以自宽,举杯断绝歌路难。[③]心非木石岂无感?吞声踯躅不敢言。[④]

【注释】

①泻:倾也。　②首二句以平地倒水,水流方向不一,喻人

生贵贱不齐。 ③这句是说《行路难》的歌唱因饮酒而中断。 ④吞声:声将发又止。从“吞声”“踯躅”“不敢”见出所忧不是细微的事。

【品评】

本篇是《拟行路难》十八首中的第四首。钟嵘《诗品》说鲍照“才秀人微,取湮当代”,此诗即是诗人的不平之鸣。诗人拈出泻水流淌这一自然现象作为比兴,引出对社会人生的无限感慨。乍读之下,似乎诗人心平气和地接受了“人生亦有命”的现实。其实,他是用反嘲的笔法来抨击不合理的门阀制度:地,岂是平的?泻水于地,难道不是依照各自高下不同的地势而流向各方吗?一个人的遭际如何,犹如泻水置地,不是也被出身的贵贱、家庭社会地位的高低所决定了吗!

“泻水”四句言不当愁;接下去写借酒浇愁:“酌酒以自宽,举杯断绝歌路难。”满怀的悲愁岂是区区杯酒能驱散的?诗人击节高歌唱起了凄怆的《行路难》。面对着如此不合理的现实,诗人“心非木石岂无感”?理的劝慰、酒的麻醉,难道就能使心如槁木吗?当然不能。全诗的感情在这句达到高潮。紧接着却是一个急转直下:“吞声踯躅不敢言。”诗情的跌宕,将诗人忍辱负重、矛盾痛苦的精神状态表现得淋漓尽致!此诗的语言近似口语,明白晓畅。诗歌的情感时而压抑,时而奔放,将复杂的心理历程表现得曲折婉转。

对案不能食,[①] 拔剑击柱长叹息。丈夫生世能几时?安能叠燮垂羽翼?[②] 弃檄罢官去,[③] 还家自休息。朝出与亲辞,暮还在亲侧。弄儿床前戏,看妇机中织。自古圣贤尽贫贱,何况我辈孤且直。[④]

【注释】

①本篇原列第六首，言孤直难容，只得退出仕途。这诗见出一个才高、气盛、敏感、自尊的诗人在贵族统治社会压抑下的无可奈何之情。　②叠燮：即蹀躞，小步走路。　③檄：文书。一作“置”。　④孤：孤寒，谓身世寒微。

【品评】

本篇是《拟行路难》十八首中的第六首，主要表现诗人怀才不遇的愤慨心情。诗歌的开头两句，诗人通过“对案不能食，拔剑击柱长叹息”的外形动作来表现内心的焦虑不安。尤其是第二句中三个连贯一气的动作非常精确而传神地刻画出壮士失意的内心痛苦。接下去的“丈夫生世”二句，将压抑的情感尽情倾泻出来。一个“几时”、一个“安能”，说得分外沉痛，分外激愤。以上四句写诗人备受压抑的精神状态和内心反抗。下半段则用亲切的语调描绘“弃檄罢官去，还家自休息”的情景。最后诗人由古代圣贤的厄运联想到自己的不幸，不禁扼腕长叹：“自古圣贤尽贫贱，何况我辈孤且直。”激愤中又带着几分无可奈何的怅恨，显得异常沉痛。

此诗不以文辞取胜，而以真情动人。诗歌的格调悲怆而不颓唐，失望而不消沉，沉郁中有着洒脱，悠闲中透出不平，恰到好处地表现了诗人自尊而孤傲的精神状态。

君不见少壮从军去，白首流离不得还。故乡窅窅日夜隔，[1]音尘断绝阻河关。朔风萧条白云飞，[2]胡笳哀急边气寒。听此愁人兮奈何！登山远望得留颜。[3]将死胡马迹，宁见妻子难。男儿生世轗轲欲何道！[4]绵忧摧抑起长叹。[5]

【注释】

①窅窅(miǎo):遥远。 ②朔风:北风。 ③留颜:留住容颜不使变老。 ④轗轲:车行不利,引申为人生艰难。 ⑤绵忧:绵长不绝的忧愁。摧:悲。抑:压抑。

【品评】

本篇是《拟行路难》十八首中的第十四首,主要表现戍卒流离边塞、思乡难归的愁苦。全诗共十二句,每两句一转。开头两句总写戍卒身世,由此牵出远离故土之悲。第三、四句则分别从时间及空间着眼来写思乡之切。第五、六句写边塞环境的恶劣,而处境之苦更烘托出思乡之情。如此苦情怎样排遣呢?唯有"登山远望得留颜",希望借远眺稍稍宽慰思乡之情,使容颜不至于因忧愁过度而憔悴衰老。第九、十句写戍卒前途命运的悲惨,他必将死在胡马之迹纵横的荒野,不可能与妻子团圆。最后两句写戍卒的绝望心情。诗人通过戍卒少壮从军白头不归的遭遇,唱出了一曲血泪交流的哀歌。

咏　史

五都矜财雄,[1] 三川养声利。[2] 百金不市死,[3] 明经有高位。[4] 京城十二衢,飞甍各鳞次。[5] 仕子彯华缨,[6] 游客竦轻辔。明星晨未晞,[7] 轩盖已云至。[8] 宾御纷飒沓,[9] 鞍马光照地。寒暑在一时,繁华及春媚。君平独寂寞,[10] 身世两相弃。[11]

【注释】

①五都：洛阳、邯郸、临淄、宛、成都。 ②三川：郡名，其地有河、洛、伊三水。声利：名利。 ③不市死：不死于市。④明经：通经学。汉朝以明经术者为博士官。 ⑤甍(méng)：屋脊。飞甍：言高屋如凌空。 ⑥彯(piāo)：《广雅》："彯彯，长组之貌。" ⑦明星：金星。晞：本作"稀"。"明星晨未晞"，言尚早。 ⑧轩：有藩蔽的车，贵者所乘。云至：言纷纷来会，其多如云。 ⑨飒沓：众盛貌。 ⑩君平：字严遵，汉代人。在成都卖卜，每日得百钱则闭户下帘而读《老子》。 ⑪末句言君平隐于卜筮，不图仕进，是弃绝世俗。世俗的人都追逐繁华，当然也摒弃君平，让他寂寞穷居。李白《古风》十三演此语为"君平既弃世，世亦弃君平"两句。

【品评】

本篇咏汉代严君平的穷居寂寞。诗歌的前十四句铺写京都之繁华，豪族之奢侈。五都之人好逐利，三川之人好争名，故而求名逐利的"士子""游客"云集京都，驱马奔驰，唯恐不及。世事炎凉犹如寒暑交替，所以仕途中人不得不抓紧时机钻营，一如百花争艳于春日。"寒暑在一时，繁华及春媚"二句说得相当冷诮，诗人对这些利禄之徒冷眼相看，语气间充满了轻蔑和鄙视。最后两句转入咏史主旨，咏叹严君平的"身世两相弃"，以寒士之寂寞冷落与豪门士族之显赫豪华相比照，讽刺"士子""游客"的蝇营狗苟，赞美寒门贫士安贫乐道的高风亮节。

本篇在内容及写法上都受左思《咏史》诗的影响，名为"咏史"，实为咏怀，借咏严君平之事吐露了自身怀才不遇、备受压抑的郁愤。

谢　朓(464—499)

字玄晖，陈郡阳夏(今河南太康)人。曾任宣城太守，尚书吏部郎，世称“谢宣城”。齐东昏侯永元元年(499)，遭始安王萧遥光诬陷，下狱死。其诗学谢灵运，风格清新秀逸，为当时人所爱重，梁武帝称：“不读谢诗三日觉口臭。”有《谢宣城集》五卷传世。

玉阶怨

夕殿下珠帘，流萤飞复息。
长夜缝罗衣，思君此何极?①

【注释】

①何极：言无穷。

【品评】

《玉阶怨》，乐府调名。本篇《乐府诗集》收入《相和歌辞·楚调曲》，是一首宫怨诗，抒写幽居深宫的宫女长年不见君王的怨情。开头二句写环境，以暮色中的宫殿、低垂的珠帘、飞动的秋萤渲染出一种愁惨凄凉的气氛。而那些在夜色中往复的秋萤，点点磷光，就像珠帘中人那般楚楚可怜、孤独无依。后二句正面写人。帘中宫女一针一线机械地缝着罗衣，借以消磨这寂寞难耐的长夜，让如花的青春从指尖流淌过去，她的心却起伏不平，充满了幽愤怨悱。此诗体制短小，意蕴隽永，音律和谐，讲究对仗,代表了永明体的特色,开唐代五、七言宫怨绝句之先河。所以沈德潜说此诗“竟是唐人绝句,在唐人中最为上者”。

暂使下都夜发新林至京邑赠西府同僚①

大江流日夜,客心悲未央。②徒念关山近,终知返路长。③秋河曙耿耿,④寒渚夜苍苍。引领见京室,宫雉正相望。⑤金波丽鳷鹊,玉绳低建章。⑥驱车鼎门外,思见昭丘阳。⑦驰晖不可接,⑧何况隔两乡?风云有鸟路,江汉限无梁。⑨常恐鹰隼击,时菊委严霜。⑩寄言罻罗者,寥廓已高翔。⑪

【注释】

①谢朓曾为随王萧子隆文学。子隆好辞赋,谢朓深被赏爱,为长史王秀之所嫉,因事还都。朓于途中作诗寄同僚,叙恋旧之情。下都:即指还金陵。京邑:指金陵。西府:指荆州随王府。新林:浦名,在今南京市西南。 ②未央:未已。 ③此二句言去都已近,去西府更远。 ④耿耿:明净。 ⑤宫雉:宫墙。 ⑥金波:指月光。鳷鹊:汉观名,在甘泉宫外。玉绳:星名。建章:汉宫名。“鳷鹊”“建章”都是借来称京室。 ⑦鼎门:《帝王世纪》:“成王定鼎于郏鄏。”皇甫谧曰:“其南门名定鼎门。”这里用来指建康的南门。昭丘:楚昭王墓。在荆州当阳东。以上二句言驱车到都门,又思荆州。 ⑧驰晖:指日。 ⑨此二句言寥廓的空际不能限飞鸟,而江汉近地人却不能通。 ⑩此二句言在西府中常畏谗邪中伤,如鸟怕鹰隼搏击,菊怕严霜摧残。 ⑪罻(wèi)罗:捕鸟的网。作者以鸟自

比，以罗者比王秀之。末二句言今我远避，谗者无所施其计了。

【品评】

永明十一年(493)秋，谢朓从荆州随王府被召回建业时，写了这首诗。诗歌写沿途所见之景和内心感受，表达了对西府同僚和随王的留恋之情，同时透露出对奉召回京的疑惧和对前途的深重忧心。

此诗的显著特色是融情于景。例如，诗歌的开头两句："大江流日夜，客心悲未央。"是写乘船顺江而下的情景。第一句起势不凡，写出了一片阔大的境界，一种浩荡的情思，被后人赞为"妙绝"。第二句直叙心情，悲慨之情如同一江秋水滚滚而来。这两句是写实景，同时又有比兴的妙用，兴起一股浓厚的悲凉气氛，笼罩全诗。再如"秋河曙耿耿，寒渚夜苍苍"二句，画出了一幅气韵生动的《秋夜江行图》，诗人内心的凄楚孤寂，都悄悄地融化在画面中。

这首诗采用比兴、比喻等手法来抒发忧愤交聚的心情，取得了很好的效果。比如诗中写道"常恐鹰隼击，时菊委严霜"。前一句把自己喻为飞鸟，把毁谤中伤他的人比喻为"鹰隼"，生恐遭到暗算。后一句把自己喻为菊花，担心自己在严霜中枯萎。这两个比喻深刻地表达了诗人恐遭鹰隼之击、严霜之诛的忧惧心情。最后两句"寄言罻罗者，寥廓已高翔"，则是他的期望。

晚登三山还望京邑①

灞涘望长安，河阳视京县。②白日丽飞甍，参差皆可见。[3]馀霞散成绮，澄江静如练。喧鸟覆春洲，[4]杂英满芳甸。[5]去矣方滞淫，[6]怀哉罢欢宴。佳期怅何许，[7]泪下如流霰。有情知望乡，谁能鬒不变？[8]

【注释】

①三山：山名，在今南京市西南长江南岸。山周回四里，上有三峰，南北接。京邑：指金陵，故址在今南京市东南。②涘：岸。王粲《七哀诗》(西京乱无象)："南登霸陵岸，回首望长安。"河阳：县名，故址在今河南省孟州西。京县：指洛阳。潘岳《河阳县诗》："引领望京室，南路在伐柯。"以上二句以古人的望京比自己的望京，以霸陵、河阳比三山，以长安、洛阳比金陵。③这两句写夕阳明丽。三山在建业之西，东望正见夕阳所照之处。 ④覆：言其多。 ⑤芳甸：长满芳草的郊野。 ⑥"去矣"以下写怀归之情。滞淫：淹留。 ⑦佳期：指还乡之期。何许：犹何所。 ⑧鬒：黑发。

【品评】

这首诗写登山临江所见到的春晚之景以及遥望京师而引起的故乡之思。诗歌的前八句写他登山所望见的景色。其中"馀霞散成绮，澄江静如练"是千古传诵的名句，诗人用"馀""散""澄""静"等字把黄昏天空和春江上的秀色佳气生动地传写出来，真有思侔造化之妙。然后诗人把眼光落到那花草繁茂的郊外："喧鸟覆春洲，杂英满芳甸。"诗人用"喧"和"覆"字写出了日落时飞鸟纷纷投林的景色，而"杂"和"满"字则写出了群芳怒放的情形。在诗人笔下，白日、飞甍、晚霞、江水、喧鸟、杂英构成了一幅绚丽多彩的图画。

诗歌的后半部抒发诗人去国怀乡的怅惘之情。归期渺茫，日夜思乡，诗人的头发怎能不斑白呢？诗歌围绕着"望"字着墨，章法严谨。诗歌对仗精工，讲求声律，与唐代律诗相近，所以后人说他“诗变有唐风”。

之宣城郡出新林浦向板桥①

江路西南永，归流东北骛。②天际识归舟，云中辨江树。旅思倦摇摇，孤游昔已屡。既欢怀禄情，复协沧洲趣。③嚣尘自兹隔，赏心于此遇。④虽无玄豹姿，终隐南山雾。⑤

【注释】

①宣城郡：在今安徽省宣城。板桥：浦名。《文选》李善注引《水经注》：“江水经三山，又湘浦出焉。水上南北结浮桥度水，故曰板桥浦，江又北经新林浦。” ②归流：指江水，江以入海为归。骛：奔驰。首二句言自己逆江而行，回望东北。宣城在京邑西南。 ③此二句言既得官禄又能幽隐。沧洲：沧江冷僻之地，是隐者的居处。 ④赏心：指心所喜悦的事。 ⑤末二句言幽栖远害。《列女传·贤明》：“陶答子治陶三年，名誉不兴，家富三倍。其妻独抱儿而泣。姑怒，以为不祥。妻曰：‘妾闻南山有玄豹隐雾而七日不食，欲以泽其衣毛，成其文章。至于犬豕，肥以取之，逢祸必矣。’期年，答子之家果被盗诛。”

【品评】

本篇是作者赴宣城郡太守任途中所咏，先写江路远景，次写自喜得官外郡可以远隔尘嚣，全身远害。

诗歌的开头两句点出此行的踪迹：江舟向西南逆水而上，

江水则向东北奔流。江水入海为归，人却别乡远去，一个“西南永”，一个“东北骛”，微妙地透露出诗人深长的愁绪。“天际识归舟，云中辨江树”二句写江上之景。诗人用“识”“辨”二字十分精当地描摹出诗人伫立船首，极目回望的专注神情。这里虽然是写景，但是“隐然一含情凝眺之人，呼之欲出”。

诗歌的后八句写诗人幽栖远害。他虽然留恋京邑，却也庆幸自己能离开是非之地，过上自在悠闲的生活。诗的最后两句“虽无玄豹姿，终隐南山雾”，用了一个典故来表明两层意思：一是说自己借出任外郡的机会来避祸，二是说自己将以淡泊心境来处理郡内事务。这个结尾馀韵悠长，尤其是“终隐南山雾”一句与开头“江路西南永”相呼应，回味无尽。

游东田

戚戚苦无悰，①携手共行乐。②寻云陟累榭，随山望菌阁。③远树暖阡阡，生烟纷漠漠。④鱼戏新荷动，鸟散馀花落。不对芳春酒，还望青山郭。⑤

【注释】

①悰：乐。　②行乐：指游东田。　③累：重叠。榭：台上有屋曰“榭”。菌阁：高阁形如芝菌。　④阡阡：即芊芊，盛。漠漠：散布貌。　⑤青山郭：近青山的城郭。末二句是因游赏而有所怀，所以不对春酒而望青山边的城郭。

【品评】

本篇写游东田时所见初夏景致。齐惠文太子立楼馆于钟山下，名为“东田”。

诗人以清新流媚的笔触描绘了山水自然美景。“远树”二句写远景：只见树影轻淡，烟云朦胧。“鱼戏”二句写近景，诗人巧妙地运用初夏特有的风物，写出大自然的勃勃生气。鱼戏荷动，既见出鱼儿的活泼神态，又活画出嫩荷的婀娜风姿。鸟散花落，展示了众鸟欢鸣、落英缤纷的景象。荷之为“新”，花之为“馀”，都点出是春末夏初。“远树”二句用疏淡之笔写阔大之背景，“鱼戏”二句则工笔点染出精美的细部，远近相衬，构成一幅意境淡远而生意盎然的画面。

此诗的章法精严。诗的开端称出游的原因是：“戚戚苦无悰，携手共行乐”；而诗的结尾则说：“不对芳春酒，还望青山郭。”显然，诗人似乎在山水自然中找到了足以清除内心烦闷的东西，他忘却了眼前的美酒，悠然眺望着远处的青山，若有所思，若有所悟。

陆　厥(473—499)

字韩卿，吴郡吴(今江苏吴中附近)人。州举秀才，少傅主簿，迁行参军。永元元年(499)，始安王遥光反，厥父闲被诛，厥下狱。后有赦，感恸而卒。有集十卷，已佚。

临江王节士歌[1]

木叶下，江波连，秋月照浦云歇山。秋思不可裁，复带秋风来。秋风来已寒，白露惊罗纨。节士慷慨发冲冠，弯弓挂若木，[2]长剑竦云端。

【注释】

①据《汉书·艺文志》，有“临江王及愁思节士歌诗”四篇，此题作《临江王节士歌》，后人疑陆厥误合为一。然原辞已佚，无从考校。　②若木：传说中昆仑山上的神木。

【品评】

这首诗由秋天的肃杀之景引发出内心的慷慨之情，秋思与壮心相互生发，唱出了一曲悲壮的节士之歌。

诗的开端即以“木叶”“江波”“月浦”“云山”等景物组成一幅气象开阔、气韵凄清的秋景图。如此秋景，既令人联想到楚辞《湘夫人》中“袅袅兮秋风，洞庭波兮木叶下”的寂寥意境，又令人生发出“萧瑟兮草木摇落而变衰”的凄凉意绪。这般“秋思不可裁”，有如缕缕秋风袭上心来，更何况秋露凝衣，更添几分悲凉！诗歌的前半段着意渲染出由秋景而生发的浓重秋思，笔调明净，气氛凄冷。

后三句的情调一变而为激昂。面对秋景，荆轲一流的节义之士则是另一番感受。“风萧萧兮易水寒”，秋风寒水触动了节义之士的一腔豪情。“弯弓挂若木，长剑竦云端”二句，以浪漫的笔调刻画了节义之士顶天立地的形象，展示了他们意气风发、傲视一世的气概。此诗笔力雄肆，在齐梁时不可多见，所以梁代钟嵘说陆厥“具识丈夫之情状”。

孔稚珪(447—501)

字德璋,会稽山阴(今浙江绍兴)人。曾任齐太子詹事等职。为人洒脱,不乐世务,爱山水,门庭之内,草莱不剪。有《孔詹事集》辑本一卷。

游太平山①

石险天貌分,林交日容缺。
阴涧落春荣,寒岩留夏雪。

【注释】

①太平山:在今浙江省绍兴东南七十八里。

【品评】

这是一首山水诗。前两句描写仰视所见之景:山石峥嵘,直插云霄,仿佛刺破了天空;林木葱郁,从交错覆盖的叶片间望上去,太阳的容貌也似乎残缺不全。这两句勾勒出太平山险峻幽深之势,令人如临其境。接下去两句分别从俯视、远视的角度描写了山麓与山顶迥然不同的景观:阳光照射不到的山涧里,落花缤纷,随流而去;山顶上寒气凛冽,终年积雪,即使是夏天也不会消融。烂漫春花与皑皑白雪并存一时的奇观,正是山麓与山顶气候差异造成的,可见太平山海拔之高。此诗对仗工稳,写景生动,布局巧妙,宛如一幅浓淡相宜的山水画。

张　融(444—497)

字思光，吴郡(今江苏吴中)人。弱冠有名。曾任太傅掾、中书郎等职。风止诡越，见者惊异，聚观成市，而融了无惭色。

别　诗

白云山上尽，清风松下歇。
欲识离人悲，孤台见明月。

【品评】

这是一首别致的送别诗。名为送别，却有三句写景。头两句点明送行地点：山中松下。山上本当白云悠悠，松下本当清风徐徐，而今悠然的白云却凝滞不动，清爽的松风却停息不吹，似乎白云清风也为离别在即而黯然伤神，失却了往常的丰韵。诗人以一个“尽”字、一个“歇”字经营出一种压抑低沉的气氛。第三句轻轻点出“悲”字。离别的悲愁到底有多深重，却不作正面描写，而是勾勒了一幅清寂的图景：一轮清冷的明月高悬中天，照着孤零零的高台。此番情境中有几多寂寞、几多凄清、几多悲愁呢？自可慢慢品味。它正是诗人送别之际心境的写照。

此诗以景写情，以景句作结，具有意境浑成、馀意无尽的特点。

沈　约(441—513)

字休文，吴兴武康(今属浙江)人。历仕宋、齐、梁三代，是齐梁时期的文坛领袖。梁时，封建昌县侯，历任中书令、太子少傅等职。谥"隐"。著有《宋书》《四声谱》等。有《沈隐侯集》辑本二卷传世。

夜夜曲

河汉纵且横，[①]北斗横复直。[②]
星汉空如此，宁知心有忆？
孤灯暧不明，[③]寒机晓犹织。
零泪向谁道，[④]鸡鸣徒叹息。

【注释】

①河汉：银河。　②北斗：北斗七星。这里用银河、北斗方位的变化来显示时间的流逝。　③暧：昏暗不明的样子。　④零泪：落泪。

【品评】

沈约和谢朓等人开创了一种对仗工整、讲求声律的"永明体"诗歌，促使"古体"诗向格律严整的"近体"诗发展。这首《夜夜曲》正体现了"永明体"的艺术风格。

诗歌描写思妇彻夜不眠，盼望久出不归的心上人的悲愁情景，语言凝练，且具有浓厚的民歌色彩。诗歌的开头两句借银河和北斗方位的变化来暗示时间的流逝。诗人在这两句诗中交错使用了“纵”“横”“直”三个动词，忽纵忽横忽直，使人仿佛看到银河纵横穿流、星斗横竖移动的情景。接下去二句写思妇因星汉移动、时光流逝而起的惆怅心情。然后诗人的笔锋由夜空转入闺房。在这个清寒的夜晚，思妇伴着“孤灯”，守着“寒机”，一直操作到黎明……她为什么彻夜不眠？答案就是“心有忆”。然而所忆之人杳无踪影，她只有默默地流泪，独自咀嚼着悲伤。天破晓了，又一个早晨来临。新的一天会给她带来什么呢？听到鸡叫的声音，她不由发出长长的叹息。多少辛酸，多少失望，多少无奈，都包含在这声叹息中了。

新安江至清浅深见底贻京邑同好[①]

眷言访舟客，[②]兹川信可珍。洞澈随清浅，皎镜无冬春。[③]千仞写乔树，百丈见游鳞。[④]沧浪有时浊，[⑤]清济涸无津。[⑥]岂若乘斯去，俯映石磷磷。纷吾隔嚣滓，宁假濯衣巾？[⑦]愿以潺湲水，沾君缨上尘。[⑧]

【注释】

①新安江：源出江西省婺源县西北率山，东流经休宁、歙县入浙江省境，至建德合兰溪水东北流为浙江。 ②眷言：犹睠然，环顾貌。 ③以上二句言无论深处或浅处，冬季或春季都是透明的。 ④以上二句言能写千仞乔木的影子于水底，纵然深到百丈也能见到游鱼。 ⑤沧浪：水名。《孟子·离娄》：“沧浪之水清兮，可以濯吾缨；沧浪之水浊兮，可以濯吾足。”

⑥济：济水，源出河南省王屋山，其故道过黄河而南，东流入山东省境，与黄河并行入海。《战国策·燕策》："齐有清济浊河。" ⑦嚣滓：犹嚣尘。这两句是说自己既然离去京邑，和嚣尘相隔，不必借此水洗濯衣巾。 ⑧末二句言诸游好在京邑尘嚣之中，需要用此水濯缨。

【品评】

此诗作于沈约任宁朔将军、东阳太守时。诗歌赞美新安江的清澈可鉴，借以展示自己洁身自好、不同俗流的襟怀，并劝讽友好勿恋尘嚣。

开头二句总领全篇。接下去六句集中描写新安江的"至清"。先说它"洞澈"见底，又把它比喻为春冬皆明的镜子；然后通过千仞高山上的乔木倒影清晰可见及百尺深水中的游鱼历历可数来进一步强调新安江的清澄。"沧浪"二句则用沧浪之水和齐之清济作反衬，指出沧浪之水也有浊的时候，齐之清济已经枯涸，它们都比不上新安江一年四季清澈见底，一尘不染，源远流长。这里表面上是赞美新安江，实质上是以此寄寓诗人襟怀的高洁和志趣的纯正。"岂若"二句以设问的口吻荡开一笔：新安江如此清澄美好，我岂不是要乘它离去，俯身去欣赏水中的磷磷白石吗？紧接着一个反问，回答了前面的设问：其实我离开京邑即已离开尘嚣了，难道还须借新安江的清水来洗濯衣巾吗？当然是不用了。最后提醒京邑故旧，切勿贪恋利禄，保持品行的高洁。全诗层次分明，用语清美，含意蕴藉，正如陈祚明所说："骤而咏之，沨沨可爱；细而味之，悠悠不穷。"

石塘濑听猿

嗷嗷夜猿鸣，[1]溶溶晨雾合。[2]不知声远近，惟见山重沓。既欢东岭唱，复伫西岩答。[3]

【注释】

①嗷嗷：哀鸣声。 ②溶溶：盛貌。 ③伫：久待。

【品评】

这是一首写景小诗。或疑诗有残缺。全诗围绕着一个"听"字展开。先写夜猿长啼，次写晨雾弥漫，以简洁传神的笔墨勾勒出一幅山雾朦胧、猿啼声声的画面。接下去写深山闻猿的独特感受：由于空谷传响，那嗷嗷猿啼此起彼伏，忽远忽近，弄不清来处；山雾迷濛，只见峰峦重重叠叠。这幅景象既神秘又充满了生气，那云雾山中传来的声声猿啼似乎在向诗人透露大自然的奥秘，使诗人感到无比的惊喜。他既兴奋地听到东岭传来的猿歌，又想静立久伫，倾听西岩传来的应答……在"既欢东岭唱，复伫西岩答"二句中，诗人将猿啼说成是"唱""答"，似乎那野猿也具有人的情趣，懂得一"唱"一"答"。而"东岭"与"西岩"对举，再加上"既欢""复伫"等语，写出了诗人对猿啼久听不厌、喜之不已、不忍离去的情态。

这首小诗观察细腻，描绘生动，风格清新，流溢着一股对大自然的挚爱之情。通篇对仗工整，毫不板滞，足见其功力。

江 淹(444—505)

字文通，济阳考城(今河南兰考)人。出身孤寒，沉静好学，早年即以文章著名于时。历仕宋、齐、梁三朝，梁武帝时官至金紫光禄大夫，封醴陵侯。其诗幽丽精工，尤擅长拟古。其辞赋风格清丽，有较高的艺术性。今传《江醴陵集》二卷。

古离别

远与君别者，乃至雁门关。黄云蔽千里，[1]游子何时还？送君如昨日，檐前露已团。不惜蕙草晚，所悲道里寒。[2]君在天一涯，妾身长别离。愿一见颜色，不异琼树枝。[3]菟丝及水萍，所寄终不移。[4]

【注释】

①黄云：言尘埃和云相连而黄。这句写塞外景象。 ②以上二句言所悲不为感时而是怀远。 ③琼树枝：传说中仙山上的树。 ④末二句言菟丝寄树，萍寄水，不能移借，比喻人的忠贞。

【品评】

江淹擅长模仿前人之作，曾作《杂体诗三十首》来模拟汉魏晋宋诸家的代表作。本篇即为其中的第一首，写思妇怀人。

诗人巧妙地将过去、现实与未来交织起来，把思妇的一片情思写得深婉缠绵。开头四句回忆当初惜别情景，接着一句“送君如昨日”，思绪又回到现实中。惜别的情景还历历在目，但时光已在不知不觉中流逝了，诗人用“露团”“蕙草晚”“道里寒”等景物来说明夏去秋来。值得注意的是“不惜蕙草晚，所悲道里寒”二句。在相思中红颜褪尽，岂能“不惜”？之所以“不惜”，是为了“所悲”。她牵挂游子的冷暖，“不惜”红颜憔悴。这两句诗把思妇委婉深沉的感情进一步揭示出来。接着，诗人从“长别离”的现实生发出“愿一见颜色”的期待，并发出“所寄终不移”的誓言。她怀着一颗忠贞的心，盼望重逢。全诗写得笔致婉曲，风情摇曳。

游黄檗山①

长望竟何极？闽云连越边。南州饶奇怪，赤县多灵仙。②金峰各亏日，③铜石共临天。阳岫照鸾采，阴溪喷龙泉。④残机千代木，⑤廧崒万古烟。⑥禽鸣丹壁上，猿啸青崖间。秦皇慕隐沦，汉武愿长年。皆负雄豪威，弃剑为名山。况我葵藿志，松术横眼前。⑦所若同远好，临风载悠然。

【注释】

①黄檗山：在福建省福清西，江淹曾被建平王刘景素贬为建安（今福建建瓯）令，得游此山。本篇描写自然景物极为瑰丽，显现出作者诗才的一个方面。　②赤县：中国的代称，“赤县神州”的简称。　③金峰：黄檗山有高峰十二。因日光映照，

颜色金黄，所以形容为“金峰”。亏日：是说遮蔽一部分太阳。　④龙泉：黄檗山有“龙潭”九处。　⑤杌：无枝之木。　⑥磨岑：未详。疑“磨”作“峀”。峀岑：高峻貌。见班固《西都赋》。　⑦葵藿志：言甘于清贫。作者《杂拟》诗云：“处富不忘贫，有道在葵藿。”松术：松脂术根，都可供药用，为修长生术者所服食。

【品评】

这是一首登高寄兴之作。诗人登山远眺，只见天边云彩朵朵，将闽浙连在一起了，目光难以穿越。这回眺来路的目光中隐隐透露出诗人被贬后心境的沉重。往事既不堪回顾，且将目光转向身处的黄檗山。先是总揽一笔，指出闽浙一带到处是奇山怪林、神灵仙异；然后以细致的笔触一一描绘了陡峰蔽日、深穴映光、幽涧喷泉、千年古木、万代雾霭以及禽鸣猿啸等景致。这一大段描绘不仅用词形象丰富，而且色彩缤纷，山石之“金”“铜”，洞穴映光之“鸾采”，丹岩之红，青崖之绿，泉霭之白，集于笔下，突出了黄檗山的奇异。

诗歌的后半段，诗人很自然地由“千代木”“万古烟”转入对社会人生的思索。秦皇汉武当年是何等雄豪，他们尚且慕隐求仙，爱慕名山，何况我早有淡泊之志；今日得游黄檗山，乃人生难得之遇，何必还为谪官而闷闷不乐呢！诗人借旷达之语吐出了心中的块垒，将游黄檗山的感受升华到人生境界的感悟，充分体现了江淹诗歌写景抒怀的风格。

范　云(451—503)

字彦龙,南乡舞阴(今河南沁阳西北)人。仕齐官至广州刺史。入梁为吏部尚书。钟嵘《诗品》中称范诗"清便宛转,如流风回雪"。

之零陵郡次新亭

江干远树浮,[1]天末孤烟起。江天自如合,烟树还相似。沧流未可源,高飒去何已。[2]

【注释】

①干:大水之旁。　②沧:苍。水色青苍,所以流水称"沧流"。未可源:言不能穷其源。飒:同"帆"。已:止。末二句写水程行役之劳。

【品评】

本篇是作者赴零陵(治所在今湖南省零陵)内史任,在新亭止宿时所作。主要描写江上景色。

开头二句写平远之景。江面开阔,看不见对岸,远处的树木仿佛浮在滔滔的江水之旁;天的尽头有一股云烟飘然而起。诗人用一个"远"字和一个"孤"字,写出大江景色的广渺、寂寥。接下去的三、四句写"江""天"在诗人视觉中的综合形象。江天一色,浑然一片;远树迷濛,像云烟一样轻淡,而云烟也像树林一样"浮"在江天相连之处。面对浩渺的江天、朦胧的烟树,诗人心中升起一股迷惘的情绪，不禁吟出感伤的诗句："沧流未可源，高飒去何已。"江水浩荡，难以穷其源，这只扬帆的小船也没有止歇的时候。这是诗人对着滔滔江水发出的感慨，其中也隐隐透露出对仕宦前程的担忧。

吴 均(469—520)

字叔庠,吴兴故鄣(今浙江安吉)人。家贫好学,曾任奉朝请。因私撰《齐春秋》免官,后奉诏撰《通史》,未成而卒。工于写景,文辞清拔,时人效之,号曰“吴均体”。

山中杂诗 三首选一

山际见来烟,竹中窥落日。
鸟向檐上飞,云从窗里出。

【品评】

这是描写日落景象的一首小诗,清人沈德潜称赞它:“四句写景,自成一格。”黄昏时分,山边暮霭弥漫,竹林中透出落日馀辉——这是头两句所描写的画面。“山”而特意点出是“山际”,“竹”而特意点出是“竹中”。这别致的观赏角度使画面平添了几分幽谧气氛。在苍茫暮色中,倦飞的鸟儿纷纷归巢,栖息在茅檐下;山风吹拂,晚云飘浮,仿佛是从窗里飘出。整个画面透出一股飘逸出尘的韵味,展示着诗人闲淡自得的情怀。

别王谦诗①

严光不逐世,②流转任飞蓬。

欲还天台岭，③不狎甘泉宫。④
离歌玉弦绝，别酒金卮空。
倘遗故人念，仆在东山东。⑤

【注释】

①王谦：诗人好友，生平事迹不详。　②严光：东汉时人，字子陵。幼时曾与光武帝刘秀同游。刘秀即帝位后，严光隐姓埋名，不肯出仕，刘秀授予谏议大夫之职，也坚辞不就。后隐于富春山。　③天台岭：在浙江省天台县。　④甘泉宫：汉代著名宫苑。　⑤仆：诗人自称。东山：东晋谢安退居之处。

【品评】

本篇虽是赠别之作，却无“黯然销魂”的悲凉意绪，笔意洒脱，声调宏亮，读起来朗朗上口，别具一格。

诗歌的前四句将王谦比作东汉隐士严光。严光当年不愿追逐世俗的功名富贵，宁愿像蓬草般任意飘转流徙；他不肯应刘秀的诏请，到甘泉宫去过金紫玉带、朝歌夕舞的享乐生活，却宁愿隐居富春山，渔钓自乐。诗人借赞美严光，对友人隐逸不仕、甘于贫贱的情操表示赞许。对友人此举的理解和钦慕，冲淡了离别的哀伤。因此，临别之际诗人不作儿女沾襟之态，而是高唱离歌，痛饮美酒。歌声高昂激越，使玉弦为之断绝；举杯畅饮，使金卮屡屡空竭。狂歌豪饮送友人的举止，充分表现了诗人性格中豪侠的一面。最后诗人暗示自己也将隐于山林，期待在东山与友人重聚。“倘遗故人念，仆在东山东”一语，说得平平淡淡，却有无限情意蕴于其中。

何　逊（？—518）

字仲言，东海郯（今山东郯城西）人。八岁能赋诗。少时被范云赏识，结为忘年交。范称何诗“能含清浊，中今古”。累官至卢陵王记室，卒。有《何水部集》。何诗不多，风格清冷，足成家数。

酬范记室云

林密户稍阴，草滋阶欲暗。风光蕊上轻，[1]日色花中乱。相思不独欢，伫立空为叹。清谈莫共理，繁文徒可玩。高唱子自轻，[2]继音予可惮？[3]

【注释】

①风光：在风中闪动的草木之光色。　②高唱：指范云赠诗。范诗有“布鼓诚自鄙”句，是自谦的话，本句针对范诗“布鼓”句。　③继音：言答范诗。予可惮：是自励之辞，就是何可惮呢。惮：畏难的意思。

【品评】

本篇是酬答老诗人范云的。范曾为齐竟陵王萧子良的记室参军，有诗赠何逊，题为《贻何秀才》。

这首诗采用景中有情、情景相生的手法来抒写对范云的怀念。诗的开头两句写环境的幽静，用一个“稍”字写“阴”，用一个"欲"字写"暗",使静物呈现出动态,并且赋予了人的主观感情,透露出诗人独处无欢的寂寞。三四句进一步写初夏的风光,诗人用"轻"和"乱"两个字精细地写出了初夏盛开的花朵所独具的光色艳姿。然而,面对这一幅花光日色所织成的图画,诗人却感到寂寞,吟出"相思不独欢,伫立空为叹"的诗句。美景与怀人相对,鲜明地烘托出诗人对范云的思念。诗歌的后四句抒写对范云的仰慕之情,赞美范云虚怀若谷、奖掖后进的精神。此诗情词宛转。前半部写景抒情,自然谐美;后半部直抒情怀,言质而情深。此外,它通体对偶,虽不免有偶句复意之嫌,却不使人感到呆滞,有流畅之美。

与苏九德别①

宿昔梦颜色,咫尺思言偃。②何况杳来期,③各在天一面?踟蹰暂举酒,倏忽不相见。春草似青袍,秋月如团扇。④三五出重云,当知我忆君;萋萋若被径,怀抱不相闻。⑤

【注释】

①本篇写别友之情,别时或在夏季,诗中"青袍""团扇"当是作者眼前所见的东西。 ②偃:疑作"宴"。《诗经·氓》:"言笑晏晏。""晏"即是"宴"的假借。首二句言虽近在咫尺不能不相思念,所以昨夜还梦见颜色。这样便生出下文何况远离的意思。 ③来期:将来之会。 ④"春草"句,《古诗·穆穆清风至》:"青袍似春草。""秋月"句,古乐府《怨歌行》:"裁为合欢扇,团团似明月。"这里借"春草""秋月"现成的比喻引起下

文。　⑤三五：月半十五日，这是月最明的时候。

【品评】

这首诗用质朴无华的语言，抒写对友人的真挚感情。诗歌的前四句写自己与友人的深厚交谊，引出离别的感伤。“踟蹰”二句是一个过渡，诗人的思绪由眼前的聚首飞到未来的分离，于是殷切地对友人说：“春草似青袍，秋月如团扇。”诗人为什么用这两件自然景物来比喻友人的衣扇呢？答案就是：故人青袍似“春草”，团扇如“秋月”，那么，每逢圆月当空、春草覆径的时日，我都会想到你的青袍和团扇，想到我们的友情。诗人由眼前的友人之物想到自然之景，进而设想他日睹景、思物、怀人，用心可谓深矣，其意可谓诚矣。

下方山①

寒鸟树间响，落星川际浮。繁霜白晓岸，苦雾黑晨流。鳞鳞逆去水，②弥弥急还舟。③望乡行复立，瞻途近更修。④谁能百里地，萦绕千端愁。

【注释】

①方山：今山东长清东南。　②鳞鳞：水波荡漾之状。　③弥弥：水势盛大之状。　④修：远。

【品评】

清人沈德潜说：“水部名句极多，然渐入近体。”本篇即是一例。诗歌的前六句写破晓前的山川景致。正是黎明时分，光线朦胧，只能听见树林里的宿鸟振翅作响，即将隐没的星星倒影在河水的波光中浮动；露色浓重，河岸野坡上呈现一片白色，雾气弥漫，清晨的河水显得黑沉沉的。波光粼粼，江水滔滔，小舟载着归乡的游子逆流而上——这六句诗生动地描绘了一幅秋江晓行图。“寒鸟”之响，“落星”之浮，“繁霜”之白，“苦雾”之黑，静中有动，有声有色，表现了诗人细致入微的观察力。而“逆去水”“急还舟”则透出诗人归心似箭的感情。诗歌的后四句转入直接抒怀，生动地刻画了诗人归途将尽、乡情弥重的情态，令人仿佛看见诗人坐立不宁、翘首企盼的身影。

这首诗音韵谐美，笔致淡雅，情景宛在，正如陆时雍所评：“语语实际，了无滞色。其探景每入幽微，语气悠柔，读之殊不尽缠绵之致。”(《诗镜总论》)

相　送①

客心已百念，②孤游重千里。
江暗雨欲来，浪白风初起。

【注释】

①何逊集中有题为《相送》的联句五首。何逊诗云：“一朝事千里，流涕向三春”，又：“愿子俱停驾，看我独解维”，又：“以我辞乡泪，沾君送别衣。”这些诗句都是辞别送者而不是送人的语气。本诗制题欠明白，但从相送联句类推，可以知道这不是送行的诗，而是留赠送行的朋友的诗。　②客心：异乡作客之心。百念：指众感交集。

【品评】

这是一首语言简净、意境深远的小诗，对仗工整，音律和谐，酷逼唐人。诗的前二句写行客惆怅的情怀：异乡作客，心中已百感交集，何况此行我是孤身一人，更加上路途有千里之遥！后二句写江上景色：江面上一片昏暗，波涛翻滚，浪花雪白，眼看着将是一番凄风冷雨袭来，怎不令行客的心境更加惨淡，离愁更加深重呢！

临行与故游夜别

历稔共追随，①一旦辞群匹。②
复如东注水，未有西归日。
夜雨滴空阶，晓灯暗离室。
相悲各罢酒，何时同促膝。

【注释】

①稔：熟，谷一熟为一年。 ②群匹：犹言朋俦，指诸旧游。

【品评】

本篇描写与友人惜别的情景。开头四句直抒离别的沉重心情，诗人以流水东去无归来比喻自己的远行。“夜雨”二句渲染与友人话别时的环境气氛，是历来传诵的名句。前一句写室外：夜已深沉，一片寂静，唯有雨点滴落在台阶上，发出单调的音响。诗中虽然没有写人的活动和感受，但是通过“夜雨滴阶”的情景可以体察到离人心中的凄凉，冰冷的雨点仿佛滴在他们的心上。后一句写室内：天已破晓，油灯将要燃尽，充满离愁的屋子显得一片昏暗。从“夜雨”到“晓灯”,暗示一个不眠之夜过去了,“空阶”和“离室”,则渲染出人们心境的凄惶。结尾“相悲”二句与开首呼应。尤其是“何时同促膝”的期待使离别的伤痛更添几分。

这首诗文笔洗练,情意深绵。“夜雨”二句,含蓄蕴藉,形象鲜明,使人联想到唐代李商隐的诗句:“何当共剪西窗烛,却话巴山夜雨时?”

陶弘景(452—536)

字通明。丹阳秣陵(今江苏江宁)人。好道术,爱山水。梁时隐居于句容曲山(即今茅山),自号“华阳隐居”。梁武帝遇有朝廷大事,常前往咨询,时称“山中宰相”。今传《陶隐居集》辑本一卷。

诏问山中何所有赋诗以答

山中何所有?岭上多白云。
只可自怡悦,不堪持寄君。

【品评】

这是陶弘景隐居之后回答齐高帝萧道成诏书所问而写的一首诗。首句即照应题目。齐高帝之问,带有劝其出山之意,颇不以弃功名、隐林泉为然。而诗人则平平淡淡地回答:“岭上多白云。”话虽简淡,含意却很深。是的,山中能有什么呢?没有华轩高马,没有钟鸣鼎食,没有荣华富贵,只有那轻轻淡淡、飘飘渺渺的白云。在迷恋利禄的人看来,“白云”实在不值什么;但在诗人心目中却是一种超尘出世的生活境界的象征。然而“白云”的这种价值是名利场中人不能理解的,唯有品格高洁、风神飘逸的高士,才能领略“白云”的奇韵真趣。所以诗人说:“只可自怡悦,不堪持寄君。”言外之意,我的志趣所在是白云青山林泉,可惜我无法让您理解个中情趣,就像山中白云悠悠,难以持寄一样。言词间颇替齐高帝感到惋惜——诗人以这种委婉的方式表达了谢绝出仕之意。此诗写得轻淡自然,韵味隽永,历代传诵。

王　籍

字文海，琅邪临沂（今山东临沂北）人。好学，有才气。梁天监中除湘东王咨议参军，转中散大夫。作诗慕谢灵运。

入若耶溪①

艅艎何泛泛，②空水共悠悠。
阴霞生远岫，阳景逐回流。③
蝉噪林逾静，鸟鸣山更幽。
此地动归念，长年悲倦游。

【注释】

①本篇写泛溪而伤久客。若耶溪：在今浙江省绍兴南若耶山下。　②艅艎：舟名。泛泛：船行无阻之貌。　③阳景：日影。

【品评】

若耶溪在会稽若耶山下，景色佳丽。本篇是王籍游若耶溪时创作的。开头两句写诗人乘小船入溪游玩，用一“何”字写出满怀的喜悦之情，用“悠悠”一词写出“空水”寥远之态，极有情致。三四句写眺望远山时所见到的景色，诗人用一“生”字写云霞，赋予其动态，用一“逐”字写阳光，仿佛阳光有意地追逐着清澈曲折的溪流。把无生命的云霞阳光写得有知有情,诗意盎然。五六句用以动显静的手法来渲染山林的幽静。“蝉噪”“鸟鸣”使笼罩着若耶山林的寂静显得更为深沉。“蝉噪”二句是千古传诵的名句,被誉为“文外独绝”。像唐代王维的“倚杖柴门外,临风听暮蝉”,杜甫的“春山无伴独相求,伐木丁丁山更幽”,都是用声响来衬托一种静的境界,而这种表现手法正是王籍的创新。最后两句写诗人面对林泉美景,不禁厌倦宦游,产生归隐之意。全诗因景启情而抒怀,十分自然和谐。此诗文辞清婉,音律谐美,创造出一种幽静恬淡的艺术境界。

萧　纲(503—551)

字世缵，小字六通，南兰陵(今江苏常州西北)人。梁武帝第三子。追谥简文皇帝。六岁能文，被其父称为"吾家之东阿(曹植)"。为太子时，同徐摛、庾肩吾等共倡"宫体诗"。

江南弄　三首选一

采莲曲

桂楫兰桡浮碧水，江花玉面两相似。莲疏藕折香风起。香风起，白日低，采莲曲，使君迷。

【品评】

采莲舟在碧水上荡漾，江水在霞光辉映下灼灼闪光，宛如朵朵红花；而舟中少女的脸颊也染上了红霞，故而有"江花玉面两相似"之感。碧水、江花、玉面，人与景相关，红、碧、白三色相映，组成了十分美妙的江南水乡风情图。大约已是秋初时节，故而晚荷稀疏，莲藕将成，阵阵清香袭人。在这香风四起、夕阳低斜的江面上，采莲女扬声唱起了宛转的采莲歌，她的心上人怎能不为之心动神迷呢？——这个结尾有声有色，别有一种妩媚风流的情韵。

庾肩吾（？—551）

字子慎，一作慎之。南阳新野（今属河南）人。世居江陵。初为晋安王国常侍，同刘孝威、徐摛诸人号称“高斋学士”。历仕太子中庶子、度支尚书、江州刺史等职，封武康县侯。工诗，其诗雕琢辞采，讲究声律。胡应麟称其诗“风神秀相，洞合唐规”。

被执作诗

发与年俱暮，愁将罪共深。①
聊持转风烛，②暂映广陵琴。③

【注释】

①庾肩吾奉侯景之令出使江州，后逃至建昌一带，对于侯景来说就是“罪”。　②聊：姑且。转风：转向之风，即飘忽不定的风，喻形势多变。烛：喻自己的生命之火。这句的意思是：自己的生命就像风中烛火。　③此句用嵇康事。司马昭杀嵇康时，康“顾视日影，索琴弹之”，叹息：“《广陵散》于今绝矣！”他死后，司马昭后悔莫及。

【品评】

史载，侯景攻入台城后，梁武帝已成傀儡，长江上游诸藩镇皆举兵勤王。侯景矫诏遣庾肩吾出使江州，令萧大心投降。萧降后，庾却逃至建昌一带，企图绕道回建康，效忠梁帝。后被侯景部将宋子仙所俘。宋曰:"昔闻汝能诗,今可作;若能,当贷汝命。"庾肩吾操笔立成,故得释放。所作的即是此诗。

对庾肩吾来说,此诗可谓性命攸关。谄敌或可苟活,却不免千古恶名;骂贼固可流芳后世,却难逃一死。而庾肩吾此诗却写得不卑不亢,措辞得体。首先他言明自己年老,"发与年俱暮",死不足惜;其次自认不当逃出江州,以缓对方怒气;最后以嵇康自喻,暗示如杀己,这首诗即是一曲《广陵散》绝唱,今后再也难找自己这样的人才,宋子仙必定会像司马昭一样追悔莫及。所谓"聊持""暂映"云云,都是以一种貌似轻松的口吻表示自己不以生死为念,时刻准备引颈就戮。寥寥二十字,语调洒脱,话说得柔而有刚,很有尊严,并无乞怜活命之色。

此诗不事雕琢,一挥而就,具有言质意深、自然真切的特点,在"善雕琢"的庾诗中别具一格。

王　筠(481—549)

字元礼，琅琊临沂(今山东临沂)人。少负才名，沈约称之为“当今王粲”。历仕太子舍人、太子洗马、太子詹事等职。著作颇富，多已散佚，明人辑有《王詹事集》。

杂曲　二首选一

鸟还夜已逼，虫飞晓尚赊。①
桂月徒留影，②兰灯空结花。③

【注释】

①赊：远。　②桂月：月亮的美称。传说月中种有桂树。　③结花：灯芯爆出火花。民间有种说法：灯芯结花预兆着远游的亲人将要归来。

【品评】

这首小诗表现了深闺的冷寂。黄昏时分，夜色降临，鸟雀已还巢，游子也当归家了吧？夜正深沉，离天亮还早着哩，而闺中人仍躺在床上聆听着小虫嗡嗡飞叫，生怕错过夜归人的脚步声。月色清冷，本当照着成双成对的人儿，然而此刻人影孤单，岂不是“徒留影”！兰灯结花，本预兆着亲人将归，当归而未归，岂不是“空结花”！

诗人用鸟还、虫飞、桂月留影、兰灯结花等景物来暗示游子当归，渲染出浓厚的盼归气氛。而“徒”“空”二字则道出苦苦等待之后的失望，吐出心底一缕深绵的哀怨。此诗讲究声律，注重对偶，表现出典型的齐梁风格。

阴　铿

字子坚，武威姑臧（今甘肃武威）人。博涉史传，五言诗为当代所重。在梁朝曾为湘东王法曹参军。在陈朝曾为始兴王中录事参军。阴铿与何逊并称，传诗不多，风格流丽。

渡青草湖①

洞庭春溜满，② 平湖锦帆张。沅水桃花色，③ 湘流杜若香。④ 穴去茅山近，江连巫峡长。⑤ 带天澄迥碧，映日动浮光。行舟逗远树，度鸟息危樯。⑥ 滔滔不可测，一苇讵能航？⑦

【注释】

①青草湖：在湖南省岳阳西南，接湘阴县界，向来和洞庭湖并称。湖南岸有青草山。　②洞庭：即洞庭湖。《方舆纪要》："青草湖北连洞庭，南接潇湘，东纳汨罗。"　③沅水：即沅江，入洞庭湖，桃源县在它的左岸。这里"桃花色"三字可能由陶渊明《桃花源诗》联想。　④杜若：香草名。《楚辞》中《湘君》和《湘夫人》篇有"采芳洲兮杜若""搴汀洲兮杜若"之句。本篇此句可能由《楚辞》联想。　⑤茅山：即句曲山。山在江苏省句容东南，有华阳洞，相传汉代茅盈、茅固、茅衷兄弟三人在此得道成仙。这两句想象湖与茅山巫峡相连。巫峡也有巫山神女的传说。　⑥逗：停止。这句是说行舟到远处就像停在远树边不动

了。度鸟：越过湖面的鸟。“度鸟”句是说鸟不能一翅飞过，中途常在帆樯休息。以上两句都是形容湖面广阔。 ⑦讵：犹岂。《诗经·河广》：“谁谓河广，一苇杭之。”杭：就是“航”。末二句是说此湖不是小舟可渡。

【品评】

本篇是阴铿的代表作之一，描写他渡湖所见的瑰丽景色。青草湖与洞庭湖相连，每逢春水泛涨，二湖浑然为一。所以诗的开端两句即点明渡湖季节，以“满”字和“平”字勾勒出洞庭湖春水潋滟的全景。以下“沅水”四句描写洞庭湖的水势。这四句不仅写出了洞庭的浩渺之状，而且每一句都包含着一个动人的传说。“桃花色”使人想起陶渊明笔下的桃花源；“杜若香”使人想起娥皇、女英溺于湘水的传说及屈原笔下的湘君、湘夫人；“茅山”是道教名山，暗露超尘出世之想；“巫峡”则使人联想到巫山神女的故事。因此，“沅水”四句不仅写出自然风物，而且使诗歌具有一种神奇迷离的色彩。接下“带天”四句写洞庭湖的幽远之景。一叶扁舟，数只飞鸟，点缀在烟波浩渺的湖面上，大小相形，大者愈见其大，小者愈见其小。于是诗人很自然地发出深沉的感慨：“滔滔不可测，一苇讵能航？”这首诗写景层次分明，远近交错，浓淡错落，很有情韵。其次，它造句精美，工于声律，对律诗的发展有一定的促进作用。

晚出新亭

大江一浩荡，离悲足几重？
潮落犹如盖，①云昏不作峰。②

远戍唯闻鼓，寒山但见松。[3]
九十方称半，[4]归途讵有踪？

【注释】

①枚乘《七发》："江水逆流，海水上潮。……波涌而涛起。……其少进也，浩浩溰溰，如素车白马，帷盖之张。"此句言潮势虽已低落，波涛还像车盖一般。 ②这句言云雾一片迷漫，不成峰峦之状。 ③戍：防军驻守处。古时兵营中以鼓角纪时，日出日落的时候都击鼓。这两句是名句。因为江阔云昏所以闻见只有戍鼓、山松而已。 ④《战国策·秦策》："行百里者半于九十。"言长路跋涉到末后更难，一百里路程走过九十里只能算走过一半。这句诗表示同样的意思。

【品评】

新亭在建康（今江苏南京南），地近江畔，是朝士们游宴之所。这首诗抒写诗人离别京都的悲愁。

诗歌的起势不凡。首句写景，次句写情。浩荡江流滔滔而去，重重离愁袭上心来，真是几重波浪几重悲啊！开首两句点出"离悲"的主题，以下六句具体表现"离悲"。"潮落"二句通过写落潮昏云，暗示诗人心潮不平，心情沉重。"远戍"二句通过所闻所见来进一步渲染"离悲"气氛。令人心惊的戍鼓之声从远处隐隐传来，顿添几分肃杀之气；远眺江岸，唯有寒山老松，满目萧索。戍鼓声声，自非太平之日；天寒草衰，也非远游之时。诗人却不得不孤舟远征，冒寒而行，内心的悲苦自不待言。最后两句是直抒情怀，感叹征程艰难，归程无期。

此诗语言精练，清新自然，能以浅淡之语道出深浓之情。诗人擅长写景抒情，将落潮、昏云、戍鼓、寒松等景物组合成一幅《天寒孤征图》，形象鲜明，意境幽远。此诗讲求格律，虽然平仄不尽合律，但与唐人的五律已相当接近了。

五洲夜发[①]

夜江雾里阔，新月迥中明。
溜船惟识火，[②]惊凫但听声。[③]
劳者时歌榜，[④]愁人数问更。

【注释】

①五洲：在今湖北省浠水县西兰溪西大江中。　②溜船：顺流而下的船。这句是说见灯火而知有行船。　③声：指凫飞之声。这句是说因闻声而知有惊凫。"惊凫"也可能指船而言。木华《海赋》"鹬如惊凫之失侣"，就是以惊凫比船行之速。古人画鸟像于船头，有"鹢首""青雀""白鹄""鸭头船"等名。　④劳者：指榜人，即船夫。

【品评】

本篇描写江舟夜行的情景。开头两句写高远之景，先是放眼平视，后是仰头而望。三四句写近景。前句写所见：夜雾中闪烁着点点灯火，只有从灯火的移动，才能觉察出船儿在行驶。后句写所闻：江面上不时传来一两声鸟叫，那是行船惊动了夜栖的水鸟，写出了夜江行舟的独特景致。最后两句由写景转为写人。茫茫夜色中，船夫一边摇橹，一边和着吱呀声，唱起悠扬的歌；直到最后才点出"愁人"，"愁人"却仿佛一直伫立船首，他的心绪就像夜雾般茫然，孤零零的新月映着他孤单单的身影……全诗以"夜发"为线索，首尾呼应。掩卷之馀，似乎可以看到船儿载着“愁人”，咿咿呀呀地摇向夜雾深处。

开善寺①

鹫岭春光遍，②王城野望通。③登临情不极，④萧散趣无穷。⑤莺随入户树，花逐下山风。栋里归云白，窗外落晖红。古石何年卧？⑥枯树几春空？⑦淹留惜未及，⑧幽桂在芳丛。⑨

【注释】

①开善寺：在南京钟山，梁武帝天监十四年(515)建，赵宋以后改名太平兴国禅寺。 ②鹫岭：即灵鹫山，在中印度，如来曾讲经于此，故佛家以为圣地。此处借指钟山。 ③王城：京都，指建康(今江苏南京)。 ④不极：不尽。 ⑤萧散：疏散。 ⑥古石：开善寺之东，山巅有“定心石”。 ⑦枯树：据《六朝事迹编类》所引《宝公实录》和《高僧传》载，高僧宝志生于一株古木鹰巢之中，为朱氏妇收养，并施宅为寺。宝志自幼便在钟山出家为僧，死后葬钟山。疑“枯树”句因宝志生于古木事而发。 ⑧淹留：久留。 ⑨幽桂：生在山林深处的桂树。淮南小山《招隐士》：“桂树丛生兮山之幽”“攀援桂枝兮聊淹留”“王孙兮归来，山中兮不可久留”。此即用其意，言未能久留，深以为憾。

【品评】

此诗是游钟山佛寺所作。“莺随入户树”四句是全诗的精华部分，具体描写山寺风光。诗人以莺、花、云、晖四景点染出一幅幽深静僻的山寺图：风吹树动，黄莺不知觉地随着摇晃的树枝进入了窗户；风吹花落，仿佛是花朵追逐着下山的清风；白云悠悠归来，飘入室内；阳光灿灿辉映，洒落窗外。这里的几个动词"随""逐""归""落"，都用得很精妙，不仅准确地刻画了景物的形态，而且"动"中有"静"，以"动"传"静"，更渲染出山寺古刹特有的寂静。接下去的"古石""枯树"二句进一步写山寺的古老悠久，而"何年卧""几春空"的设问，又给古老的山寺增添了几分神秘幽渺的气氛。山寺景致如此幽美，可惜诗人不能久留，他只得借淮南小山《招隐士》之意，对自己辜负一片美景深表遗憾。

此诗从"登临情不极"说起，以"淹留惜未及"收束，中间是精美的景色描写，充分表现了诗人对大自然风光的迷恋之情。"莺随入户树"四句写景生动，意象精妙，笔致疏淡，是历代传诵的写景名句。

周弘正(496—574)

字思行,汝南安城(今河南汝南附近)人。年十岁,通《老子》《周易》,十五补国子生。后为梁平西邵陵王府咨议参军。陈受禅,授太子詹事,迁侍中、国子祭酒,进尚书右仆射。卒谥简子。

入武关①

武关设地险,游客好邅回。②
将军天上落,③童子弃繻来。④
挥汗成云雨,车马扬尘埃。
鸡鸣不可信,未晓莫先开。⑤

【注释】

①武关:在今陕西省商洛西北。 ②邅回:徘徊不行。 ③此句用汉代李广的典故。据《史记·李将军列传》载,匈奴称李广为"飞将军"。 ④此句用汉代终军的典故。终军死时才二十馀岁,当时人称他为"终童"。据《汉书·终军传》载,他十八岁时被选为博士弟子,由济南到长安步行过关时,关吏给他一半繻,告诉他回来时以此验合,便可入关。他说:"大丈夫西游,终不传还。"便弃繻而去。繻(rú):古代作通行证用的帛,上面有字,分成两半,出关时带走一半,返回时验合。 ⑤此二句用战国时孟尝君的典故。《史记·孟尝君传》

载，孟尝君由秦返齐时，夜至函谷关下。按规定鸡鸣方能开关。孟尝君担心追兵赶来，急于出关。一门客学鸡鸣，引得周围公鸡齐鸣，赚开城门，得以脱险而去。

【品评】

这首诗描写武关的险要。诗的首句即点出武关“地险”，然后用游人“好邅回”、守将“天上落”、行人“弃繻来”、过客挥汗成雨、车马扬尘滚滚等事实来进一步渲染烘托武关的“险”，使人如临其境，如历其险。

此诗八句之中运用了三个典故。第一个用李广之事，形容守卫武关的将军居高临下，有如从天上飞落。第二个用终军之事，说明武关险恶，使过关的人只要经过一次，就再也不想从这里经过了。第三个借用孟尝君典故，风趣地叮嘱武关守将：即使关隘险要，也不可大意，且莫轻信鸡鸣，天不明不可急于开关。这三个典故用得贴切，增加了全诗的韵味。

张正见(536—584)

字见赜，清河东武城(今山东武城西)人。在梁历邵陵王国常侍、彭泽令等职。陈受禅，官至通直散骑侍郎。有集十四卷，已佚。

战城南

蓟北驰胡骑，① 城南接短兵。
云屯两阵合，剑聚七星明。
旗交无复影，② 角愤有馀声。③
战罢披军策，④ 还嗟李少卿。⑤

【注释】

①蓟北：古蓟县(治所在今北京市西南)之北。这里泛指北部边疆。　②无复影：由于旗帜遮蔽天日，故而“无影”。　③角：号角。　④披：翻阅。　⑤李少卿：即汉武帝时人李陵，字少卿。李陵为名将李广之孙，任骑都尉，率步兵五千出击匈奴，战败被俘投降。汉武帝震怒之下杀了他全家。

【品评】

这首诗借古题抒写了战争的惨酷，并对朝廷不恤将士处境表示愤慨。

诗歌的前二句点明战争发生的原因及地点，胡骑之“驰”、短兵之“接”，渲染出紧迫气氛。诗歌的中间四句描绘激战情景：两军对阵，战云浓重，杀气腾腾；刀剑挥舞，寒光映日，如七星闪耀；旌旗遍野，遮天蔽日，日月无光；号角哀鸣，呜呜咽咽，声声悠长。在这里，诗人用沉重阴暗的“云”、熠熠生辉的“剑”、林立的“旗”、嘶鸣的“角”等典型事物，勾勒出大搏杀的战场；并且用“屯”“聚”“交”“愤”等富于力度的字眼将搏杀的激烈情景形容得有声有色。诗中虽没有正面写人，但是读者不难看到兵士执剑舞戟、吹角挥旗的身影。

诗歌的最后两句转为深沉的感慨。当年李陵率兵出战，“转斗千里，矢尽道穷，救兵不至，士卒死伤如积”，他仍然“更张空拳，冒白刃，北向争死敌”（司马迁《报任安书》），最后被俘。朝廷震怒，无一人为他说话，竟至全家被杀。在作者看来，李陵降敌，事出无奈，唯有亲历战争惨酷的人方能理解李陵当时的困境。将军在激战之后清点残部，发现大半人都已战死，此时他不由想起李少卿，自然会感慨弥深，嗟叹不已。嗟叹李少卿，也就是嗟叹自己身临此境啊！此诗语言凝练，意蕴颇深，在梁陈时是不可多得的佳篇。

徐　陵(507—582)

字孝穆,东海郯人。博涉经史,有口辩。在梁累官至散骑侍郎。入陈,迁光禄大夫、太子少傅。文章为当代所宗,每一篇出,好事者争相传写。诗作传留很少。

关山月

关山三五月,客子忆秦川。①
思妇高楼上,当窗应未眠。
星旗映疏勒,②云阵上祁连。③
战气今如此,从军复几年?

【注释】

①秦川:指关中,就是从陇山东到函谷关一带地方。　②旗:星名。《史记·天官书》:"房心东北曲十二星曰旗。"疏勒:汉西域诸国之一。王都疏勒城在今新疆维吾尔自治区疏勒县。　③祁连:山名,即天山。

【品评】

"关山月"是乐府《横吹曲》题,本篇写关山客子的室家之思。开头两句点出诗题,以一个"忆"字逗出无尽情思。三四句写所"忆"情景。客子设想,在遥远的秦川故里,满腹心事的妻子肯定也没有入睡,她登上了高楼,倚着窗儿,正在眺望中天寒月，思念着远在边关的亲人。设想的真切，表现出思念的殷切。接下去写边关景象，这一带地区兵象频现、战云密布，客子不由发出深长的叹息："战气今如此，从军复几年？"一个"复"字倾泄出无尽怨情。这首诗构思巧妙。中天明月，光照四海，而仰望"三五月"的边关征人和秦川思妇却远隔山水；月可望而人不可见，只好"寄情千里光"。此诗以高大黝黑的关山和一轮清寒的月亮为背景，其间流荡着柔似月光的情愫，在苍茫雄浑中透出温柔之色，格外感人。

洛阳道　二首选一

洛阳驰道上，① 春日起尘埃。
濯龙望如雾，② 河桥渡似雷。
闻珂知马蹀，③ 傍幔见甍开。④
相看不得语，密意眼中来。

【注释】

①驰道：秦汉时专供帝王出巡时行驶的车马道路，即御道。这里指大道。　②濯龙：汉代园林名，近北宫，在洛阳西南角。　③珂：即玉佩。蹀：小步行走貌。　④甍：屋脊。

【品评】

阳春三月风光好，洛阳城男男女女纷纷出游。大道上游人如织；尘埃四起，远远望去，城南的园林隐现在一片如烟的薄雾中；河桥上车马奔驰不绝，声如震雷——诗歌的前四句即描绘春日洛阳的繁华景象。而在这人笑马嘶的喧闹中却静悄悄地演出着一场别有情致的爱情剧。

人流中一位少女坐在车幔低垂的车上。听见玉珂叮铃作响，她知道车外有人正骑着马儿小步随车而行。是什么样的人呢？她禁不住靠近车幔，好奇地从缝隙中偷偷探视，但落入眼帘的仅仅是画楼一角的屋脊。她有点失望，又不甘心，终于大着胆子撩开了车幔的一角，啊，看见了……在这一瞬间，车中人与马上人的视线相织在一起，再也分不开。他们无法交谈，只能这样默默相视，无限的柔情密意都从那凝视的眼波中荡漾出来。在这里，诗人摄取了春游之日男女邂逅、眉目传情的片断，将少女由“闻珂”而心动、“傍幔”而“见甍”，终至“相看”而眼波传情的过程写得极其生动，富于生活气息。

徐陵向来以辞采取胜，此诗却写得简净，笔致宛曲，情调不俗。

刘　昶(435—498)

字休道,宋文帝第九子。前废帝子业即位,疑昶有异志。昶于魏和平六年(465)奔魏。

断　句①

白云满鄣来,②黄尘暗天起。
关山四面绝,故乡几千里?

【注释】

①这首诗题为《断句》,"断句"同于"绝句",就是联句未成的意思。　②鄣:边地险要处的城堡。

【品评】

刘昶是宋文帝第九子。前废帝子业即位,怀疑刘昶有异志。于是他投奔北魏,亡命途中作此诗。

诗的前两句写边关之景。白云之"来",黄沙之"起",充满了动感,既传写出边关特有的风云之气,也造出一种紧迫压抑的情绪,透露出逃亡者的惊恐心理。后两句转为抒情。"四面绝"的"绝"字不仅写出关山高入云天之势,而且也写出了边塞绝域的荒凉穷僻。身处绝域,四顾皆山,怎不令诗人发出"故乡几千里"的悲声!

此诗风格高迈,笔力凌健,颇有沉雄之韵。且对仗工整,仿佛唐人五绝的格局。

萧　悫

生卒年不详。字仁祖，南兰陵（今江苏常州西北）人。梁宗室上黄侯萧晔之子。天保中入北齐。工于篇什，有集九卷，已佚。

秋思诗

清波收潦日，①华林鸣籁初。②
芙蓉露下落，③杨柳月中疏。
燕帏缃绮被，④赵带流黄裾。
相思阻音息，结梦感离居。

【注释】

①潦：雨水大。　②华林：宫苑名，故址在今洛阳市东。鸣籁：指风吹林木之声。　③芙蓉：莲荷。　④缃绮：浅黄色的丝织品。

【品评】

这首诗写深宫怨女的愁思，笔调凄艳。诗歌的前半部描绘了一幅秋意萧索的图景。夏去秋来，秋水清澄，秋波荡漾；秋风初起，林木沙沙，如泣如诉，使寂寥的秋夜更添几分凄凉；秋露浓重，晚荷禁不住秋寒，纷然凋落；秋月清冷，婆娑的柳影也显得比夏日疏淡。如此秋景微妙地渲染出孤寂的气氛，透露出宫女心底的凄凉。“芙蓉”二句是广为传诵的名句。芙蓉之“落”、杨柳之“疏”不仅将秋之萧散、秋之寥落写得宛然在目、气象高华；而且芙蓉的凋谢必然会引起宫女如花年华虚度的怨怅，疏疏落落的柳丝也会牵动宫女思君不见的悠长思绪，景外生情，意蕴隽永。因此，《许彦周诗话》评曰：“锻炼至此，自唐以来，无人能及也。”

诗的前半部着意写“秋”，而后半部则着意写“思”。这位宫女居室富丽，衣饰华贵；然而这一切都是为了君王临幸。君王不至，奈何奈何！谁来共度此秋宵月夜呢？相思之苦也许能在梦境中稍得宽解，然而梦回月残，她仍然不得不独自品味“离居”的苦涩。这首诗满纸愁思，却不出一个“愁”字，全是借景抒情，或以飒衰之景写心境的落寞，或以富贵之景写内心的空虚，或以梦境的美满写现实的缺陷，借景传情，深绵委婉。

王　褒（约 513—576）

字子渊，琅邪临沂（今山东临沂北）人。仕梁历吏部尚书左仆射。聘魏被留。周武帝时为宜州刺史，卒于位。

渡河北

秋风吹木叶，还似洞庭波。
常山临代郡，[1]亭障绕黄河。[2]
心悲异方乐，肠断陇头歌。[3]
薄暮临征马，失道北山阿。

【注释】

①常山：汉关名，在今河北省唐县西北。代郡：在今河北省蔚县东北。　②亭障：亭候堡障，即工事。　③陇头歌：乐府《横吹曲》歌名。

【品评】

这首诗表达了诗人对故国的怀念和羁旅他乡的感慨。诗歌的开头两句用“因物兴感”的手法来引出对江南故国的悠远思念。黄河边上的“木叶”在秋风中纷纷飘落，此番情景使诗人想起屈原的名句：“袅袅兮秋风，洞庭波兮木叶下。”想来此时此刻，那浩荡的秋风也同样吹拂着江南的洞庭湖水……“还似”二字把诗人的怀念之情极其委婉地表达出来了。三四句写北渡所见之景，感慨当年汉代的北部边塞，如今却成了北朝异族的工事，把深沉的历史感慨融入故国之思中。五六句写北渡所闻。《陇头歌》是抒写思乡之情的乐府歌曲，正在愁惨之际，远方传来异国悲凉的歌声，怎不令人肝肠寸断呢！结尾二句用信马由缰、茫然迷路的动作来刻画诗人心灰意懒、怅然若失的情状，一种惆怅绵渺的情味萦绕在画面中。这首诗对仗工整，音韵和谐，同时又具有苍劲悲凉的格调，表现出南北诗风融和的特点。

庾　信(513—581)

字子山。祖籍南阳新野(今属河南)人。初仕梁,后出使西魏,时值西魏灭梁,于是羁留北方。历仕西魏、北周,官至骠骑大将军、开府仪同三司,世称“庾开府”。博学多才,擅长诗文。早年作品绮艳轻靡,晚年因遭世变,身居北地,所著多身世之感、故国之思,风格苍凉沉郁,深受杜甫推崇。有《庾子山集》传世。

咏　怀[①]　选三

榆关断音信,[②]汉使绝经过。胡笳落泪曲,羌笛断肠歌。纤腰减束素,[③]别泪损横波。[④]恨心终不歇,红颜无复多。枯木期填海,青山望断河。[⑤]

【注释】

①庾信有《咏怀》二十七首,本篇原列第七首,以远戍自喻,言久羁异域,恨心不歇,还作种种无益的希望。　②榆关:犹榆塞,泛指北方边塞。　③减束素:言腰部渐渐瘦细。　④横波:指眼。　⑤填海:精卫填海。精卫是古代神话中的鸟名。它本是炎帝的少女,名女娃,溺死于东海。死后化为鸟,名精卫,常衔西山木石以填东海。“青山”句言望山崩可以阻塞河流。末二句言虽抱希望实际是无聊的空想。

【品评】

庾信羁留北方后心情郁愤，曾作《咏怀》二十七首，抒发怀念故国的感情和身世之悲，艺术上也更为成熟。本篇为其中第七首。

诗歌主要抒写他羁居异域的痛苦心情。开头两句写他的寂寞，重重关山阻隔了他和故乡的联系，看不见故乡人，他只好在孤独中默默忍受羁旅乡愁的煎熬。下面四句具体写他的悲哀。充满北方情调的乐曲总是勾起诗人对故乡的怀念，他不禁泪满衣襟，肝肠寸断，以致身体消瘦了，眼睛也失去了光彩。最后四句写他不肯放弃回乡的念头，他像精卫鸟希望用枯木填平东海一样，盼望着有朝一日关山无阻，甚至指望青山崩塌，阻塞河流，畅通归乡的路。

这首诗造句精美，语言凝练，把深沉的怀乡情愫写得哀切感人。尤其是结尾二句，思乡情切，竟起无望之想，令人不忍卒读。

日色临平乐，风光满上兰。①南国美人去，②东家枣树完。③抱松伤别鹤，④向镜绝孤鸾。⑤不言登陇首，唯得望长安。⑥

【注释】

①首二句言长安风光正美。西汉时上林有平乐馆和上兰观。上林在长安西。 ②“南国”句指梁元帝之死。元帝都江陵，本是古楚国地方，楚有“南国”之称。屈原《离骚》以“美人”喻君。所以称元帝为“南国美人”。 ③“东家”句指敬帝在建业即位，不久让位给陈氏，东南诸郡幸得保全，未沦于异族。汉人王吉字子阳，家住长安，东邻家有大枣树，树枝垂在王家的院中。王妻摘枣给王吉吃。当王吉知道枣的来处之后，认为妻做

了坏事，把她驱逐了。东家听到这件事，过意不去，就要砍掉枣树，邻里众人劝止东家砍树，并说服王吉将妻接回。里中因此产生一首歌谣道："东家有树，王阳妇去。东家枣完，王阳妇还。"(见《汉书·王吉传》)这就是这句诗用语的出处。完：是保全的意思。 ④别鹤：琴曲名。商陵牧子所作。牧子娶妻五年而无子，父兄要为他改娶。牧子悲怆，取琴而为别鹤之歌(见《琴操》)。这句中的"松"字似有误，别鹤事与松不相干。疑当作"桐"，"抱桐"就是说抱琴。 ⑤孤鸾：事见刘敬叔《异苑》，罽宾国王买得一鸾，三年不肯一鸣。他的夫人道：听说鸾和同类的在一处就鸣了，何不让它照镜子？王依言用镜子照它。鸾见了自己的影子，悲鸣冲霄，一奋而绝。本篇"别鹤""孤鸾"都是作者用来自比。 ⑥末二句言登陇山只见长安，自己的乡关在南国不能再见。

【品评】

本篇原列《拟咏怀》第二十二首，伤悼梁元帝在江陵的覆亡和自己在异乡的滞留。

"日色"二句借西汉国都长安的绚丽风光来寄托诗人对故国梁昔日繁华的追悼之情。"南国"二句借《离骚》和汉代王吉"东家完枣"的典故隐喻梁元帝之死及敬帝让位于陈霸先的一段史实。后四句则转为身世之叹。诗人用"伤别鹤""绝孤鸾"的典故来暗喻自己远离故乡、羁留异域的痛楚心情。他怀着沉重的乡思登上陇山眺望，只见长安，却望不见远在江南的乡关！

此诗多用典故，寓意含蓄，将故国之思、乡关之念及身世之痛表达得格外沉痛感人，透露出诗人满腹郁愤欲言而不得畅言的特殊心境。全诗造句精当，通篇对仗，显示出运用形式技巧的深厚功力。

萧条亭障远，① 凄惨风尘多。关门临白狄，② 城影入黄河。秋风别苏武，[3]寒水送荆轲。[4]谁言气盖世，[5]晨起帐中歌。

【注释】

①亭障：亭候堡障，即工事。 ②白狄：春秋时狄族之一支。 ③汉武帝时苏武出使匈奴，被羁留十九年，后归汉。临行时汉降将李陵置酒为他饯行，曰："异域之人，一别长绝。"此句以李陵自喻，言己不得南归。 ④荆轲入秦刺秦王，燕太子饯于易水之上。 ⑤项羽兵屯垓下，夜闻四面楚歌，乃饮于帐中，慷慨悲歌："力拔山兮气盖世，时不利兮骓不逝。骓不逝兮可奈何，虞兮虞兮奈若何！"此句即用项羽事。意谓就算自己有项羽那样的盖世英雄气，到此困境也只好作"帐中歌"了。

【品评】

本篇是《拟咏怀》中的第二十六首。诗歌的前四句写景，景中有情。诗人在"亭障"前加"萧条"，在"风尘"前加"凄惨"，使客观景物染上自己的悲愁感情。关门之外"临"着异族的疆域，只有孤城的影子"映"入黄河，无言地陪伴着诗人。面对此番情景，诗人心中自然会生起一种身世飘零之感，体会到国破家亡的哀痛和羁居异域的凄楚。于是，诗歌的后四句转为直抒羁留异域的感慨。这四句中连用三个典故。因为诗人出使西魏，梁亡后又出仕魏、周的身世，与李陵降匈奴、荆轲使秦不返的情况相似；而项羽困于垓下，其无可奈何的心境也与诗人相似。因此，诗人以李陵、荆轲、项羽自喻，用三个历史典故来抒发自己不得不羁留异乡的痛苦心情。这四句虽然用典，但没有艰涩的弊病，而且"秋风""寒水"等语，很自然地使诗句散发着一种悲愁气氛，虽然是虚拟之景，但同样加强了诗歌的感染力。

这首诗格调苍劲悲壮，虽然萦绕着一股浓郁的感伤情绪，但却不显得笔力平弱。尤其是结尾二句，很有慷慨沉雄的气韵。诗歌的语言洗练，遣词造句颇具匠心，开头六句两两对仗，极其工稳，显示出圆熟的技巧。

寄王琳①

玉关道路远，金陵信使疏。②
独下千行泪，开君万里书。③

【注释】

①王琳：字子珩，平侯景有功。元帝迁都江陵，为萧詧所败，敬帝立于建业，又被陈霸先篡位。当此之际王琳西攻岳阳，东拒霸先，为梁室的忠臣。　②玉关：玉门关，在今甘肃省敦煌西。　③书：信。

【品评】

梁亡后，王琳在郢城练兵，志在为梁雪耻，作书与庾信。庾信感慨不已，作此诗回复。前二句言南北道远，音讯疏隔。言外之意：今日居然接到故人书信，不胜惊喜。后二句写拆阅书信时的心情。王琳怀雪耻之志，可以想象信中满纸慷慨悲壮之词，使诗人深受感动为之下泪。

此诗言短意长，耐人回味。诗人为何拆书下泪？是有感于故人万里寄书的情谊？还是触动了悠悠乡思？或是感慨于故人的忠烈之情，而羞惭于自己的苟全？诗中均未言明。无限话语尽在潸然而下的“千行泪”中了！

重别周尚书[1]

阳关万里道，[2]不见一人归。
唯有河边雁，秋来南向飞。

【注释】

①周尚书：名弘正，字思行。弘正自陈聘周，南归时庾信以诗赠别。先已有《送周尚书弘正》，这是再送，所以题为“重别”。 ②阳关：关名，在今甘肃省敦煌西南一百三十里，玉门关在其北。两关都是出塞必经之地。这里借“阳关道”表示身在西北，离乡万里，和《赠王琳》诗“玉关”句相同。

【品评】

庾信与周弘正曾同在梁朝为臣。庾信被强留北方后，周弘正曾奉命出使北朝，滞留两年之久。南归时庾信赠诗相送，这是其中的一首。

江陵失陷之日，大批江南名士如王褒、王克、沈炯等，都被俘送长安。第二年(555)三月，王克、沈炯等首批获遣东归。陈文帝天嘉元年(560)，周、陈南北通好，陈朝即要求北周放还王褒、庾信等十数人，但是别人都陆续遣归了，只有王褒、庾信羁留不遣。庾信此诗开头两句即抒写自己绝望沉痛的心情：别人都归去了，通往江南的万里道上，独独不见“一人”——即“我”的身影！

据史书记载，周弘正南归之时正是春季。因此诗中所说的秋雁南飞，实际上是诗人虚设之景。诗人由人不得归而想到来去自由的雁，想到雁春来秋去，不禁生出羡慕之情。受着羁绊而南归无望的人和“秋来南向飞”的雁形成鲜明对比，愈发见出诗人内心的悲怆。

此诗情辞深婉，气格高古，虽然只有短短二十字，却写得笔墨淋漓，充满了感情力量。

江　总(518—590)

字总持,济阳考城(在今河南兰考)人。仕梁累官尚书仆射。入陈历任尚书令,不持政事,随后主游宴后庭,多作艳诗,与陈暄、孔范等十馀人号为狎客。入隋拜上开府,卒于江都。

南还寻草市宅[①]

红颜辞巩洛,白首入轘辕。[②]乘春行故里,徐步采芳荪。[③]径毁悲求仲,[④]林残忆巨源。[⑤]见桐犹识井,看柳尚知门。[⑥]花落空难遍,莺啼静易喧。无人访语默,何处叙寒温?[⑦]百年独如此,伤心岂复论。

【注释】

①这首诗是入隋后南归之作。江总宅在金陵。《金陵故事》:"鼎族多夹青溪,江宅尤占胜地。"　②轘辕:山名,在今河南省偃师东南,巩义西南,登封西北。本篇"巩洛""轘辕"等地名当是借指南朝郊畿之地。首二句言辞乡时还年轻,还家时已经老了。　③荪:香草。　④求仲:人名。汉代蒋诩在舍前竹下开三径,惟求仲和羊仲与他共游。　⑤林:指竹林。巨源,晋人山涛的表字。山涛是竹林七贤之一。　⑥魏明帝《猛虎行》"双桐生空井"句和陶渊明《五柳先生传》的"宅边有五柳树"句,是"见桐"二句用辞所本。以上四句由远而近,写宅外之景。　⑦以上二句言独自寻访,没有人可晤语。

【品评】

江总历仕梁、陈、隋三朝，这首诗是入隋后南归金陵时创作的。开端四句点明诗题。“红颜”离乡，“白首”归里，自有无限感慨。“径毁”以下六句写寻访旧宅的经过。宅外的小径荒芜了，竹林也已经凋残，看见它们，诗人不由回忆起当年与好友同游的情景。事过景迁，变化巨大，唯有那株老桐树还站在井旁，几棵柳树标志着这里是当年的大门。宅院的空地上飘落着几朵残败的花。几声莺啼打破了死一般的寂静。这六句先写宅外，次写宅门，最后写宅内，层次分明地写出了旧宅的颓败。最后四句写诗人寻访归来后的感慨：年迈返乡，故友凋零，无人共话寒温；世事沧桑，百年有命，伤心又有何用？

在这首诗中，诗人通过故里旧宅的变化，表现自己凄凉落寞的心境，并隐隐透露出对世事变迁、改朝换代的无限感慨。诗歌用典较多，但用得平实妥贴，并不艰涩难读。

哭鲁广达①

黄泉虽抱恨，白日自留名。
悲君感义死，不作负恩生。

【注释】

①鲁广达：陈朝将领。至德二年(584)，隋将贺若弼率师渡江，攻拔南徐，直逼金陵。金陵守将鲁广达率众死战，杀敌甚多。金陵失陷后，他犹督残兵苦战不息，兵败被俘。陈朝覆灭，广达愤慨而卒。

【品评】

据《陈书・孝行传》载，鲁广达痛悼故国，愤慨而卒，“尚书令江总抚柩恸哭，乃命笔题其棺头为诗曰……”，即是此诗。诗的开头二句颂扬鲁广达为国捐躯，虽死犹生。他虽壮志未酬身先死，抱恨九泉之下，但他的壮烈行为和高尚情操却如日月长存，青史留名。诗歌的后二句是对鲁广达气节操守的评价，充分肯定他为“义”捐躯、不肯负恩苟活。这首诗感情沉痛，语言平实，不加经营，有如脱口吟出，声调悲壮，正应一个“哭”字。言词之间对鲁广达的死既深表痛惜之情，又深致钦慕之意。

薛道衡(539—609)

字玄卿，河东汾阴(今山西万荣东北)人。历仕齐、周，至隋累官司隶大夫。颇有才名，为炀帝(杨广)所忌。后因论时政缢死。

人日思归[1]

入春才七日，[2]离家已二年。
人归落雁后，思发在花前。

【注释】

①人日：即正月初七。　②此句言时当正月初七。传说鸿雁正月自南归北。

【品评】

据刘餗《隋唐嘉话》记载，此诗是诗人出使陈时在江南创作的。笔调平淡，似乎不带什么感情，然而低吟之际，就会感觉到一股苦涩的思乡之情弥漫在字里行间。

开头二句，诗人淡淡地说出一个事实："入春才七日，离家已二年。"然而一个"才"字则透露出诗人满腹心事，仿佛他在屈指计日，也许在他的主观感受中新年已过了许久，但仔细一算，原来入春才七天呀，时间过得真慢！短短的七日已让人难以忍受，离乡两年的岁月又是怎样熬过去的呀！诗人以平淡质朴的诗句道出度日如年的心情。在这个春天到来之前，他就盘算着归乡了；可是现在眼看着春草将绿，春花将开，成队的鸿雁从头顶掠过，诗人却无法回去。在后二句中，诗人先说“人归落雁后”，再说“思发在花前”，以将来迟归的结局来对照念念在心的思归愿望，更见出诗人身不由己、思归不得归的苦衷。

南朝乐府民歌

绵州巴歌[1]

豆子山，[2]打瓦鼓。扬平山，[3]撒白雨。下白雨，取龙女。织得绢，二丈五。一半属罗江，[4]一半属玄武。[5]

【注释】

①绵州：今为绵阳，属四川省。 ②豆子山：即豆圌山，在绵州。 ③扬平山：未详。 ④罗江：县名，在四川省北部。又是水名，在罗江县东。 ⑤玄武：县名，即今四川省中江县。

【品评】

本篇运用各种生动形象的比喻来形容一条瀑布。先写瀑布的来路。在豆子山能听到溪涧里的流水声像打鼓似的，到扬平山就见到流水冲击石块，溅起的水点像下雨一样。由鼓声联想到娶新妇，由下雨联想到龙女，由龙女引出织绢，织出的绢，便是这条瀑布。最后交代瀑布的去向，一半流到罗江县，一半流到玄武县。全诗想象丰富，用的比喻非常质朴，表现出民歌独特的风趣。

子夜歌　选三

始欲识郎时，两心望如一。

理丝入残机，[1]何悟不成匹。[2]

【注释】

①丝：谐“情思”的“思”。残机：残破的织布机。 ②匹：布帛宽二尺二寸为幅，长四丈为匹。这里用双关语，暗喻二人不能成为匹配。

【品评】

《子夜歌》是吴声歌曲。相传《子夜歌》的曲调是晋代一个叫子夜的女子所创。《乐府诗集》收有《子夜歌》四十二首，其内容多是女子吟唱其爱情生活的悲欢。本篇是痴情女子对男子背约负心的痛心谴责。诗歌以棉丝织成布匹来比喻有情人结为匹偶。这位女子本指望两情相悦，将会有一个美满的结局，没料到男子负心，留给她的是一缕织不成匹的乱丝，一个残缺不全的梦。

夜长不得眠，明月何灼灼。[1]
想闻散唤声，[2]虚应空中诺。[3]

【注释】

①灼灼：明亮貌。 ②想：想象。散唤声：指断断续续的呼唤声。 ③诺：答应的声音。

【品评】

这位女子思念心上人，想得神迷心痴，以至于在恍惚中似乎听到心上人断断续续的呼唤，便情不自禁地答应了一声。“想闻”“虚应”的失常举止，把这位女子如痴如醉的情态生动地刻画出来了。

依作北辰星，[1]千年无转移。
欢行白日心，[2]朝东暮还西。[3]

【注释】

①侬：吴地人自称，意即“我”。北辰星：即北极星。②欢：对所爱者的昵称。行：施行。 ③还（xuán）：转，旋。

【品评】

本篇将女子与男子对待爱情的态度作了对比。女子的爱情像北极星一样坚贞不移，男子的心则像太阳朝东暮西。言辞之间充满了激忿之情，表达了对男子变心的谴责。

懊侬歌 选一

江陵去扬州，[1]三千三百里。
已行一千三，所有二千在。

【注释】

①江陵：今湖北江陵县。扬州：当时扬州的治所在建业，故城在今南京市南。

【品评】

《乐府诗集》收《懊侬歌》十四首，引《古今乐录》：“《懊侬歌》者，晋石崇、绿珠所作，唯‘丝布涩难缝’一曲而已。后皆隆安初民间讹谣之曲。”本篇反映了旅客归心似箭的心情。诗歌用质朴的语言、本色的表达方式，使读者仿佛看到一位旅客正在焦急地屈指计算行程，虽既不写景又未写情，但情景俱在。

华山畿 选三

华山畿，[1]君既为侬死，独生为谁施？[2]欢若见怜时，棺木为侬开！

【注释】

①畿：垠，山边。 ②施：用。

【品评】

关于华山畿，有一个美丽动人的传说。宋少帝时有一位书生途经华山脚下，爱上了客舍中的一位少女，无由传情，抑郁生疾。最后相思而死。葬车经过少女门口，牛不肯往前走了，少女开门出来，唱了这支歌，棺木应声而开。少女纵身跳入棺中，棺木就再也无法打开了。这对情侣为了纯真的爱情付出了宝贵的生命。

啼著曙，[1]泪落枕将浮，身沉被流去。[2]

【注释】

①啼著曙：哭到天亮。 ②身沉：指身子浸泡在泪水中。

【品评】

本篇写一位女子因爱情而彻夜痛哭，待到天明，她的泪水已浮起了枕头，连她自己也被泪河带走了。这夸张的形容极其生动地抒写了她内心强烈的悲痛情绪，异常感人。

相送劳劳渚。[1]长江不应满，是侬泪成许！[2]

【注释】

①劳劳渚：当是地名，未详。渚：小洲。　②许：如许，如此。

【品评】

本篇写一位女子到江边为心上人送行，只见江水滔滔。江水本不如此，那满江大水应当是她的眼泪流成的啊！这自然是一种夸张的想象。然而，这位可怜的女子到底为离别流了多少眼泪呢？“泪流成河”的说法又有谁怀疑呢？不是很恰当的吗？

读曲歌　选二

折杨柳。百鸟园林啼，道欢不离口。

【品评】

本篇写相思中的错觉。因为她时刻想着“欢”，“欢”占据了她的整个心思，连林中百鸟的啼鸣飞入她的耳中也变成了“欢”的名字，仿佛满林的鸟儿叽叽喳喳，都在说着他。此诗活泼别致，活画出江南少女特有的妩媚娇憨。

怜欢敢唤名？念欢不呼字。
连唤欢复欢，两誓不相弃。

【品评】

这位热情的女子对她的心上人既不呼名又不呼字，似乎名或字都不足以表达她的一片爱慕之心。她一声接一声地叫“欢”，把他叫应了只是为了立一个永不相弃的誓言。这种多少带点傻气或稚气的歌唱，正表现了热恋中少女的心态。

采桑度　选一

春月采桑时，林下与欢俱。
养蚕不满百，那得罗绣襦？

【品评】

本篇反映了劳动青年的爱情生活。一对男女同往采桑，女子提醒心上人：不要尽是说说笑笑而耽误了采桑，桑叶少了，养的蚕就少，那时我怎能穿上漂亮的绣花罗衣呢？全诗写得妩媚风流，最后一句尤肖少女情态。

拔　蒲　选一

朝发桂兰渚，昼息桑榆下。

与君同拔蒲，[①]竟日不成把。

【注释】

①蒲：水草，亦名香蒲。嫩茎可食，叶可作扇、席等。

【品评】

本篇描写了劳动生活中的一个爱情片断。一对恋人相约去拔香蒲，只顾谈情说爱而忘了干活。一天结束了，所拔的香蒲竟不足一把。此诗写得清新活泼，很有风趣。

作蚕丝　选一

春蚕不应老，昼夜常怀丝。[①]
何惜微躯尽，[②]缠绵自有时。[③]

【注释】

①怀丝：双关语，谐“怀思”。　②微躯尽：身死。蚕吐丝后即化为蛹。此借喻为了爱情不惜生命。　③缠绵：双关语。以蚕丝的“缠绵”喻爱情的“缠绵”。

【品评】

本篇是一位女子一往情深的爱情表白。她以春蚕自喻，以蚕丝比喻情丝。她像春蚕吐丝一样，把日夜萦绕在心上的那一缕绵长的情思编织成一个温柔甜美的小天地。她不惜为此情奉献一切，因为她心中怀着执着的愿望：“缠绵自有时。”唐代诗人李商隐的名句“春蚕到死丝方尽”，即本于此。

西洲曲

忆梅下西洲，[1]折梅寄江北。单衫杏子红，双鬓鸦雏色。[2]西洲在何处？两桨桥头渡。日暮伯劳飞，[3]风吹乌臼树。树下即门前，门中露翠钿。[4]开门郎不至，出门采红莲。采莲南塘秋，莲花过人头。低头弄莲子，莲子青如水。置莲怀袖中，莲心彻底红。[5]忆郎郎不至，仰首望飞鸿。[6]鸿飞满西洲，望郎上青楼。楼高望不见，尽日栏杆头。栏杆十二曲，垂手明如玉。卷帘天自高，海水摇空绿。[7]海水梦悠悠，[8]君愁我亦愁。[9]南风知我意，吹梦到西洲。

【注释】

①下：落。落梅时节是本诗中男女共同纪念的时节。西洲：地名，未详所在。它是本篇中男女共同纪念的地方。　②鸦雏：小鸦。鸦雏色：言其乌黑发亮。　③伯劳：鸣禽，仲夏始鸣。　④翠钿：用翠玉做成或镶嵌的首饰。　⑤莲心：隐“怜心”，就是相爱之心。彻底红：就是红得通透底里。这一句意思双关。　⑥望飞鸿：有望书信的意思，古人有鸿雁传书的传说，成为典实。　⑦以上二句似倒装。秋夜的一片蓝天像大海。风吹帘动，隔帘见天便觉似海水混漾。一说内地人有呼江为海者，“海水”即指江水。　⑧悠悠：渺远。天海寥廓无边，所以说它“悠悠”，天海的“悠悠”正如梦的“悠悠”。　⑨君：指在江北的所欢。

【品评】

《乐府诗集》将本篇列于杂曲，作古辞，原本是长江流域的民歌，字句当已经过文人的修饰，它代表着《吴歌》《西曲》最成熟最精致阶段的作品。诗歌写一位女子对情郎的执著相思。这位女子住在长江南岸，她的情郎已去江北。在一个梅花开放的春日，他们曾在西洲幽会。当梅花再度盛开的时候，这位女子“忆梅下西洲，折梅寄江北”，来唤起他的共同回忆。

此诗的显著特点是在动态中表现人物的思想感情。其中最精彩的是采莲一段：女子怀着满腹心事去采莲，若有所思地拿着莲子把玩；清香的莲子使她想起所爱的人，不由珍惜地“置莲怀袖中”。“采莲”“弄莲”“置莲”三个动作，极有层次地写出人物感情的变化。再如“忆郎郎不至”以下六句，从“忆梅”到“忆郎”，“忆”而又“忆”；从“望鸿”到“望郎”，“望”而再“望”，写出了女主人公柔情郁结的情态。

这首诗基本上四句一换韵，像是许多五言绝句联缀而成。但语语相承，段段相绾，首尾相顾，浑然成篇。换韵处往往用“钩句”承接，形成反复回环、馀味无尽的情韵。诗中多用重字，如用了四个“门”字、七个“莲”字，以着意渲染缠绵的情思。这首诗也采用谐音双关的手法，如“莲子”谐“怜子”，“莲心”谐“怜心”；“清如水”说其情纯洁如清水，“彻底红”说爱得极为热烈。这就使诗歌显得含蓄委婉。

长干曲

逆浪故相邀，菱舟不怕摇。
妾家扬子住，便弄广陵潮。

【品评】

本篇属《杂曲歌辞》,描写了江南水乡风情。在白浪滔滔的大江上,一叶扁舟在浪尖上颠簸,仿佛随时会被巨浪打翻。可是划船的渔家女却镇定自若,邀请心上人同舟共驾。“逆浪故相邀”,一个“故”字透露出她对江上风浪的喜爱以及对自己驾舟本领的信心。广陵潮在当时是有名的奇观,汉代枚乘在《七发》中曾专门描述它,说它涨潮之时“状如奔马”“声如雷鼓”,“遇者死,当者坏”。这位渔家女却说自己弄惯了广陵潮,言下之意:眼下这点风浪何足惧也。全诗活泼明快,一个风里来浪里去的江南妇女形象生动地浮现在读者面前。

北朝乐府民歌

企喻歌　选一

男儿欲作健，[1]结伴不须多。
鹞子经天飞，群雀两边波。[2]

【注释】

①作健：做健儿。　②两边波：左右飞逃，像波涌。也可能以“波”为“播”。播，逃散。

【品评】

本篇表现了游牧民族好勇尚武的精神。要想做健儿，就要有单骑蹈敌的勇气，何须别人陪伴着壮胆！要像鹞子扑雀一样勇猛，吓得敌人左右逃散。这是他们最快意的事了。

隔谷歌　二首

兄在城中弟在外，弓无弦，箭无栝，[1]食粮乏尽若为活？[2]救我来！救我来！

【注释】

①栝:箭的末端。 ②若为:如何。

【品评】

整个北朝时期战火连年,兵戈不止,使北方人民饱受战祸之苦,从而发出怨愤之声。本篇即描写在一场旷日持久的围城战中,城里矢尽弦断,粮食匮乏,眼看着城中军民无法活下去了,困在城中的哥哥向侥幸逃出城外的弟弟求援:快来救我呀!快来救我呀!这惨痛绝望的呼救声令闻者心惊。

兄为俘虏受困辱,骨露力疲食不足。
弟为官吏马食粟,何惜钱刀来我赎。①

【注释】

①钱刀:古时有的钱铸为马刀形,叫做刀钱。

【品评】

本篇揭露了战争给广大人民在精神上和肉体上造成的巨大痛苦。战争中哥哥当了俘虏,被折磨得奄奄一息;弟弟却出人意外地当了官。哥哥哀告弟弟:你的日子过得那么好,怎么舍不得花钱来赎我呢?这支歌揭露了俘虏生活的苦况和世风的浇薄。

捉搦歌① 选一

谁家女子能行步,反著裌禅后裙露。②

天生男女共一处，愿得两个成翁妪。[3]

【注释】

①捉搦：即捉拿，谓男女相捉为戏。 ②袂禅：袂，夹衣。禅，单衣。 ③成翁妪：成夫妻，含有白头偕老的意思。妪：老妇的通称。

【品评】

这位活泼热情的姑娘和大家一起捉搦相戏。她看上了一位青年，就坦率地表示希望结成夫妇，白头偕老。她表达感情的方式极其直截了当，认为“天生男女共一处”，没什么好羞答答的，与江南少女表达爱情的含蓄宛转很不相同。

琅琊王歌　选一

新买五尺刀，悬着中梁柱。
一日三摩娑，[1]剧于十五女。[2]

【注释】

①摩娑：用手抚摩。 ②剧：甚。

【品评】

本篇表现了游牧民族对宝刀的热爱。这位青年把新添置的大刀悬挂在最惹人注意的梁柱上，怀着喜悦的心情欣赏它。他时常把它取下来抚摩，简直爱不释手，真胜过喜爱美丽的姑娘。这支歌充溢着浓厚的草原生活气息，生动地表现了草原健儿好勇尚武的性格。

折杨柳歌辞　选二

腹中愁不乐，愿作郎马鞭。
出入擐郎臂，[1]蹀座郎膝边。[2]

【注释】

①擐：贯。　②蹀：行。座：同“坐”。

【品评】

本篇写一位少女想和爱人长相厮守、寸步不离的天真愿望。她希望自己能变成一根马鞭，从此与爱人形影不离，出出进进都挂在他的手臂上，无论是行还是坐都靠在他膝边。这个愿望固然可笑，却是一片痴情的自然流露。“愿作郎马鞭”的念头也只能萌发于游牧生活习俗，生活在南方青山绿水间的姑娘是想象不出来的。

健儿须快马，快马须健儿。
跸跋黄尘下，[1]然后别雄雌。[2]

【注释】

①跸跋：指马蹄击地的声音。　②雄雌：指胜负。

【品评】

作人当作“健儿”，骑马当骑“快马”，“健儿”当配“快马”！

他们崇尚的是飞驰绝尘的骑马技能，到底谁是草原上的英雄，且看马上功夫如何。真是快人快语！读着这支歌，仿佛能听到马蹄哒哒，看到草原健儿们正扬鞭催马，卷起滚滚黄尘扑面而来！它充分表现了北方草原上的青年“以刚猛为强”的气质。

木兰诗

唧唧复唧唧，[①]木兰当户织。不闻机杼声，唯闻女叹息。问女何所思，问女何所忆。女亦无所思，女亦无所忆。昨夜见军帖，可汗大点兵。[②]军书十二卷，卷卷有爷名。阿爷无大儿，木兰无长兄，愿为市鞍马，从此替爷征。东市买骏马，西市买鞍鞯，[③]南市买辔头，北市买长鞭。旦辞爷娘去，暮宿黄河边。不闻爷娘唤女声，但闻黄河流水鸣溅溅。旦辞黄河去，暮至黑山头。[④]不闻爷娘唤女声，但闻燕山胡骑鸣啾啾。[⑤]

万里赴戎机，关山度若飞。朔气传金柝，[⑥]寒光照铁衣。将军百战死，壮士十年归。

归来见天子，天子坐明堂。[⑦]策勋十二转，赏赐百千强。[⑧]可汗问所欲，“木兰不用尚书郎，[⑨]愿驰千里足，[⑩]送儿还故乡。”[⑪]

爷娘闻女来，出郭相扶将。阿姊闻妹来，当户理红妆。小弟闻姊来，磨刀霍霍向猪羊。[⑫]开我东阁门，坐我西阁床。脱我战时袍，着我旧时裳。当窗理云鬓，对镜帖花黄。[⑬]出门看火伴，火伴皆惊忙：“同行十二年，不知木兰是女郎。”

雄兔脚扑朔，雌兔眼迷离。[14]双兔傍地走，安能辨我是雄雌？

【注释】

①唧唧：叹声。 ②军帖：征兵的文书。可汗：西北民族君主之称，起于汉以后。 ③鞯：马鞍的垫子。西魏至唐初行府兵制，当时应征从军的人须自备鞍马、弓箭等物。 ④黑山：即杀虎山，蒙古语为阿巴汉喀喇山，在今呼和浩特市东南百里。 ⑤燕山：指燕然山，即今蒙古人民共和国境内之杭爱山。 ⑥金柝：军用铜器，像锅，有三只脚，又有柄，容量相当于斗。白天做炊具，夜里用来报更，就是刁斗。 ⑦明堂：天子祭祀、朝诸侯、教学、选士的地方。 ⑧策勋：纪功。将勋位分做若干等，每升一等为一转。 ⑨尚书郎：官名，尚书机关的侍郎。 ⑩千里足：指驼马等代步之物。 ⑪儿：女子自称之词。 ⑫霍霍：急速貌。 ⑬帖花黄：六朝以来女子有黄额妆，在额间涂黄。 ⑭扑朔：跳跃貌。迷离：不明貌。以上二句互文，雌兔的脚也扑朔，雄兔的眼也迷离。

【品评】

本篇叙述女英雄木兰代父从军的故事。首十六句叙木兰准备代父出征。次十二句叙出发到战场。次六句叙经历十年战士生活后还乡。次八句叙入朝受赏。次十六句叙到家。最后四句是歌者之辞，用比喻赞叹木兰乔装之妙。这故事和这首诗可能产生在后魏，以魏与蠕蠕（即柔然）的战争为背景。从木兰从军的故事中可以看到劳动人民勇于牺牲的精神和对和平劳动生活的向往。木兰代父从军的英雄行为，也是对男尊女卑观念的冲击。

《木兰诗》在叙事中具有浓厚的抒情意味。例如，木兰投军途中的一段叙述，不仅使读者看到一位驰骋于烽火狼烟中的英雄，而且也看到木兰对父母、故乡的拳拳深情。

此诗的另一个特色是擅长运用排比笔法和复叠句式来抒情叙事。比如写木兰“愿为市鞍马”一段，东南西北都写到了，这就把本来简单无味的一件事叙述得生动活泼，仿佛看到木兰一家子都在忙忙碌碌地四处奔走，为木兰采办行装。再如写家人对木兰归来的欢迎，连用了三个复叠句式，创造出一种欢乐和热闹的气氛，充满了浓厚的生活情调。

此诗中也有一些简约传神的笔墨。例如，写木兰十多年出生入死的战斗生涯，只用了寥寥六句。这几句对偶工整，诗意凝炼，可能经过文人加工，但并不损害整首诗的民歌风调。

作者用一个比喻来结束全诗。本是作者的赞歌，却用了一个“我”字：“安能辨我是雄雌？”使人仿佛听到木兰俏皮、风趣的声音。木兰似乎并不认为自己代父从军是一件多么不平凡的事，她所感到自豪的只不过是自己能乔装得叫人男女莫辨。这个结尾不仅表现了民歌特有的清新活泼，而且使读者感到劳动妇女特有的纯朴幽默的感情，耐人回味。

敕勒歌

敕勒川，阴山下。①天似穹庐，②笼盖四野。天苍苍，野茫茫。风吹草低见牛羊。

【注释】

①阴山：阴山山脉起于河套西北，绵亘于内蒙古自治区南境一带，和内兴安岭相接。　②穹庐：毡帐，今俗称蒙古包。

【品评】

“敕勒”，种族名，北齐时居朔州（今山西省北境）。本篇是北齐人斛律金所唱敕勒民歌。《乐府诗集》引《乐府广题》：“其歌本鲜卑语，易为齐言。”可知这是一篇翻译作品。

这首诗是一首“牧歌”，用粗犷豪迈的声调，唱出了游牧民族对千里大草原的热爱和赞美。诗歌开门见山，直赞“敕勒川”，用粗放的笔触勾勒北国风光。歌手用游牧民族栖息的“穹庐”来比喻天，表现出鲜明的地方特色。“天似穹庐，笼盖四野”两句意境开阔，有一种泰然自若的气度。接下去的“天苍苍”承“天似穹庐”，“野茫茫”承“笼盖四野”。天高地远，呈现出一片苍茫之色。最后一句说：强劲的风吹伏了莽原茂草时，便看到成群的牛羊。这一笔很精彩，写出了草原特有的风光。

通读全诗，可以看出“风吹”二字实是全诗的灵魂。唯有这劲吹的长风，才使庄严静穆的山、川、天、野，充满了野性的活力，才使这苍莽浑朴的大自然与生机勃勃的牛羊构成一幅完整的画面，相映成趣，以其独特的审美效果打动人们的心弦。

全诗语言浅近，气势豪迈，声调浑厚，充分表现了北方游牧民族豪爽刚健的个性。